———————— 阅读之前 没有真相

午 夜 文 库

阿加莎·克里斯蒂

赫尔克里·波洛系列

阿加莎·克里斯蒂
Agatha Christie (1890—1976)

无可争议的侦探小说女王,侦探文学史上最伟大的作家之一。

阿加莎·克里斯蒂原名为阿加莎·玛丽·克拉丽莎·米勒,一八九〇年九月十五日生于英国德文郡托基的阿什菲尔德宅邸。她几乎没有接受过正规的教育,但酷爱阅读,尤其痴迷于歇洛克·福尔摩斯的故事。

第一次世界大战期间,阿加莎·克里斯蒂成了一名志愿者。战争结束后,她创作了自己的第一部侦探小说《斯泰尔斯庄园奇案》。几经周折,作品于一九二〇年正式出版,由此开启了克里斯蒂辉煌的创作生涯。一九二六年,《罗杰疑案》由哈珀柯林斯出版公司出版。这部作品一举奠定了阿加莎·克里斯蒂在侦探文学领域不可撼动的地位。之后,她又陆续出版了《东方快车谋杀案》《ABC谋杀案》《尼罗河上的惨案》《无人生还》《阳光下的罪恶》等脍炙人口的作品。时至今日,这些作品依然是世界侦探文学宝库里最宝贵的财富。根据她的小说改编而成的舞台剧《捕鼠器》,已经成为世界上公演场次最多的剧目;而在影视改编方面,《东方快车谋杀案》为英格丽·褒曼斩获奥斯卡大奖，《尼罗河上的惨案》更是成为几代人心目中的经典。

阿加莎·克里斯蒂的创作生涯持续了五十余年，总共创作了八十余部侦探小说。她的作品畅销全世界一百多个国家和地区，累计销量已经突破二十亿册。她创造的小胡子侦探波洛和老处女侦探马普尔小姐为读者津津乐道。阿加莎·克里斯蒂是柯南·道尔之后最伟大的侦探小说作家，是侦探文学黄金时代的开创者和集大成者。一九七一年，英国女王授予克里斯蒂爵士称号，以表彰其不朽的贡献。

一九七六年一月十二日，阿加莎·克里斯蒂逝世于英国牛津郡沃灵福德家中，被安葬于牛津郡的圣玛丽教堂墓园，享年八十五岁。

阿加莎·克里斯蒂 侦探作品年表

波洛系列

1920　The Mysterious Affair at Styles《斯泰尔斯庄园奇案》
1923　Murder on the Links《高尔夫球场命案》
1924　Poirot Investigates《首相绑架案》
1926　The Murder of Roger Ackroyd《罗杰疑案》
1927　The Big Four《四魔头》
1928　The Mystery of the Blue Train《蓝色列车之谜》
1932　Peril at End House《悬崖山庄奇案》
1933　Lord Edgware Dies《人性记录》
1934　Murder on the Orient Express《东方快车谋杀案》
1935　Three-Act Tragedy《三幕悲剧》
1935　Death in the Clouds《云中命案》
1936　The ABC Murders《ABC谋杀案》
1936　Murder in Mesopotamia《古墓之谜》
1936　Cards on the Table《底牌》
1937　Dumb Witness《沉默的证人》
1937　Death on the Nile《尼罗河上的惨案》
1937　Murder in the Mews《幽巷谋杀案》
1938　Appointment with Death《死亡约会》
1938　Hercule Poirot's Christmas《波洛圣诞探案记》
1940　Sad Cypress《H庄园的午餐》
1940　One, Two, Buckle My Shoe《牙医谋杀案》
1941　Evil Under the Sun《阳光下的罪恶》
1943　Five Little Pigs《五只小猪》
1946　The Hollow《空幻之屋》
1947　The Labours of Hercules《赫尔克里·波洛的丰功伟绩》
1948　Taken at the Flood《顺水推舟》
1952　Mrs. McGinty's Dead《清洁女工之死》
1953　After the Funeral《葬礼之后》
1955　Hickory Dickory Dock《山核桃大街谋杀案》
1956　Dead Man's Folly《弄假成真》
1959　Cat Among the Pigeons《鸽群中的猫》
1960　The Adventure of the Christmas Pudding《雪地上的女尸》

1963 The Clocks《怪钟疑案》
1966 Third Girl《第三个女郎》
1969 Hallowe'en Party《万圣节前夜的谋杀》
1972 Elephants Can Remember《大象的证词》
1974 Poirot's Early Stories《蒙面女人》
1975 Curtain—Poirot's Last Case《帷幕》

马普尔小姐系列

1930 The Murder at the Vicarage《寓所谜案》
1932 The Thirteen Problems《死亡草》
1942 The Body in the Library《藏书室女尸之谜》
1943 The Moving Finger《魔手》
1950 A Murder Is Announced《谋杀启事》
1952 They Do It with Mirrors《借镜杀人》
1953 A Pocket Full of Rye《黑麦奇案》
1957 4.50 from Paddington《命案目睹记》
1962 The Mirror Crack'd from Side to side《破镜谋杀案》
1964 A Caribbean Mystery《加勒比海之谜》
1965 At Bertram's Hotel《伯特伦旅馆》
1971 Nemesis《复仇女神》
1976 Sleeping Murder《沉睡谋杀案》
1979 Miss Marple's Final Cases《马普尔小姐最后的案件》

其他系列及非系列

1922 The Secret Adversary《暗藏杀机》
1924 The Man in the Brown Suit《褐衣男子》
1925 The Secret of Chimneys《烟囱别墅之谜》
1929 Partners in Crime《犯罪团伙》
1929 The Seven Dials Mystery《七面钟之谜》
1930 The Mysterious Mr. Quin《神秘的奎因先生》
1931 The Sittaford Mystery《斯塔福特疑案》
1933 The Witness for the Prosecution and Other Stories《控方证人》
1934 Why Didn't They Ask Evans?《悬崖上的谋杀》

阿加莎·克里斯蒂 侦探作品年表

1934	The Listerdale Mystery《金色的机遇》
1934	Parker Pyne Investigates《惊险的浪漫》
1939	Murder Is Easy《逆我者亡》
1939	And Then There Were None《无人生还》
1941	N or M?《桑苏西来客》
1944	Towards Zero《零点》
1945	Sparkling Cyanide《闪光的氰化物》
1945	Death Comes as the End《死亡终局》
1949	Crooked House《怪屋》
1950	Three Blind Mice and Other Stories《三只瞎老鼠》
1951	They Came to Baghdad《他们来到巴格达》
1954	Destination Unknown《地狱之旅》
1958	Ordeal by Innocence《奉命谋杀》
1961	The Pale Horse《灰马酒店》
1967	Endless Night《长夜》
1968	By the Pricking of My Thumbs《煦阳岭的疑云》
1970	Passenger to Frankfurt《天涯过客》
1973	Postern of Fate《命运之门》
1991	Problem at Pollensa Bay《神秘的第三者》
1997	While the Light Lasts《灯火阑珊》

出版前言

纵观世界侦探文学一百七十余年的历史，如果说有谁已经超脱了这一类型文学的类型化束缚，恐怕我们只能想起两个名字——一个是虚构的人物歇洛克·福尔摩斯，而另一个便是真实的作家阿加莎·克里斯蒂。

阿加莎·克里斯蒂以她个人独特的魅力创造着侦探文学史上无数的传奇：她的创作生涯长达五十余年，一生撰写了八十余部侦探小说；她开创了侦探小说史上最著名的"黄金时代"；她让阅读从贵族走入家庭，渗透到每个人的生活中；她的作品被翻译成一百多种文字，畅销全球一百五十余个国家，作品销量与《圣经》《莎士比亚戏剧集》同列世界畅销书前三名；她的《罗杰疑案》《无人生还》《东方快车谋杀案》《尼罗河上的惨案》都是侦探小说史上的经典；她是侦探小说女王，因在侦探小说领域的独特贡献而被册封为爵士；她是侦探小说的符号和象征。她本身就是传奇。沏一杯红茶，配一张躺椅，在暖暖的阳光下读阿加莎的小说是一种生活方式，是惬意的享受，也是一种态度。

午夜文库成立之初就试图引进阿加莎的作品，但几次都与版权擦肩而过。随着午夜文库的专业化和影响力日益增强，阿加莎·克里斯蒂的版权继承人和哈珀柯林斯出版公司主动要求将版权独家授予新星出版社，并将阿加莎系列侦探小说并入午夜文库。这是对我们长期以来执着于侦探小说出版的褒奖，是对我们的信任与鼓励，更是一种压力和责任。

新版阿加莎·克里斯蒂作品由专业的侦探小说翻译家以最权威的英文版本为底本，全新翻译，并加入双语作品年表和阿加莎·克里斯蒂家族独家授权的照片、手稿等资料，力求全景展现"侦探女王"的风采与魅力。使读者不仅欣赏到作家的巧妙构思、离奇桥段和睿智语言，而且能体味到浓郁的英伦风情。

阿加莎作品的出版是一项系统工程，规模庞大，我们将努力使之臻于完美。或存在疏漏之处，欢迎方家指正。

新星出版社
午夜文库编辑部

Agatha Christie

Over the next few years, we plan to celebrate two very important Agatha Christie anniversaries. In 2015, it is the 125th anniversary of her birth in Torquay, South Devon, England, and in 2020 it will be 100 years after her first book, THE MYSTERIOUS AFFAIR AT STYLES, featuring her famous detective, Hercule Poirot, was published. This is therefore a very appropriate moment to publish a new edition of her works, and I am delighted that HarperCollins has chosen to work with New Star on these new editions. New Star is China's top crime publisher, and has a strong and dedicated editorial staff and a continued passion for Agatha Christie, making them the ideal partner. It is the right time to make these classic books available in modern translations and so to bring Agatha Christie's books anew to her many fans in China, giving them a new reason to re-read these much-loved stories, as well as introducing them to a whole new audience. How delighted Agatha Christie would have been that her stories (as she called them) are still giving so much pleasure to so many people all over the world!

I think there are two very remarkable things about Agatha Christie's stories. The first is that they are so adaptable. It doesn't really matter which language they appear in, the stories and the plots still give the same thrill, still provide the same puzzles, and the characters still have the same attraction. Readers in China will I am sure enjoy Hercule Poirot and Miss Marple just as much as we do in England, and readers in China will still be transfixed by the surprises and horrors of AND THEN THERE WERE NONE, one of the great classics of 20th century detective fiction, as we are here.

Agatha Christie

The second is that the stories give a wonderful picture of England, particularly rural England, at the time Agatha Christie lived. She wrote books from 1920 until 1970 but it is sometimes hard to tell which part of her life each book was written in. Her characters and the life they lived were very much the same. The life we all live is changing very quickly these days but "the Agatha Christie world stays the same." Perhaps the Miss Marple stories provide the best example of this, and in some ways THE BODY IN THE LIBRARY and NEMESIS are quite similar, despite the fact that thirty years elapsed between the time they were written.

Perhaps I might end by mentioning three Agatha Christies (other than the ones mentioned above) which I think demonstrate why she is so popular, even in the twenty-first century. The first is MURDER ON THE ORIENT EXPRESS, one of the most famous with one of the most ingenious and human plots. Read this on one of your long train journeys in China! Next is A MURDER IS ANNOUNCED, a Miss Marple which was her 50th book. It has my favourite murderer in it! And last is ENDLESS NIGHT — a story about evil and how it affects three young people, written at the time when I knew her best, and understood how deeply she cared and sympathised with young people and the world they lived in.

Whichever are your favourites I hope you enjoy these stories that New Star are introducing to you again. I think it is a great publishing event.

Mathew *(signature)*
Grandson of Agatha Christie
Chairman of Agatha Christie Ltd

致中国读者

(午夜文库版阿加莎·克里斯蒂作品集序)

在未来的几年中,我们将要筹备两个非常重要的关于阿加莎·克里斯蒂的纪念日。二〇一五年是她的一百二十五岁生日——她于一八九〇年出生于英国的托基市,二〇二〇年则是她的处女作《斯泰尔斯庄园奇案》问世一百周年的日子,她笔下最著名的侦探赫尔克里·波洛就是在这本书中首次登场。因此,新星出版社为中国读者们推出全新版本的克里斯蒂作品正是恰逢其时,而且我很高兴哈珀柯林斯选择了新星来出版这一全新版本。新星出版社是中国最好的侦探小说出版机构,拥有强大而且专业的编辑团队,并且对阿加莎·克里斯蒂的作品极有热情,这使得他们成为我们最理想的合作伙伴。如今正是一个良机,可以将这些经典作品重新翻译为更现代、更权威的版本,带给她的中国书迷,让大家有理由重温这些备受喜爱的故事,同时也可以将它们介绍给新的读者。如果阿加莎·克里斯蒂知道她的小故事们(她这样称呼自己的这些作品)仍然能给世界上这么多人带来如此巨大的阅读享受,该有多么高兴啊!

我认为阿加莎·克里斯蒂的作品有两个非常重要的特征。首先它们是非常易于理解的。无论以哪种语言呈现,故事和情节都同样惊险刺激,呈现给读者的谜团都同样精彩,而书中人物的魅力也丝毫不受影响。我完全可以肯定,中国的读者能够像我们英国人一样充分享受赫尔克里·波洛和马普尔小姐带来的乐趣;中国读者也会和我们一样,读到二十世纪最伟大的侦探经典作品——比如《无人生还》——的时候,被震惊和恐惧牢牢钉在原地。

第二个特征是这些故事给我们展开了一幅英格兰的精彩画卷,特别是阿加莎·克里斯蒂那个年代的英国乡村。她的作品写于二十世纪二十年代至七十年代间,不过有时候很难说清楚每一本书是在她人生中的哪一段日子里写下的。她笔下的人物,以及他们的生活,多多少少都有些相似。如今,我们的生活瞬息万变,但"阿加莎·克里斯蒂的世界"依旧永恒。也许马普尔小姐的故事提供了最好的范例:《藏书室女尸之谜》与《复仇女神》看起来颇为相似,但实际上它们的创作年代竟然相差了三十年。

最后,我想提三本书,在我心目中(除了上面提过的几本之外)这几本最能说明克里斯蒂为什么能够一直受到大家的喜爱。首先是《东方快车谋杀案》,最著名,也是最机智巧妙、最有人性的一本。当你在中国乘火车长途旅行时,不妨拿出来读读吧!第二本是《谋杀启事》,一个马普尔小姐系列的故事,也是克里斯蒂的第五十本著作。这本书里的诡计是我个人最喜欢的。最后是《长夜》,一个关于邪恶如何影响三个年轻人生活的故事。这本书的写作时间正是我最了解她的时候。我能体会到她对年轻人以及他们生活的世界关心至深。

现在新星出版社重新将这些故事奉献给了读者,无论你最爱的是哪一本,我都希望你能感受到这份快乐。我相信这是出版界的一件盛事。

阿加莎·克里斯蒂外孙

阿加莎·克里斯蒂有限责任公司董事长

马修·普理查德

二〇一三年二月二十日

阿加莎·克里斯蒂侦探作品集⑰

古墓之谜
Murder in Mesopotamia

［英］阿加莎·克里斯蒂 著
周力 译

新星出版社 NEW STAR PRESS

谨以此书献给我在伊拉克和叙利亚从事考古工作的朋友们

目录

1	前言
3	第一章　引子
5	第二章　引荐艾米·莱瑟兰
12	第三章　闲言碎语
17	第四章　抵达哈沙尼
27	第五章　雅瑞米业遗址
32	第六章　第一晚
44	第七章　窗外的男人
54	第八章　夜半惊魂
62	第九章　莱德纳太太的故事
72	第十章　星期六下午
78	第十一章　怪事
84	第十二章　"我不相信……"
89	第十三章　赫尔克里·波洛初来乍到
100	第十四章　我们中的一个？
108	第十五章　波洛提出见解
117	第十六章　嫌疑人们

目 录

124	第十七章　脸盆架旁的污渍
133	第十八章　在莱利医生家喝茶
146	第十九章　新的怀疑
156	第二十章　约翰逊小姐，莫卡多太太，莱特尔先生
169	第二十一章　莫卡多先生，理查德·凯里
178	第二十二章　大卫·埃莫特，拉维尼神父和一个发现
190	第二十三章　我尝试通灵
201	第二十四章　谋杀是一种习惯
206	第二十五章　自杀还是谋杀？
215	第二十六章　下一个就是我！
222	第二十七章　旅程开端
247	第二十八章　旅程终点
256	第二十九章　后记

前言
贾尔斯·莱利,医学博士

本书中记述的事情发生在大约四年前。自那以后,关于在这次事件中有重要证据被隐瞒的流言蜚语,以及其他类似的无稽之谈一直甚嚣尘上,这种曲解在美国更是时常见诸报端。因此依我所见,在目前的情况下,将事实真相公之于众已经非常必要了。

出于显而易见的原因,这份记述最好不要出自当事人,也就是考古队员之手,因为他们总是难逃抱有偏见之嫌。

于是,我建议艾米·莱瑟兰小姐承担起这项任务,显然她是合适的人选。作为一个见证人,她具备最优秀的职业素质,而且以前从未与匹兹镇大学伊拉克考古队有过任何接触;同时,她还拥有敏锐的观察力和聪慧的头脑,而这些能够确保她在记述中不偏不倚。

说服莱瑟兰小姐接受这项任务并不容易。事实上,应该说说服她是我在职业生涯中所经历过的最困难的事情。甚至在成稿之后,她对我的拜读还是表现得很不情愿。后来我发现这是缘于她针对我女儿希拉的一些批评性的言论。我很快让她打消了这方面的顾虑,并向她保证,既然如今子女都可以自由地发表文字批判父母,父母当然也会欣然看待子女所受到的责骂。另一个令她不情愿的理由则源于她的极度谦逊,她希望我能够"订正她在文法上以及其他各方面的错误"。而实际上正相反，我连一个字都不会修改。在我看来，莱瑟兰小姐的文风充满活力、极具个性并且拿捏得当。即使在一个段落中她直呼赫尔克里·波洛为"波洛"，而在下一段落中称他为"波洛先生"，这样的变化也显得很有趣并且富有启发性。也就是说，在某一时刻她会"牢记自己的行为举止"（医院的护士都是些最墨守礼仪的人），而一转眼，当她津津乐道地给你讲述她的故事的时候，又会让人觉得她就是个普通人，而完全忘记她的护士身份。

我所做的唯一事情，就是冒昧地写下了本书的第一章。这得益于莱瑟兰小姐的一个朋友提供的一封信，也希望读者能够借此在心中勾勒出故事讲述人的大致形象。

第一章　引子

在巴格达底格里斯河皇宫酒店的大厅里,一个医院出身的护士正在完成一封信。她的钢笔尖轻快地掠过纸面。

……好啦,亲爱的,我想这些就是我要告诉你的全部消息。我必须说,能够见到大千世界的一角是很美妙的事,不过拜托,最好每次都让我去英国的地方。你无法相信巴格达的脏乱,完全不是你想象的《天方夜谭》中那样的浪漫!当然,河面上的风景还是不错的,但这个城市本身简直是一团糟,根本没有像样的商店。凯尔希少校带我逛了集市,当然啦,我不否认那些地方挺古色古香,不过在我看来都是些没用的东西,而且他们还会在你耳边喋喋不休地说那些铜盘如何如何,听得让人头疼。反正我是不会用这些东西的,除非让我确信我能把它们弄干净。对铜盘子上的锈你得特别留意才行。

关于莱利医生谈到的那份工作,一有消息我就会写信告诉你。他说这位来自美国的先生现在就在巴格达,并且可能今天下午就会来拜访我。应该是为了他的太太,据说她有些"妄想"——这是莱利医生的说法。他没再多说,当然啦,我们都知道那通常意味着什么。(但我真心希望千万不要是震颤性谵妄！）虽然莱利医生嘴上没说，但是他的那种眼神啊，你明白我的意思吧？这个莱德纳博士是个考古学家，目前为美国的一家博物馆工作，正在沙漠中的某个地方挖掘一座古墓。

好了亲爱的，我得就此打住了。我觉得你上次告诉我的那件关于小斯塔宾斯的事儿实在是太有意思了！护士长到底会怎么说呢？

不多写了。

你永远的，

艾米·莱瑟兰

把信封好之后，她在信封上写上：伦敦，圣克里斯托弗医院，科尔肖护士启。

当她把笔帽扣好的时候，一个本地侍者向她走过来。

"有一位先生想要见您，他说他是莱德纳博士。"

莱瑟兰护士转过身，跟前是一个中等身材、稍微有些溜肩膀的男人，有着褐色的胡须，以及一双温和但透着疲惫的眼睛。

出现在莱德纳博士眼中的则是一个三十五岁左右的女人，身材挺拔、充满自信。他看到一副愉快的面庞，一双蓝眼睛稍稍突出，满头褐发富有光泽。他想，她看上去就是一个照看焦虑病人的护士应该有的样子：开朗、健壮、敏锐并且不露声色。

他认为，莱瑟兰护士正是那个合适的人选。

第二章　引荐艾米·莱瑟兰

我并不想冒充作家或者装作善于写作的样子。我做这件事只是应莱利医生的要求,而且不知为什么,当莱利医生要求你去做一件事的时候,你总是不想拒绝。

"哦,可是医生,"我说,"我完全不懂写作啊,一点儿都不懂。"

"胡说!"他说,"你要是愿意的话,可以把它当作病例记录来写。"

所以,当然啦,你也可以这样看待它。

莱利医生继续往下说。他说我们现在急需的就是一份关于雅瑞米亚遗址事件的不加粉饰的记述。

"如果由当事人之一来写的话可能很难令人信服。别人肯定会觉得有失偏颇。"

当然,这也是实情。可以说,这次事件从始至终我都在场,但同时又是一个不折不扣的局外人。

"那您为什么不亲自写呢,医生?"我问。

"我不在现场啊,而你在。况且,"他叹了口气补充道,"我女儿也不会让我写的。"

他对他家那个小黄毛丫头迁就到这种地步,实在是有些丢脸。我本来想说出口的,可是又看到他的眼神在闪烁。这就是莱利医生最可气的地方,你永远不知道他是否在开玩笑。他总是以那样缓慢而忧郁的方式谈事情,但多数时候你都会同时看到他在眨眼睛。

"好吧,"我不确定地说,"我想我可以。"

"你当然可以。"

"我只是完全不知道从何说起。"

"这也是有章可循的。从最开始的地方开始,一直写到最后就停笔。"

"我甚至不知道这件事究竟从哪儿算是开始。"我犹豫地说。

"相信我,护士小姐,和考虑最后如何收尾相比,如何开始根本不算什么难题。至少在我发表演讲的时候是这样的。他们甚至得找人使劲儿拉我的衣服后摆,才能把我从讲台上拽下来。"

"哦,您在逗我吧,医生。"

"我可是非常认真的。好了,你觉得怎么样?"

还有一件事在困扰着我。迟疑了片刻之后我说:"医生,您知道,我觉得有时候我自己恐怕有点儿……怎么说呢,会流露出一些个人情绪在里面。"

"天哪,女士,你越流露个人的情感就越好。你要写的可是活人的故事,不是那些假人玩偶!你可以表达自己的感觉,可以有偏见,也可以很刻薄。只要你愿意,怎么样都行!就按你自己的方式去写。到最后我们把那些有诽谤中伤嫌疑的部分删掉就可以了。你只管放手写吧。你是个理智的女人,一定可以把这件事合情合理地记述下来。"

所以事情就这样定了,我答应他会尽力而为。

现在我准备开始写,但就像我对医生说的那样,想知道从哪里落笔的确很难。

我想应该先简单地说说自己。我叫艾米·莱瑟兰，今年三十二岁。我先在圣克里斯托弗医院接受护士培训，之后在产科工作了两年，后来又做过一段时间的私人护理，在德文郡的本迪克斯女士疗养院待了四年。我是陪同凯尔希太太来到伊拉克的。此前，她的女儿出生时是由我照顾她的。她要和先生一起去巴格达，并且在那里预约了一个照看孩子的保姆。凯尔希太太在巴格达有朋友，那个保姆之前已经在她的朋友家工作了很多年。由于朋友的孩子即将回国上学，保姆也同意在孩子们离开后到凯尔希太太这里来工作。凯尔希太太身体柔弱，对于带这么小的孩子出行非常担心，于是凯尔希少校安排我一路同行，照顾他的太太和孩子。他们会负担我回国的旅费，除非我在回程中能够找到另一份看护的工作。

我想没有必要详细描述凯尔希一家了。那个婴儿很小、很可爱，凯尔希太太除了有些焦虑烦躁之外，人也很好。我很享受这次旅行，毕竟此前我还从来没经历过这么长的海上旅程。

莱利医生也在这艘船上。他是一个黑发长脸的男人，喜欢用低沉悲伤的声音讲述各种奇闻趣事。我觉得他喜欢拿我开玩笑，总是跟我说些最不寻常的事情，然后看我是否会相信。他在一个叫哈沙尼的地方当医生，给当地的老百姓看病，那里距离巴格达还有一天半的路程。

再次遇见他的时候，我已经在巴格达住了大约一个星期。他问我准备什么时候离开凯尔希一家。我说他这个问题问得很凑巧，因为赖特一家人（就是我前面提到的凯尔希太太的朋友）正准备提前回国，这样他们的保姆很快就可以直接过来了。

他说他对赖特一家的事情已经有所耳闻，这也正是他问我的原因。

"实际上,护士小姐,我已经为你准备了一份工作。"

"照顾病人?"

他皱起面孔,仿佛在考虑要怎么说。

"你很难称之为一个病人,其实只是一位女士,她有一些……应该怎么说呢,有一些妄想?"

"啊!"我说。

(通常情况下我知道这意味着什么,不是酗酒就是吸毒!)

莱利医生没有进一步解释,可以看出来,对于这件事他很谨慎。"是的,"他说,"是一位姓莱德纳的太太,她的丈夫是美国人——或者应该更确切地说是个美籍瑞典人——带领着一支很大的美国考古挖掘队。"

接着,他讲起了这支考古队是如何在一座像尼尼微这样大的亚述古城遗址进行挖掘工作的。实际上考古队的驻地离哈沙尼并不太远,却是一个比较荒凉偏僻的地方,而莱德纳博士担心他妻子的健康状况也已经有一段时间了。

"他对太太健康情况的描述并不是很清楚,不过看起来他太太的问题是反复的焦虑惊恐发作。"

"他太太是不是整个白天都被一个人留在驻地,和当地人在一起?"我问。

"啊,当然不是,有不少人和她在一起,差不多有七八个呢。我可不觉得她会被单独留在驻地。不过毫无疑问,看起来她把自己弄得越来越怪。莱德纳平时的工作很繁重,但同时他又很迷恋自己的妻子,因此看到太太目前这种状态令他忧心忡忡。他觉得如果能够有一个具备这方面专业知识,又有责任心的人帮忙照看他太太,他会放心很多。"

"那么莱德纳太太本人有什么看法吗?"

莱利医生严肃地回答："莱德纳太太是个挺可爱的人，只是她对任何事情的看法都不持久，差不多两天一变。但总体来说，她还挺喜欢别人这么看她的。"他接着补充说，"同时她也有点儿奇怪，感情过于丰沛——依我看，她还是个撒谎的高手。不过莱德纳看起来绝对相信他太太这次是真的被什么事吓着了。"

"那她自己是怎么跟您说的呢，医生？"

"哦，她至今还没跟我说过什么呢。因为某些原因，她并不喜欢我。是莱德纳自己找到我提出这个打算的。那么小姐，你觉得这份工作怎么样？考古队在那里还要再待两个月，我倒觉得你在回去之前应该多多少少了解一下这个国家，而且考古挖掘本身也是一件相当有趣的事情。"

我迟疑了一会儿，在心里掂量着他这番话，然后说："好吧，我想我确实愿意试一试。"

"太好了，"莱利医生说着站起身，"莱德纳此时就在巴格达，我这就告诉他，让他过来，看看能不能跟你当面把事情谈妥。"

莱德纳博士当天下午就来到了酒店。他是一个看上去有点儿紧张的中年男子，显得犹豫不决。但我还是能够从他身上看出那种温和、亲切而且颇为无助的影子。

听上去他非常忠于妻子，但对她到底出了什么问题茫无头绪。

"你瞧，"他一边说一边困惑地揪着胡子，后来我才逐渐发现这是他的一个习惯，"我太太的精神的确处于一种非常紧张焦虑的状态，我实在很担心她。"

"她的身体健康吗？"我问。

"是的，呃，当然，我觉得是。我并不认为她的身体出了问题。但你知道，她就是时常会……这么说吧，臆想。"

"想些什么呢？"我问。

但他马上回避了这个话题,只是困惑地小声嘟囔着:"她总是会无缘无故地心烦意乱,我实在搞不懂她到底在怕什么。"

"莱德纳博士,您是说她在害怕什么?"

他支支吾吾地说:"哦,你明白,就是有些焦虑恐惧。"

我心想,十有八九是染上毒瘾了,而他根本没意识到。很多男人都想不到。他们只是纳闷为什么妻子会表现得神经兮兮、坐立不安,情绪也会发生极大的变化。

我问他莱德纳太太本人是否同意我过去照顾她。

他马上面露喜色。

"她同意。我对此也很惊讶,既高兴又惊讶。她说这是个非常好的主意,还说这样她就感觉安全多了。"

这句话出乎我的意料。安全多了——这种说法的确很奇怪。我开始猜测莱德纳太太也许真的是个精神病患者。

他带着一种孩子般的急切继续说下去。

"我确信你能和她相处得很融洽。她是个很有魅力的女人。"他冲我坦诚地微笑着,"她觉得你会是她最大的安慰,而我一见到你也有同样的感觉。恕我冒昧,你看起来非常健康,而且见多识广,所以我确定你就是最适合路易丝的人选。"

"好吧,莱德纳博士,我只好试试了。"我高兴地说,"我真心希望能够对您太太有所帮助。她会不会只是对跟当地人和有色人种待在一起感到有些紧张呢?"

"啊,绝对不会的。"他被这个想法逗乐了,摇着头说,"我太太特别喜欢阿拉伯人,尤其欣赏他们的淳朴和幽默感。我们结婚还不到两年,这只是她参加的第二个考古季,但是她已经学会相当多的阿拉伯语了。"

我沉默了片刻,然后准备再试一次。

"莱德纳博士,您能告诉我您太太到底在害怕什么吗?"我问。

他犹豫了一下,然后慢慢地说:"我希望——我相信——她会亲口告诉你的。"

这些就是我能从他那里问出来的所有事情。

第三章　闲言碎语

按照安排，我应该在下一周动身前往雅瑞米亚遗址。

凯尔希太太当时正忙着安置她在阿尔维亚的房子。我很高兴能够搭把手，让她减轻一些负担。

那段时间里，我从旁人口中也听到了一些关于莱德纳考古队的消息。凯尔希太太的一个朋友是个空军中队长，曾经噘着他的嘴惊讶地大声说："迷人的路易丝！这就是她最近的情况啊！"接着他转向我，"护士小姐，那是我们大家对她的昵称，她也是以这个闻名的。"

"她非常漂亮，是吗？"我问。

"那是按照她自己的标准。她认为自己很漂亮！"

"约翰，嘴别太损啊，"凯尔希太太说，"你很清楚，不仅仅是她自己这么认为！有很多人都为她神魂颠倒呢。"

"也许你说得没错。她虽然年纪稍微大了点儿，但还算得上是风韵犹存吧。"

"你自己不也拜倒在她的石榴裙下了吗？"凯尔希太太笑着说。

空军中队长顿时满脸通红，有些难为情地承认："是啊，她是有那么一种让人着迷的劲儿。对莱德纳本人来说，就连她踏足过的地方，他都恨不得要焚香膜拜呢，而考古队的其他成员也不得不跟着一起膜拜,这是可想而知的事情!"

"那儿一共有多少人?"我问。

"那儿各种人、各国人差不多都齐了,护士小姐。"空军中队长兴高采烈地说,"一个英国建筑师;一个迦太基来的法国神父,专门负责辨认石碑之类的东西上的碑文;然后是约翰逊小姐,也是英国人,总管一些杂务;还有一个矮胖的美国人负责拍照;再就是莫卡多夫妇,天知道他们是从哪儿来的,可能是意大利或者西班牙之类的地方吧。莫卡多太太非常年轻,是个看起来有点儿阴险的女人,而且她很讨厌我们迷人的路易丝!此外还有两个年轻人,这就是全部人马了。个别人有点儿古怪,但总体来说都还不错。你觉得呢,彭尼曼?"

他这是在向一个上了年纪的男人征求意见,那个人正若有所思地坐在那里,手里转动着一副夹鼻眼镜。

听到他的话,那个人吓了一跳,连忙抬起头来。

"是啊是啊,那些人确实都不错。就每个人来说,都挺好的。当然,莫卡多稍微有点儿奇怪……"

"他的胡子留得很奇怪,"凯尔希太太插嘴说,"看起来软塌塌的。"

彭尼曼少校没有理会凯尔希太太的话,自顾自地继续说下去。

"那两个年轻人都很不错。那个美国人相当安静,而那个英国男孩话就比较多。这事儿挺有意思,因为通常情况下应该是正好反过来的。莱德纳是个讨人喜欢的人,非常谦逊,毫不张扬。没错,就每个人来说,他们都是相当可亲的。但是不知怎么的,也可能是我的错觉吧,前几天我去他们那儿的时候总觉得哪里不对劲。我也不知道究竟是怎么回事……没有一个人看起来是自然的。那儿弥漫着一股奇怪的紧张气氛。或许我这么说能够解释得更清楚吧，就是他们互相之间递黄油的时候有点儿太客气了。"

我不太喜欢过多地发表意见，因此说话的时候有些脸红。"我觉得，如果大家被圈在一起的时间太久，确实有可能变得心烦气躁。我在医院工作的时候有过这种亲身体会。"

"你说得有道理，"凯尔希少校说，"但是这次的考察才开始不久，按理说这种情绪应该不会这么快就出现。"

"一个考古队的内部很可能就像是我们日常生活的缩影，"彭尼曼少校说，"这里面既有拉帮结派，又有敌对竞争，还有嫉妒猜疑。"

"好像听说他们今年来了好几个新人。"凯尔希少校说。

"我来数数，"空军中队长掰着手指头算起来，"年轻的科尔曼是新来的，莱特尔也是。埃莫特去年就来了，莫卡多夫妇也一样。拉维尼神父是新来的，代替今年因病不能前来的伯德博士。凯里当然是老面孔了，他从五年前刚开始的时候就在这个团队里了。而约翰逊小姐待的年头几乎和凯里差不多。"

"我总觉得这些人在雅瑞米亚遗址相处得还是挺融洽的，"凯尔希少校评论道，"他们看起来就像一个快乐的大家庭。但是如果考虑到人类的本性，这种融洽才是最令人吃惊的地方。我担保莱瑟兰护士同意我的观点。"

"这个嘛，"我说，"我不认为你说的有什么不对的地方。就像我所了解的医院里面发生的那些争执，起因差不多都是些鸡毛蒜皮的小事。"

"是啊，人在比较封闭的圈子里待得时间长了，就容易变得小肚鸡肠。"彭尼曼少校说，"尽管这样，我还是觉得这里肯定另有隐情。莱德纳是个特别温和谦逊的人，待人接物也游刃有余，他总有办法让他的队员相处融洽。但那天我还是感觉到了那种紧张的气氛。"

凯尔希太太笑了起来。

"你看不出来因为什么？这不是显而易见的吗？"

"你这话什么意思？"

"当然是因为莱德纳太太啦。"

"得了吧，玛丽，"她丈夫说道，"她是个迷人的女人，绝对不是那种喜欢吵架的人。"

"我也没说她喜欢吵架啊，只不过她会让别人吵架。"

"她怎么让别人吵架？为什么啊？"

"为什么？为什么？她觉得无聊了呗！她又不是考古学家，只是个考古学家的太太。因为和外界的新鲜刺激隔绝久了让她觉得无聊，所以她就决定自己演一出戏。搬弄是非，挑拨离间，然后自娱自乐。"

"玛丽，这些都是你的想象而已，实际上你一点儿都不知情。"

"当然是我的想象，但是你会发现我说得没错。迷人的路易丝可不会无缘无故地做出蒙娜丽莎的样子。她也未必有什么恶意，但她就是想看看会发生什么事情。"

"她对莱德纳可是一往情深。"

"啊，那可不一定。我倒不是说一定有什么见不得人的勾当，但我敢说那个女人绝对是个风流佳人①。"

"你们女人彼此之间还真够给面子的。"凯尔希少校说。

"我明白，你们男人就会说我们恶毒，小心眼儿啊之类的，但女人还是更了解女人。"

---

①原文为法语 allumeuse，卖弄风骚、勾引男人的女人之意。

"话虽这么说，"彭尼曼少校若有所思地说，"就算凯尔希太太所有这些略显刻薄的猜测都是真的，我还是觉得解释不了那种奇怪的紧张气氛。那是一种风雨将至的感觉。我有强烈的预感，有些事情随时可能爆发。"

"别吓唬我们的护士小姐了，"凯尔希太太说，"她可是三天以后就要到那儿去的，你再这么说她会打退堂鼓的。"

"啊，你可吓不着我。"我笑着说。

尽管这样，我还是把听到的这些话仔细回味了一番。"安全多了"，莱德纳博士这个奇怪的说法重新浮现在我的脑海里。会不会是他太太那种若有似无的神秘恐惧感影响了考古队的其他成员？要不就是那种实实在在的紧张气氛（或者是造成这种气氛的不明原因）影响了她的精神状态？

我在字典里查找凯尔希太太说的"风流佳人"这个词，但最后也没搞清它的意思。

"好吧，"我对自己说，"咱们走着瞧。"

第四章　抵达哈沙尼

三天以后，我离开了巴格达。

离开凯尔希太太和她的女儿让我有些伤感。小家伙特别可爱，茁壮成长，体重每星期都在增加。凯尔希少校送我到车站并目送我离开。我预计在第二天早上到达基尔库克，会有人在那儿接我。

我睡得很不好；在火车上我从来都睡不好，总是做梦。然而次日清晨当我向车窗外望去的时候，发现天清气朗，这也让我对即将见到的人感到有些好奇，有些期待。

我站在站台上犹豫地东张西望时，看见一个年轻男子向我走过来。他有一张圆脸，粉扑扑的。说实话，我长这么大还从未见过什么人看起来这么像是P.G.伍德豪斯先生[①]书中的人物呢。

"哈罗，哈罗，哈罗，"他说，"你就是莱瑟兰护士吗？我觉得你肯定是，我能看出来。哈哈，我叫科尔曼，莱德纳博士派我来接你的。你还好吗？旅途辛苦吧？我可知道坐这种火车的滋味！好，我们走吧，你吃过早饭了吗？这是你的行李吗？我得说，相当简单啊，是不是？莱德纳太太有四个手提箱和一个大行李箱，这还没算上一个帽盒、一个新奇的枕头，以及一大堆五花

[①] 佩勒姆·格伦威尔·伍德豪斯爵士（Sir Pelham Grenville Wodehouse, 1881—1975），英国幽默小说家。

八门的东西。我是不是话太多了？来吧，上那辆老爷车去。"

车站外面停着一辆车，后来我听他们称它为旅行车。它看上去既有点儿像四轮轻便马车，又有点儿像运货汽车，还有点儿像小汽车。科尔曼先生把我扶上车，并且叮嘱我最好挨着司机坐，说这样不至于太颠簸。

颠簸！我真不知道这个新奇的玩意儿会不会被颠成碎片！马路也完全不像一条马路，根本就是一条坑坑洼洼的小道。这真是灿烂辉煌的东方文明吗？我不禁想起英国那些平整的公路，思乡之情油然而生。

科尔曼先生坐在我后面。他把身体向前探过来，冲着我的耳朵大喊。

"这路况相当不错！"他喊这句话的时候我们刚刚被颠起来，脑袋几乎碰到了车顶。

而显然他这句话是当真的。

"让你的肝脏活动一下，对身体是有好处的。"他说，"你应该知道这个吧，护士小姐？"

"我不觉得如果头都撞裂了，让我的肝脏兴奋起来还能对我有什么好处。"我刻薄地回应。

"你应该下过雨之后再来，那时候车打起滑来就更刺激了，多数时间我们都得横着走。"

对于这个我无话可说。

很快就需要过河了。我们乘坐的是你能想象到的最疯狂的渡船。我觉得我们能渡过去简直应该庆幸，但看起来似乎所有人都觉得这很正常。

我们在路上花了四个小时才到达哈沙尼。出乎我的意料，这是一个相当大的地方。在我们过河之前，从对岸看这里也很漂亮，白色的尖塔矗立着，看起来像仙境一般。但是当你走过桥来到这里的时候就显得有些不一样了。所有的东西看上去都摇摇欲坠、破败不堪，散发着难闻的气味；遍地泥泞，一片狼藉。

科尔曼先生带我到莱利医生的住处。他说医生正等着和我共进午餐。

莱利医生还是像往常一样亲切，连他的房子都给人一种亲切的感觉。房子里有浴室，一切都收拾得焕然一新。我舒舒服服地洗了个澡，当我穿好工作服走下楼时，感觉好极了。

午饭已经准备好了，我们走进餐厅，医生为他的女儿总是迟到表示了歉意。她进来的时候我们刚好吃完一道美味的卤蛋。医生对我说："护士小姐，这是我女儿希拉。"

她和我握了握手，希望我的旅途还算愉快，然后摘掉帽子，冲着科尔曼先生冷冷地点点头，坐了下来。

"嗨，比尔，"她说，"一切都还好吧？"

他开始跟她说一些即将在俱乐部举行的晚会之类的事情，我借机打量起她来。

我不能说很喜欢她，依我看她有点儿冷冰冰的。虽然长相不错，但显得没有礼貌。黑头发蓝眼睛，面色苍白，嘴上涂着口红。她那种冷嘲热讽的说话方式着实令我厌恶。曾经有一个跟随我的实习生就像她一样，虽然我不得不承认，那个女孩活儿干得很漂亮，但她的举止总是会惹怒我。

看上去科尔曼先生对她很着迷。他变得有点儿结巴，而且所说的话比以前显得更愚蠢可笑。他这副模样让我联想到一条摇着尾巴讨人欢心的狗。

午饭以后莱利医生去了医院，而科尔曼先生要去城里买一些东西。莱利小姐问我是愿意到城里随便逛逛，还是宁可留在家里。她说科尔曼先生差不多一个小时以内就会回来接我。

"有什么东西可看吗?"我问。

"是有一些挺别致的地方,"莱利小姐说,"只是我不知道你会不会喜欢,因为它们都特别脏乱。"

她这样说话让我受不了,因为我根本无法理解怎么能用别致来形容脏乱。

最终她带我去了俱乐部,那里足够舒适,既可以俯瞰河流,还有英文的报纸和杂志可供翻阅。

我们回到住所的时候,科尔曼先生还没有到,于是我们坐下来说话。不知为什么,这并不是一次轻松的闲聊。

她问我是否已经见过了莱德纳太太。

"还没有,"我说,"我只见过她丈夫。"

"啊,"她说,"我想知道你怎么看她。"

对这个问题我没吱声,她继续说下去:"我非常喜欢莱德纳博士,每个人都喜欢他。"

我想这就等于在说,你并不喜欢他的太太。

我仍然没说话。过了一会儿,她突然问我:"她到底怎么了,莱德纳博士没告诉你吗?"

我并不想在见到病人之前就说她的闲话,所以只是含糊其辞地说:"我只知道她身体不太好,需要人照顾。"

她笑了,那是一种很恶毒的笑,既刺耳又粗鲁。

"天哪,"她说,"有九个人照顾她难道还不够吗?"

"我觉得他们都有自己的工作要做。"我说。

"工作?他们当然有工作,但路易丝才是最重要的,她就是要确保这样。"

"没错,"我心想,"你就是不喜欢她。"

"就算这样,"莱利小姐接着说,"我还是不明白她为什么要找一个医院里的专业护士。我总认为找一个业余的帮手更对她的路子。她又不需要别人帮她测体温数脉搏,然后把每件事都做得滴水不漏。"

我得承认,我的好奇心被勾起来了。

"你认为她根本就没病?"我问。

"她当然没病!那女人结实得像头牛。'亲爱的路易丝还没睡。''她都有黑眼圈了。'当然会有了,用蓝铅笔涂一涂就有了!反正只要引人注意就可以,让所有人都围着她转,为她大惊小怪!"

我知道她说的也不无道理。我曾接触过不少多疑病症的病例(护士有什么没见过的?),他们就喜欢让一大家子人围着他们转来转去伺候着。假如医生或者护士对他们说:"其实你什么毛病都没有。"你看吧,他们肯定首先是不相信,然后就会大发雷霆,那个生气劲儿绝对是要多逼真就有多逼真。

当然,莱德纳太太很可能就是这类病人。这种情况下,她的丈夫自然会成为第一个上当的人。我发现,一旦涉及生病的问题,丈夫们总是表现得很轻信。但即使这样,我仍然觉得和我所听到的话不太吻合。就比如说,她怎么也不会用到"安全多了"这种说法吧。

很奇怪,这几个字一直在我的脑海中挥之不去。

想着这些,我问道:"莱德纳太太是个容易紧张的女人吗?比如说,她会不会因为出门在外,来到如此偏僻的地方而觉得紧张?"

"天哪,有什么可紧张的?他们那儿有足足十个人呢!而且还有守卫,因为要保护那里的古迹。绝对不会的,她没什么好紧张的,至少——"

她看起来像是被什么思绪打断了,想了一小会儿才慢慢往下说。

"你那样说挺奇怪的。"

"为什么?"

"前几天我和空军中尉杰维斯到那里去,他们大多数人都到挖掘场去了。她正坐在那里写信,我想她可能没听见我们来。平时领客人进去的仆人那天正好不在,我们就一直走到走廊里。很显然她是看见了墙上杰维斯中尉的影子,于是开始尖叫起来。当然,后来她道歉了。她说她以为是个陌生的男人。但还是有些奇怪吧,我是说,就算是个陌生男人,也用不着这么害怕吧?"

我沉思着点点头。

莱利小姐沉默了片刻,突然又说道:"我也不知道他们今年都是怎么了,个个都有点儿不对劲。约翰逊小姐看上去总是闷闷不乐,不愿意说话;大卫也是能不开口就不开口;当然了,比尔的嘴还是闲不住,不过不知怎么的,他那些喋喋不休的话似乎搅得其他人更烦。凯里的样子就像是有一根弦随时都会绷断似的。他们都相互提防着,好像是——唉,我也说不清,反正就是很奇怪。"

确实挺奇怪的,我想,莱利小姐和彭尼曼少校这两个截然不同的人居然会有如此相同的感觉。

正在这时,科尔曼先生手舞足蹈地走了进来,用手舞足蹈来形容他的样子再合适不过了,假如他把舌头伸出来,又突然变出个尾巴冲你摇啊摇,你也不会有丝毫的惊讶。

"哈罗,哈罗,"他说,"这个世界上最好的采购者绝对是我。你带着我们的护士小姐去欣赏这个城市的美景了吗?"

"没给她留下什么好印象。"莱利小姐干巴巴地说。

"那也难怪,"科尔曼先生兴高采烈地说,"这儿其实就是最破烂不堪的穷乡僻壤!"

"你不是那种喜欢别致的东西或者古董的人,是吧,比尔?我真搞不懂你为什么要干考古工作。"

"这可不能怪我,要怪就怪我的监护人。他可是个博学的人,大学里的研究员,在卧室里穿着拖鞋都要看书的那种。对他来说,有我这样一个被监护人绝对是种打击。"

"我觉得被迫从事自己不喜欢的工作才真是愚蠢透顶。"女孩尖刻地说。

"不是被迫,希拉,好姑娘,我可不是被迫的。那个老先生问我心里有没有什么特别向往的职业,我说没有,所以他才想方设法让我到这里来干一段时间。"

"但你难道一点儿都不知道你究竟喜欢干什么吗?你必须得知道啊!"

"我当然知道。我的愿望就是完全不用工作。我最喜欢的事情就是拥有很多钱,然后就能去参加赛车比赛了。"

"你真荒唐!"莱利小姐说。

她听起来非常生气。

"啊,我当然明白这是不可能的,"科尔曼先生满不在乎地说,"所以我不得不做点儿事情。只要不是整天待在办公室里,我才不介意干什么呢。我很愿意到世界各地去转转。就像我说的,走着瞧,于是我就来了。"

"我觉得你肯定什么忙也帮不上!"

"这你可错了。我可以和任何人一起站在挖掘场大喊'安拉'!而且实际上,我的画画得也不是很差劲。上学的时候我还特别擅长模仿别人的笔迹，单凭这个我就能成为一流的伪造专家。啊，没准儿我真会干这一行呢。如果哪天你在等公共汽车的时候我的劳斯莱斯溅你一身泥，你就会明白我已经上了道儿了。"

莱利小姐冷冰冰地说："你不觉得你应该动身了，而不是在这儿说这些废话吗？"

"我们这里的人很热情吧，护士小姐？"

"我确信莱瑟兰护士现在急于安顿下来。"

"你总是对所有事情都很确信。"科尔曼先生咧嘴一笑，反驳道。

我心想，这倒是真的。你这个过分自信的小姑娘。

我干巴巴地说："也许我们该走了，科尔曼先生。"

"好嘞，护士小姐。"

我和莱利小姐握了握手，向她表示感谢，然后我们就出发了。

"这个希拉，真是个招人喜欢的姑娘，"科尔曼先生说，"但就是爱责备人。"

我们的汽车开出城外，很快就走上一条小路，路两旁都是绿油油的作物。这条路崎岖不平，到处都是车辙。

大约半个小时以后，科尔曼先生指着前方河岸边上一个大土丘说："雅瑞米亚遗址。"

我可以看到黑色的小小人影在那里走动，就像蚂蚁一样。

就在我眺望的时候，那些人突然一起从土丘的一边跑下来。

"忠实的伙计们，"科尔曼先生说，"是收工的时候了。我们在日落前一个小时收工。"

考古队的营地就驻扎在离河岸边不远的地方。

司机开着车转了个弯，颠簸着通过一道很窄的拱门，我们就到了。

营地的房子是围绕着一个庭院搭建的。起初的房间只占据了庭院的南面,还有几间不太重要的小屋子在东面,后来考古队在另外两面又续建了一些房间。由于房子的平面图到后来被证明有特别的意义,因此我在这里附上一张草图作为说明。

所有的房门都对着庭院,大多数窗户也是如此,仅有的例外是南面那些最初的房间,这些房间另有对着外面田野的窗户,不过这些窗户都从外面装上了金属护栏。庭院的西南角上有一段楼梯,这段楼梯向上通往一个长长的带护墙的屋顶露台,护墙占据了整个建筑南面的长度,而南面的房间也比其他三面都高。

科尔曼先生领着我从庭院的东面绕过去,来到位于南面正中的大门廊。他推开门廊一侧的一扇门,我们走进房间,里面有几个人正围着茶桌坐着。

"好多好多人!"科尔曼先生说,"这位就是莎瑞·甘普①。"

坐在桌首的女士站起身,走过来欢迎我。

于是,我第一次见到了路易丝·莱德纳。

---

① 英国小说家查尔斯·狄更斯的小说《马丁·翟述伟》(Martin Chuzzlewit)中的人物,是一个放荡、邋遢、总是醉醺醺、喜欢带着一把伞到处炫耀的护士。

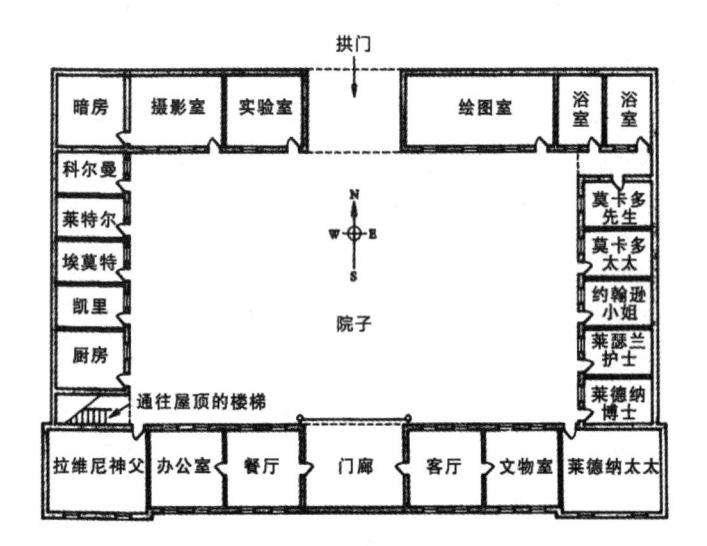

雅瑞米亚遗址考古队营地平面示意图

第五章　雅瑞米亚遗址

我得承认，莱德纳太太给我的第一印象出乎我的预料。当人们听到别人谈论某个人的时候，总是免不了去想象那个人的样子。而我脑海中一直认为莱德纳太太会是那种一头乌发，肤色黝黑，对所有事情都不满意的女人，神经分分，紧张不安。而且坦率地讲，我还觉得她可能会有些粗俗无礼。

但是实际上，她和我想象中的一丁点儿都不一样。首先，她很漂亮。和她的丈夫不同，她并不是瑞典人，但至少看起来很像。她满头金发，肤色白皙，一副斯堪的纳维亚人的模样，这一点非常难得。她已经不年轻了，我猜大概在三十岁到四十岁之间。她的面容有些憔悴，金发中夹杂着一些灰发。但她的眼睛非常好看，是我见过的所有眼睛里唯一能够用紫色来形容的。她的眼睛很大，眼神中隐约有些阴影。她很瘦，一副弱不禁风的样子。如果我说她看上去极度疲倦，同时又显得充满活力，你一定觉得我是在胡说八道，但这就是我的感觉。而且我还觉得她是一个百分之百的淑女，这一点即使在今天看来也难能可贵。

她向我伸出手，面带笑容。她的声音低沉柔和，带着一种美国人的慢吞吞的腔调。

"我很高兴你能来这儿，护士小姐。喝杯茶吗？还是你愿意先去你的房间看看？"

我说我想先喝杯茶，于是她把我带到桌边，为我一一引见。

"这位是约翰逊小姐，这是莱特尔先生，莫卡多太太，埃莫特先生，拉维尼神父。我丈夫很快就回来。来，你坐在拉维尼神父和约翰逊小姐中间吧。"

我依言坐下，约翰逊小姐开始和我聊天，问我一些旅途见闻之类的话。

我挺喜欢她，她让我想起我在实习期间的一个护士长。我们那时都很钦佩她，都为她努力地工作。

我估计她差不多有五十岁了，外表看起来有点儿男性化，铁灰色的头发剪得很短，说起话来有些低沉，断断续续，但声音很好听。她的脸不好看，布满皱纹，有一个近乎可笑的翘鼻子，要是碰到什么苦恼或是烦心的事儿，她总会烦躁地揉鼻子。她穿着一身粗花呢套装，看起来也像是男式的。很快她就告诉我，她是个土生土长的约克郡人。

拉维尼神父的样子有点儿吓人。他个子很高，留着一大把黑胡子，戴着一副夹鼻眼镜。我曾经听凯尔希太太提起这里有一个法国修士，而眼前的拉维尼神父就穿着一身白色毛料的修士长袍。我觉得有些奇怪，因为我一直以为修士在进入修道院以后就不会再出来了。

莱德纳太太和他说话多数情况下都是用法语，但是在和我交谈的时候他的英语相当好。我注意到他有一双敏锐且善于观察的眼睛，目光总是在逐一检视在座的人。

坐在我对面的是另外三个人。莱特尔先生是个白白胖胖的年轻人，戴着一副眼镜。他的头发又长又卷，还有一双圆溜溜的蓝眼睛。我想他小时候肯定是个可爱的孩子，但现在看上去就不怎么样了。实际上他现在的样子有点儿像头猪。另一个年轻人留着很短的头发,有一张长长的滑稽的脸,牙齿很白,笑起来很吸引人。不过他的话很少,别人和他说话的时候他也只是点点头,或者只用一两个字来回答。和莱特尔先生一样,他也是个美国人。最后一位是莫卡多太太。我没有机会好好地端详她,因为每次我朝她的方向看过去,都会发现她在用一种饥饿的眼神盯着我,至少让我觉得很别扭。如果你看到她看我的眼神,你可能会以为医院的护士都是些奇怪的动物呢。真是一点儿礼貌都没有。

她相当年轻,应该不超过二十五岁;皮肤比较黑,一副鬼鬼祟祟的样子,这么说我想你们就会明白我的意思。从某方面来说,她长得挺好看的,但可能就像我妈妈经常说的那样,"沾了一下沥青刷子"①。她穿着一件非常鲜艳的套头衫,指甲也涂着相同的颜色。一张瘦削的、像小鸟一样急切的脸上有一双大眼睛,嘴唇紧绷,显得很多疑。

茶很好喝,这是一种浓郁美味的混合饮料,完全不像凯尔希太太经常泡的那种清淡的中国茶。喝那种茶对我来说可算不上享受。

桌子上有烤面包、果酱、一盘岩皮饼和切好的蛋糕。埃莫特先生非常客气地把东西递给我。虽然他很安静,但看起来似乎每次我的盘子空了他都能及时发现。

不一会儿,科尔曼先生又风风火火地进来了,坐在了约翰逊小姐的另一边。看起来他的精神状态倒是没什么问题,因为一落座他就又开始滔滔不绝地讲话了。

莱德纳太太叹了一口气,对着他那个方向摆出一副厌倦的表情,但显然并没有奏效。科尔曼先生的话主要是对着莫卡多太太

---

①比喻有黑人血统。

说的，只是莫卡多太太正忙着观察我，所以除了偶尔敷衍他几句之外也顾不上多说，即使这样，也还是没法让他停下来。

就在我们刚用完茶点的时候，莱德纳博士和莫卡多先生从挖掘场回来了。

莱德纳博士亲切地招呼了我。我看见他迅速而担忧地看了他太太一眼，接着似乎对所见到的情形感到了一丝轻松，然后在桌子的另一头坐了下来。莫卡多先生坐在莱德纳太太旁边的空位子上，他又高又瘦，显得有些忧郁，年纪比他太太大得多。他的面色萎黄，留着一副奇怪的、松软的、乱蓬蓬的胡子。他一进来我就很高兴，因为他太太终于不再盯着我看，而是把注意力都集中到他身上了。她看着他的样子显得心焦气躁，这让我觉得有些奇怪。莫卡多先生则心不在焉地搅着自己杯子里的茶，一言不发，盘子里的蛋糕也原封未动。

还有一个位子空着，很快，门打开了，一个男人走了进来。

第一眼看到理查德·凯里的时候，我觉得他是很长时间以来我见过的为数不多的英俊人物。但果真是这样吗？我也不确定。说一个人英俊，同时又说他看起来像个骷髅头听上去是极其矛盾的，然而事实就是如此。虽然给人的感觉是他的皮肤异乎寻常地紧绷在头骨上，但那具头骨的确很美。他的下巴、太阳穴及前额的轮廓分明，让我不禁联想起青铜雕像。那张清瘦的褐色面庞上有一双我所见过的最明亮、最湛蓝的眼睛。他身高大约六英尺，我猜年纪应该不到四十岁。

莱德纳博士说："护士小姐，这位是凯里先生，我们的建筑师。"

他以令人愉快但几乎听不清的英国腔调嘟囔了几句，然后坐在了莫卡多太太身边。

莱德纳太太说："我恐怕茶有点儿凉了,凯里先生。"

他说："哦,不要紧的,莱德纳太太。是我来晚了,我想着把那些墙壁的图纸画完。"

莫卡多太太说："要果酱吗,凯里先生?"

莱特尔先生把烤面包推了过去。

这时我想起了彭尼曼少校说过的那句话:"或许我这么说能够解释得更清楚吧,就是他们互相之间递黄油的时候有点儿太客气了。"

是的,这场面看起来是有点儿奇怪……

有点儿太拘于礼节了……

你可能会说这是一群聚在一起的陌生人,彼此并不熟识。但他们中的一些人其实已经认识好多年了。

第六章 第一晚

用过茶点之后,莱德纳太太带着我去看我的房间。

也许在这里我最好对房间的安排做一个简要的描述。非常简单,参考平面示意图很容易就能明白。

在开放式的大门廊两边分别有门通向两个主屋。右边的门通往餐厅,也就是我们用茶点的地方;另一边的门则通向一间完全相同的房间(我称它为客厅),平时用作起居室及非正式的工作间,也就是说,有一部分图纸(不仅仅是建筑方面的)就是在那里完成的,而更细碎的陶器碎片也会被带到那里进行修补拼接。穿过客厅就是文物室,在挖掘场发现的所有文物都会被带回这里,存放在不同的分类架上,有些也摆放在长凳或桌面上。从文物室出去只能穿过客厅,没有其他的出口。

文物室的另一边是莱德纳太太的卧室,卧室的门是对着庭院开的。和营地这一侧其他的房间一样,卧室也有两扇带金属护栏的窗户,朝向外面乡野的农田。转过拐角,紧邻莱德纳太太房间的就是莱德纳博士的房间,两者之间并没有门直接相通。这也是营地东侧的第一个房间,隔壁是准备给我住的房间,接下来依次是约翰逊小姐、莫卡多太太和莫卡多先生的房间。然后是两间所谓的浴室。

(有一次我提到"所谓的浴室"时,被莱利医生听到了,他就笑话我说，要么是浴室要么不是，没有什么"所谓的浴室"。但不管怎么说，当你习惯于有水龙头和安装完备的水管可用之后，这样两间只有锡制坐浴盆，连洗澡用的泥水还得用煤油罐打进来的泥巴屋，把它们称为浴室确实很奇怪！）

这一侧的所有房间都由莱德纳博士在原来阿拉伯人房舍的基础上扩大了。卧室千篇一律，每间都有朝向庭院的门和窗户。北面的那排房间依次是绘图室、实验室及摄影室。

现在让我们再回到门廊。另一侧的房间布局与这一侧大体相同。和餐厅相通的是办公室，那里存放着各种文件，编目和打字工作也都在那儿进行。和莱德纳太太的卧室相对应的是拉维尼神父的房间，他被分配了一间最大的卧室，同时他也用这个房间做翻译破解碑文的工作——随便你怎么称呼它吧。

西南角上是那段通往屋顶的楼梯。西侧第一间是厨房，接下来四间比较小的卧室归那几个年轻人使用，依次是凯里、埃莫特、莱特尔和科尔曼。

西北角是摄影室以及和它相通的暗房，隔壁是实验室。然后就是营地唯一的入口，也就是我们进来时走的那个大拱门。当地仆人的住所，士兵的警卫室及马厩等都在外面。绘图室在拱门的右边，占据了北侧其余的地方。

我在这里详尽描述了房间的分布情况，因为后面我不打算再重复说明了。

如我所言，莱德纳太太亲自带着我参观了营地，最后把我送到了我的卧室。她希望我住得舒适，并且对房间的设施还能满意。

房间里的陈设虽然简单，但还算是很不错的，有一张床、一个五斗柜、一个脸盆架和一把椅子。

"仆人会在午餐和晚餐前给你打好热水,当然,早上也有。如果你在其他任何时间需要,你就走到外面拍拍手,等仆人来了以后你就说'吉布迈哈',你觉得你能记住吗?"

我说我觉得应该可以,然后结结巴巴地学了一遍。

"这就对啦,要很确定地喊出来。你要是用普通的英国腔说,阿拉伯人是听不懂的。"

"语言这东西真有意思,"我说,"想想世界上能有那么多种不同的语言,真的很奇妙。"

莱德纳太太笑了。

"巴勒斯坦有一个教堂,里面的主祷文是用各种不同的语言写成的,我估计得有九十种吧。"

"天哪!"我说,"我必须写信把这个告诉我姑妈,她肯定会感兴趣的。"

莱德纳太太心不在焉地用手拨弄着水罐和脸盆,把肥皂盒挪开了一些。

"我真心希望你在这里过得愉快,"她说,"不会觉得太无聊。"

"我并不经常感到无聊,"我向她保证,"人生短暂,没有那么多时间去觉得无聊。"

她没有回话,只是继续摆弄那个脸盆架,仿佛很出神的样子。

忽然她用深紫色的眼睛盯着我的脸。

"我丈夫究竟告诉了你什么,护士小姐?"

好吧,对于这类问题我们总是采取同样的回答。

"就我所知,莱德纳太太,他说你有些疲劳,身体虚弱之类的,"我顺嘴说道,"并且说你需要一个人来照顾你,帮你宽宽心。"

她慢慢地低下头，若有所思。

"是的，"她说，"没错，这样就很好了。"

她的话让人有些费解，但我没打算多问，而是继续说："家里有任何事情需要做的，我都希望你能让我帮忙，千万不要让我闲着没事做。"

她微笑了一下。

"谢谢你，护士小姐。"

然后，令我很意外的是，她坐在床上，开始仔细地盘问起我来。我说令我感到意外是因为第一眼看到莱德纳太太时，我觉得她是一个淑女。而根据我的经验，一个淑女是很少对别人的私事表现出好奇的。

但是莱德纳太太看起来似乎急切地想知道关于我的一切。我在哪里接受的培训，是在多久以前，我为什么会到东方来，莱利医生又怎么会推荐我来这里。她甚至还问我有没有去过美国，或者在那边有没有亲戚。她问我的其中几个问题在当时看起来毫无意义，但是后来我就明白它们的重要性了。

然后，突然之间，她的态度就转变了。她带着一种温暖灿烂的笑容，亲切地对我说她很高兴我来到这里，而且她确信我会令她感到安慰。

她从床上站起身说："你愿意跟我去屋顶上看看日落吗？这个时候的景色总是很美。"

我欣然同意了。

我们走出房间的时候她问我："你从巴格达来这里的火车上人多吗？有什么男乘客吗？"

我说我并没有注意到有什么特别的人。前一天晚上餐车上有两个法国人，还有三个搭伴乘车的人，从他们彼此的交谈中，我猜测他们的工作可能与管道有关。

她点点头,不自觉地发出一声轻叹,听起来带有一丝解脱。

我们一起来到屋顶上。

莫卡多太太已经在那里了,她坐在护墙上,而莱德纳博士正弯着腰查看摆成一排排的石头和破碎的陶器。那里有几件大物件,他称为手磨,还有一些石杵、石凿和石斧,更多的是一些我从来没见过的带有稀奇古怪图案的碎陶片。

"到这里来,"莫卡多太太叫道,"这景色难道不是太美——太美了吗?"

这的确是一幅美丽的日落风景。在夕阳的映衬下,远处的哈沙尼像是仙境一般,底格里斯河从宽阔的河岸中间流过,看上去如梦似幻。

"是不是很美,埃里克?"莱德纳太太说。

博士心不在焉地抬头看看,小声地敷衍了两句"很美,很美"之后,就继续低头整理他的碎陶片了。

莱德纳太太笑着说:"考古学家只看那些摆在他们脚下的东西。对他们来说,天空就像不存在一样。"

莫卡多太太咯咯地笑起来。

"他们是一群特别奇怪的人,护士小姐,你很快就会发现的。"她说。

她停顿了一下,又补充道:"你能来我们都特别高兴。一直以来,我们都非常担心亲爱的莱德纳太太,是吧,路易丝?"

"是吗?"

她的声音听起来有些提不起精神。

"哦,当然啦。护士小姐,她最近的情况真的很糟糕。各种担忧恐惧、奔波劳累之类的。你知道,要是有人跟我说起某某人

'只是精神紧张'，我通常都会回答他：还有什么比这更糟的吗？精神可是一个人的内在核心啊，是不是？"

"女人啊，女人。"我心想。

莱德纳太太冷冰冰地说："不过，玛丽，现在你不用再为我担心了，护士小姐会照顾我的。"

"当然，我会的。"我爽朗地说。

"我相信那会大有不同的。"莫卡多太太说，"我们都觉得她应该去看看医生，或至少做点儿什么。她的精神真的已经快要崩溃了，我说得对吗，亲爱的路易丝？"

"以至于你们也跟着我一起心神不宁了吧！"莱德纳太太说，"咱们能谈些别的更有趣的事情，而不要总是纠缠于我该死的病吗？"

这时我看出来，莱德纳太太是那种特别容易树敌的女人。她说话的腔调中透着冷漠和无礼（我并没有因为这个而责备她），使得莫卡多太太原本蜡黄的脸上一阵泛红。她嗫嚅地说了句什么，但是莱德纳太太已经起身到屋顶另一边找她的丈夫去了。我怀疑他是否听见了她走过去的响动，直到她把手搭在他的肩膀上，他才猛然抬起头来，脸上充满关爱和急切的探询。

莱德纳太太轻柔地点点头。不久，她就挽着他的手臂，两个人一起漫步到远处的护墙，从那里走下了楼梯。

"他很爱她，对吗？"莫卡多太太说。

"是的，"我说，"看到他们这样挺让人高兴的。"

她以一种奇怪的、有点儿急切的眼神侧目看着我。

"护士小姐，你觉得她究竟得的是什么病？"她稍稍压低了声音问我。

"哦，我并不觉得她有什么大毛病，"我愉快地说，"只是有些疲惫吧,我想。"

就像我们喝茶的时候那样,她的眼睛依然死死地盯着我,然后突然问:"你是精神科的护士吗?"

"天哪,当然不是,"我说,"你怎么会这么想呢?"

她沉默了片刻,然后说:"你知道她最近这段时间有多奇怪吗?莱德纳博士没告诉你?"

我并不赞成在背后讲病人的闲话。此外,根据我的经验,通常你也很难从病人的亲戚那里听到实话。在得知真相之前,你只能在黑暗中摸索,毫无头绪。当然,如果有一位医生负责病人的治疗就不同了,他会告诉你所需要知道的所有事情。但是目前的情况是并没有医生负责。他们从来没有正式地邀请过莱利医生给她看病,并且在内心深处,我也并不完全确信莱利医生把所有能告诉我的都告诉我了。必须承认,考虑到面子问题,做丈夫的常常会对妻子的实际情况有所隐瞒。但是不要紧,我了解得越多,就越清楚应该怎么做。莫卡多太太(我心里认定她是一个不怀好意的女人)显然是迫不及待地想说出来。而且抛开职业的考虑,就人的本性而言,我也很想听听她要说些什么。如果你愿意,也可以认为这是我的好奇心在作祟吧。

我说:"就我所知,莱德纳太太最近一段时间变得有些不太正常?"

莫卡多太太令人生厌地笑起来。

"不正常?何止啊!都快把我们吓死了。有一天晚上,她说有人用手指敲她的窗户,然后就看到一只没有胳膊的手,到后来就变成一张黄色的脸贴在她的窗户上,可是当她跑到窗户那儿,却又什么都没发现。好吧,你说说可怕不可怕,我们都觉得毛骨悚然。"

"也许是某个人想和她开玩笑呢？"我提议道。

"哦，不会的，所有这些都是她的想象而已。就在三天以前，晚饭的时候，他们在村子里放枪，差不多离这儿有一英里远，她吓得跳起来大喊大叫，把我们所有人都吓坏了。而莱德纳博士马上冲过去，不停地对她说：'没事，亲爱的，什么事都没有。'表现得极其可笑。你明白吗，护士小姐，我觉得男人有时候是在鼓励女人有这种歇斯底里的妄想。很遗憾，这是件糟糕的事情。妄想是不应该被鼓励的。"

"如果是妄想，确实不应该鼓励。"我不动声色地说。

"不是妄想还能是什么？"

我没有说话，因为我不知道该说些什么。这件事情挺有意思。对于任何一个处于紧张情绪中的人来说，枪声引起尖叫都是很自然的反应，但是那个关于鬼脸和手的奇怪故事就不同了。在我看来，无外乎两种可能性，要么是莱德纳太太捏造的（就像小孩子为了成为焦点常常会撒谎，编造一些根本没有发生过的事情来吸引别人的注意），要么就像我前面提过的，是一个蓄意的恶作剧。我想，这就是那种像科尔曼先生一样缺乏想象力的年轻人会认为很有趣的事情。我决定密切地注意他，因为精神紧张的病人是有可能被一个愚蠢的玩笑吓得发疯的。

莫卡多太太斜着眼睛看着我说："她是个风情万种的女人，你不觉得吗，护士小姐？那种注定会遭遇很多事情的女人。"

"在她身上发生过很多事情吗？"我问。

"嗯，她的前任丈夫在她只有二十岁的时候就死在战场上了。我觉得这是特别令人同情，同时也很有传奇色彩、很浪漫的事情，你觉得呢？"

"我觉得这就好比非要把一只鹅说成是天鹅一样。"我冷冷地说。

"哦，护士小姐！这是多么独到的见解啊！"

实际上这是千真万确的。你会听到很多女人说："如果唐纳德——或者亚瑟，或者不管叫什么其他名字的人——还活着该有多好啊。"有时我就会想，即使他还活着，很可能也已经变成一个既胖又平庸，脾气还不好的中年丈夫了。

天色渐渐暗下来，我建议我们应该下去了。莫卡多太太表示同意，并问我是否愿意参观一下实验室。"我先生会在那里做他的工作。"

我说我非常乐意，于是我们向那里走去。屋子里亮着一盏灯，但没有人。莫卡多太太给我看了一些仪器装备和几件正在处理的铜饰，还有一些涂了蜡的骨骼标本。

"约瑟夫去哪儿了呢？"莫卡多太太说。

她要去绘图室找一下，凯里先生正在那里工作。当我们走进去的时候他几乎没有抬头，但我还是注意到了他脸上那种不寻常的紧张表情。我突然产生了一种想法："这个人的神经已经到了他所能承受的极限了，很快这根弦就会绷断的。"而且我还想起另一个人也曾经注意到他身上的这种紧张情绪。

当我们走出来时，我扭过头最后看了他一眼。他正低头看着绘图纸，双唇紧闭，更加深了他的头骨给人的那种骷髅头的感觉。我异想天开地觉得，他看上去就像一个旧时的骑士，正奔赴战场，而且深知自己将一去不回。

我再一次体会到了他具有的那种非比寻常，而他本人又丝毫意识不到的吸引力。

我们在客厅找到了莫卡多先生，他正在向莱德纳太太解释一些关于新方法的点子。她坐在一把直背木椅上，在精美的丝绸上绣着花。我又一次被她那非同寻常的、精致的、超凡脱俗的外表所打动，她看上去不像是血肉之躯，而更像是仙女下凡。

莫卡多太太用又高又尖的声音说道："啊，约瑟夫，原来你在这儿啊。我们还以为你在实验室呢。"

他一跃而起，显得惊慌失措，仿佛她的到来破解了咒语一般，然后结结巴巴地说："我……我现在得走了，我正在……正在……"

他并没有说完就转身向门口走去。

莱德纳太太用她温柔的、拉得长长的声音说道："你必须找时间给我讲完，实在是太有趣了。"

她抬头看看我们，心不在焉地甜甜一笑，又继续埋头刺绣了。

过了一小会儿，她说："护士小姐，那边有一些书。我们的藏书相当精美，挑一本坐下来看看吧。"

我来到书架前，莫卡多太太呆立了片刻，然后突然转过身，走出去了。她从我身边经过的时候我看见了她的脸，带着狂野的愤怒。我不喜欢她这个样子。

我不由得想起凯尔希太太说过的一些暗指莱德纳太太的事情。我不愿意相信那些是事实，因为我喜欢莱德纳太太。但是尽管如此，我还是怀疑那里面会不会有一些是真的。

我并不认为这些应该全部归罪于她，但事实是，那个和蔼可亲但其貌不扬的约翰逊小姐，以及粗俗且脾气乖戾的莫卡多太太，无论在相貌还是魅力上都无法和她匹敌。而归根结底，全世界的男人都一样。如果你干我这一行，很快就能看清这一点。

莫卡多是个又愚蠢又可怜的人，我并不认为莱德纳太太会真的在意他对她的崇拜，但是他的太太会在乎。假如我没有搞错的话，实际上她十分介意，只要有可能，她肯定非常乐意报复莱德纳太太。

我看着莱德纳太太坐在那里绣漂亮的花，显得很清高，给人以很强的疏离感。我觉得无论如何我应该提醒她，她也许并不知道人的愚蠢、不理智、妒火中烧和憎恨能够发展到何种程度，也不知道使它们郁积在别人心中又是何其简单。

然后我又对自己说："艾米·莱瑟兰，你就是个傻瓜。莱德纳太太又不是小孩子，她已经是快四十岁的人了，生活中该懂得的事情她肯定都懂得。"

可是我仍然觉得她有可能真的不懂。

很奇怪，她看起来是那么无动于衷。

我开始好奇她以前的生活是个什么样子。我知道她和莱德纳博士结婚刚刚两年，而按照莫卡多太太的说法，她的第一任丈夫差不多十五年前就死了。

我拿了一本书，走过去坐在她旁边。又过了一会儿，我去洗手准备吃晚餐。晚餐非常可口，尤其是咖喱，简直棒极了。餐后他们都早早地回房间休息，我很高兴，因为我已经很累了。

莱德纳博士送我回到房间，顺便看看我是否还需要什么东西。

他热切地和我握了握手，热情洋溢地说："护士小姐，她喜欢你。她几乎是立刻就喜欢上你了。我特别高兴，现在我觉得一切事情都会好起来的。"

他那热切的样子看起来就像个孩子似的。

我也同样觉出莱德纳太太已经喜欢上我了，这让我感到很愉快。但我并不像他那样信心十足，不知为什么，我总觉得有更多的东西他还不知道。

这里有什么事情不对头，我一时还弄不清楚，但我能感觉到它确确实实存在。

床很舒服，但我睡得并不安稳，因为做了很多梦。

济慈某一首诗中的词句反复在我脑海中浮现，那是儿时不得不读的。我总是把它们记错，这让我非常苦恼。我以前很讨厌那首诗，可能是因为不管想不想学，都必须去学的缘故吧。不过当我在黑夜中醒来，不知什么原因，我平生第一次发现了它的美妙之处。

"啊，骑士，告诉我你因何哀伤，孤单无助（后面是什么来着？）沮丧彷徨？[①]"

我头一次在脑海中看见了骑士的脸。那是凯里先生的脸，一张阴森、紧绷、古铜色的脸，就像是记忆中在少女时代所看到的战场上那些可怜的年轻人。我为他感到难过。然后我再次坠入梦乡，这次我看到诗中那个无情的美人就是莱德纳太太，她侧身斜倚在马背上，手里捧着绣好的鲜花。忽然马失前蹄，仆倒在地，只见遍地都是涂满了蜡的森森白骨。我从梦中惊醒，吓得满身鸡皮疙瘩，颤抖不已。我只好告诉自己，那是我晚饭从来不习惯吃咖喱的缘故。

[①] 选自济慈诗作《无情的美人》。

第七章　窗外的男人

我想最好马上声明一下，这个故事是不带有任何地方色彩的。我对考古学一无所知，而且也不认为自己很想了解。整天与已经长埋地下的人和物搅在一起在我看来是没有意义的。凯里先生曾经说过，我身上缺少考古学者的气质，毫无疑问，他说得完全正确。

在我抵达营地后的次日上午，凯里先生问我是否愿意去看看他设计的那个宫殿——我想他用的就是"设计"这个词。不过对于他怎么去设计一个存在于很久以前的东西，我根本没有概念。于是我说我愿意，而且说实话，我甚至为此感到有点儿兴奋。据说那个宫殿有将近三千年的历史了。我很好奇那个时候的人会建造什么样的宫殿，那里面的陈设会不会和我在图片中看到的图坦卡蒙法老①的墓穴一样。但是信不信由你，那儿除了泥巴之外没有什么可看的。大约两英尺高的烂泥墙就是全部的东西了。凯里先生带着我到处参观，给我讲解——这是大中庭，这里和楼上有一些大的会议室以及各种其他用途的房间，所有的门都开向中庭。而我所想的只是："他是怎么知道这些的？"不过当然啦，我很客气地没有问出口。我可以告诉你的就是，这次参观带给我

---

①图坦卡蒙（前1341—前1323），古埃及新王国时期第十八王朝的一位法老。他的坟墓直到一九二二年才被发现，出土将近五千件珍贵的陪葬品，震惊了西方世界。

的是彻头彻尾的失望。在我眼里,整个挖掘场只是一堆泥巴而已,没有大理石,没有黄金,也没有其他任何好看的东西。我姑妈在克里克伍德的房子如果变成遗迹都会比它壮观。那些古代的亚述人或者其他什么人,居然还自称"国王"呢。凯里先生带我参观完他的古老"宫殿"之后就把我交给了拉维尼神父,神父负责带我去看看遗址其他的地方。我有些害怕拉维尼神父,大概由于他是个修士,而且是个外国人,嗓音还那么低沉,以及其他诸如此类的原因吧。但其实他非常亲切,除了说话有点含含糊糊。有时候我觉得整个遗址对他而言比对我还要显得不真实。

后来莱德纳太太向我解释了原因。她说拉维尼神父只对"写下来的文件"感兴趣,这是她的原话。当地人把所有事情都写在黏土板上。他们很奇怪,看上去像异教徒,但其实都很通情达理。他们甚至在学校里也使用黏土板,正面刻着老师布置的功课,背面则是学生的答案。我承认这一点令我很感兴趣,因为这显得很人性化,如果你懂我的意思的话。

拉维尼神父陪着我到挖掘场的各处转转,告诉我哪些是庙宇,哪些是宫殿,哪些是私人住宅,还有一个地方他说是早期阿卡得人的墓地。他急促的说话方式很有意思,对于每个话题都只是蜻蜓点水,然后就马上转到下一个。

他说:"你到这里来很奇怪。难道说莱德纳太太真的病了吗?"

"也不能完全说是病了。"我小心翼翼地说。

他说:"她是个奇怪的女人,我认为她是个危险人物。"

"你这么说是什么意思?"我问,"危险?怎么个危险法?"

他若有所思地摇摇头。

"我觉得她是个冷酷无情的人。"他说,"没错,我觉得她可以极其冷酷无情。"

"抱歉，"我说，"我认为你在胡说八道。"

他又摇摇头。

"你不像我那样了解女人。"他说。

我觉得这句话从一个修士嘴里说出来显得十分可笑。当然，我想他也许是从别人的忏悔中听到了很多事情，但这依然让我感到困惑，因为我拿不准修士究竟能否听取忏悔，还是说只有牧师可以。从他这身长得拖地的毛料长袍，还有那些念珠之类的，我推断他就是个修士。

"没错，她就是冷酷无情，"他沉思着说，"这一点我确信无疑。她虽然铁石心肠，但还是会害怕。她究竟在害怕什么？"

我觉得这是我们所有人都想搞清楚的事情。

至少她的丈夫很可能是知道的，而其他人中我认为没有一个人真正了解。

他突然用明亮的黑眼睛盯着我。

"这里是不是很奇怪？你是不是也发现这里很奇怪？还是说你觉得这里很正常？"

"不是很正常。"我一边思索一边说，"就生活上的安排而言，我觉得已经足够舒适了，但周围的气氛让我不太舒服。"

"这种气氛也让我心烦意乱。我有一种感觉，"他忽然变得有些陌生，"有些事情正在慢慢地酝酿。其实就连莱德纳博士本人都跟往常不大一样了，他也在担心着什么。"

"他妻子的健康状况吗？"

"也有可能，但是不止这些。怎么说呢，这里有种让人不安的感觉。"

正是如此，这里有一种令人不安的感觉。

我们没再多说，因为莱德纳博士向我们这边走过来。他带我去看了一个刚刚挖出来的孩子的墓穴，看起来有些可怜，小小的骸骨，旁边散放着几个罐子，还有一些细小的颗粒样的东西，莱德纳博士告诉我那是一条串珠项链。

那些挖掘工人把我逗笑了。我从来没有见过那么多骨瘦如柴、衣衫褴褛的人凑在一起。他们的头都用布裹着，就好像所有人都有牙疼的毛病似的。在来来回回搬运一筐筐泥土的时候，他们不时地放声歌唱，至少我认为他们是在歌唱。那是一种奇怪的、像念经一样的单调歌声，一遍又一遍地重复着。我发现他们中大多数人的眼睛看起来都很可怕，满眼都是分泌物，其中有几个人已经几乎瞎了。我正在叹息这群人的命运有多么悲惨的时候，莱德纳博士却对我说："挺好看的一群人，是吧？"我想这个世界真是奇怪啊，看到同样的事物，两个不同的人竟然会产生截然相反的感觉。我表达得也许不太清楚，但你应该能猜出我的意思。

过了片刻，莱德纳博士说他要回营地去喝杯上午茶。于是我们一起往回走，一边走他一边给我进行讲解。经过他的解释以后，一切看起来都大不相同了。对于这里曾经的模样，哪些是街道，哪里是房屋，我也可以稍稍看出些端倪了。他还指给我看从前阿拉伯人用来烘烤面包的烤箱，并且告诉我，他们那时使用的烤箱和现在我们所用的几乎一样。

我们回到营地，发现莱德纳太太已经起床了。她今天看上去气色不错，不再显得那么憔悴疲惫。茶几乎是立刻就端进来了，莱德纳博士喝着茶，给她讲了今天早晨在挖掘场的见闻。之后他返回挖掘场继续工作。莱德纳太太问我是否愿意看看他们的最新发现。我当然说愿意，于是她就把我带到文物室。那里到处摆满了东西，在我看来大多是些破罐子，还有一些是已经修补黏合好了的。我心想，所有这些东西要是不留意，都有可能被当作废物扔掉。

"天哪，天哪，"我说，"真可惜，它们都已经这么破碎不堪了，不是吗？这些东西真的值得保留吗？"

莱德纳太太微笑着说："你可千万别让埃里克听见啊，陶罐对他的吸引力超过任何其他东西，而且其中有一些是我们现存最古老的文物，可能有将近七千年的历史吧。"然后她接着给我讲了其中几件是如何在几乎挖到土丘的底部时才发现的，以及在数千年前，人们是如何用沥青把破碎的陶罐修补好的。这说明那时的人们就像现在一样珍惜他们所拥有的物品。

"现在，"她说，"我要给你看一样更激动人心的东西。"

她从架子上取下一个盒子，盒子里面是一把柄上带有深蓝色宝石的漂亮的黄金匕首。

我高兴得叫出声来。

莱德纳太太笑了。

"所有人都喜欢黄金，只除了我丈夫。"

"莱德纳博士为什么不喜欢？"

"啊，首先是因为代价太大了。你必须付给发现金器的挖掘工人相等重量的黄金才行。"

"我的天哪！"我惊呼，"为什么啊？"

"哦，这是个惯例。原因之一是这样可以防止他们偷窃。你看，如果他们真的把它偷走，那也肯定不会是因为它的考古学价值，而是因为黄金本身的价值。他们会把它熔掉。我们这么做就可以比较容易地确保他们诚实。"

她又拿下来另一个托盘，让我看一个非常漂亮的金质水杯，上面还有公羊头的图案。

我又一次叫出声来。

"你看,它很漂亮,是不是?这些是从一个王子的墓穴里挖出来的。我们还发现了其他一些皇族的墓穴,但大多数都已经被盗掘过了。这个水杯是我们最棒的发现,也是全世界发掘出来的最漂亮的文物之一。早期阿卡得人使用的,独一无二。"

突然,莱德纳太太皱了皱眉,把杯子拿近了细看,并且用指甲小心地刮了刮。

"太奇怪了!这上面居然有蜡。肯定是谁带着蜡烛进来过。"她把那一小片蜡刮下来,然后又把杯子放回了原处。

接着,她又给我看了几座很古怪的赤陶土做的小雕塑,多数在我看来都很粗俗。我得说,那些古人的头脑怎么会这么低俗呢?

我们回到门廊的时候,看见莫卡多太太坐在那里涂指甲。她把手伸到面前,欣赏她的成果。我暗想,很难再有比这种橙红色更难看的颜色了。

莱德纳太太从文物室里带出一个碎成几片的精致的小碟子,试着把它们粘好。我在旁边看了几分钟,然后问她我是否能够帮上忙。

"哦,当然,那儿还有好多呢。"她又去拿来一大堆碎陶片,然后我们开始工作。我很快就找到了窍门,于是她夸我很有天赋。我猜想护士们大多有一双灵巧的手吧。

"大家都很忙啊!"莫卡多太太说,"这样显得我无所事事得要命,当然了,我的确是无所事事。"

"如果你喜欢闲着,又有什么不可以呢?"莱德纳太太说。

她的声音显得非常冷淡。

中午十二点的时候我们吃了午饭。午饭之后,莱德纳博士和莫卡多先生开始清洗陶器。他们把稀盐酸倒在上面,其中一个陶罐变成了漂亮的紫红色,另一个上面则显现出公牛角的图案。这真是太神奇了。所有那些难以清理的干泥倒上稀盐酸以后都变成泡沫,很容易就洗掉了。

凯里先生和科尔曼先生又去了挖掘场,莱特尔先生则一头钻进了摄影室。

"你准备干什么,路易丝?"莱德纳博士问妻子,"我猜你可能想要休息一会儿。"

我推测莱德纳太太通常会在下午小睡片刻。

"我打算休息一个小时,然后可能会出去散散步。"

"好啊,护士小姐,你会陪她一起去,对吗?"

"当然。"我说。

"不用,不用。"莱德纳太太说,"我喜欢一个人散步,别让护士小姐觉得她的责任那么重,好像我一刻都不能离开她的视线似的。"

"啊,但我是真的想去。"我说。

"不,真的不用,我宁可你不跟着我去。"她的态度非常坚决,甚至有些专横,"我偶尔也必须独处一下,这对我非常有必要。"

当然,我不再坚持。在我离开准备稍事休息的时候,忽然觉得莱德纳太太有些古怪。明明有着强烈的焦虑恐惧感,她却希望在没有任何保护的情况下自己去散步。

下午三点半我走出自己的房间时,院子里空荡荡的,只有一个小男孩正在用大铜盆清洗陶器,埃莫特先生则在旁边进行分类整理。当我向他们走去时,莱德纳太太从拱门里走进来了,她看上去比我之前见到时显得更有活力。她的眼里发着光，精神抖擞，样子近乎喜悦。

莱德纳博士从实验室里走出来迎向她，把一个上面有公牛角图案的大盘子拿给她看。

"从史前那几层发掘出来的东西特别多。"他说，"到目前为止，这是个很棒的发掘季。我们运气真好，从一开始就找到了那个陵墓。唯一有可能抱怨的恐怕就是拉维尼神父了，我们迄今也没发现几块石碑之类的东西。"

"就算只是我们已经找到的这些，他也没弄明白几个啊！"莱德纳太太冷冷地说，"他也许是个很好的碑铭专家，但同时也是个很懒的人，每天下午都被他用来睡觉了。"

"我们都很想念伯德。"莱德纳博士说，"这个人给我的感觉是做事情不太正规。当然了，我也没有资格去评判他。但我至少得说，有几条他翻译的碑文让我很吃惊。比如说，我就很难相信他翻译的刻在那块砖上的铭文是正确的，但他自己心里肯定清楚。"

喝过茶以后，莱德纳太太问我是否愿意一起去河边走走。我想她也许在担心下午早些时候拒绝了我的陪伴可能会伤害我的感情。

我想让她知道我不是那种小心眼儿的人，所以立刻就答应了。

这是个美丽的黄昏，一条小路从麦田间穿过，然后又经过两旁开着花的果树。最后我们一直走到了底格里斯河边上。紧挨着我们左边的就是发掘遗址现场，挖掘工人还在唱着他们那古怪单调的歌曲。在我们右边一点有一个水车，发出像呻吟一般的奇怪声音。一开始这声音让我听得发毛，但是到后来我渐渐喜欢上它了，因为它对我似乎有一种神奇的抚慰作用。在水车的那一边是个村庄,大多数挖掘工人都住在那里。

"景色很美,对吗?"莱德纳太太说。

"非常宁静。"我说,"对我来说,能够来到这么一个远离尘嚣的地方真的很有意思。"

"远离尘嚣。"莱德纳太太重复道,"是啊,这里至少让人觉得很安全。"

我敏锐地瞥了她一眼。她与其说在对我说话,还不如说是在自言自语。我想她可能没有意识到自己的话已经袒露了一些心声。

我们开始往回家的方向走。

突然,莱德纳太太用力地紧紧抓住我的胳膊,弄得我差点儿叫出声来。

"护士小姐,那是谁?他在干什么?"

就在我们前面不远处,这条小路接近考古队营地的地方,站着一个男人。他穿着欧洲人的衣服,看上去正踮着脚,试图往一扇窗户里面看。

在我们注意到他的时候,他也在环顾四周,然后发现了我们。他立刻沿着小路向我们走过来。我能感觉到莱德纳太太抓我抓得更紧了。

"护士小姐,"她低声说,"护士小姐……"

"没事的,亲爱的,没事。"我安慰她说。

那个男人一路走过来,和我们擦身而过。他是个伊拉克人。看到他走近了的时候,莱德纳太太才松了一口气。

"原来只是个伊拉克人。"她说。

我们继续往回走,经过的时候我看了一眼那些窗户。它们不仅装着护栏,而且由于这里的地面比院子里低,窗户距离地面都很高，任何人想往里看都是不可能的。

"我想他肯定只是出于好奇吧。"我说。

莱德纳太太点点头。

"应该是吧，但是刚才那一阵我还以为——"

她突然停下来。

我心想："你以为什么，这才是我想知道的，你到底在想什么？"

不过我现在明白了一件事，让莱德纳太太害怕的就是一个活生生的人。

第八章　夜半惊魂

在我到达雅瑞米亚遗址之后的一周时间里，要想确切地知道自己应该注意些什么事情，是有些困难的。

以我现在所了解的情况回过头来看，可以发现许多我在当时完全没有看出来的蛛丝马迹。但是为了把这个故事讲述得更合理，我觉得我还是应该努力去重新找回当时所持有的那种感觉——迷惑、不安、并且越来越强烈地感觉到有些事情不对劲。

首先有一件事情确定无疑，就是那种奇怪的紧张局促的氛围绝非想象，而是真实存在的。即使像比尔·科尔曼这样迟钝的人，也对此发表了议论。

"这个地方让我浑身不舒服，"有一次我听到他说，"这堆人总是这么闷闷不乐的吗？"

这是他对另一个助手大卫·埃莫特所说的话。我已经有点儿喜欢上埃莫特先生了，我确信他的沉默寡言绝不是带有敌意的。他身上似乎有一种坚定不移、令人安心的气质，尤其是在这种每个人都不知道其他人的感觉和想法的情况下。

"不，"他回答科尔曼先生，"去年就不是这样的。"

但他并没有多说这个话题，也没再说什么其他的。

"我搞不懂这一切到底是怎么回事儿。"科尔曼先生愤愤地说。

埃莫特耸了耸肩，什么也没说。

我和约翰逊小姐之间有过一次颇有启发性的谈话。我很喜欢她，她很能干，人既聪明又务实。而且显而易见的，她非常崇拜莱德纳博士。

这一次她给我讲了他从年轻时代起的生活经历。她了解他曾经挖掘过的每处遗迹，以及所有的挖掘成果。我几乎敢打赌，她能够引用他每次演讲所说过的话。她告诉我，她认为莱德纳博士是当今世界上最优秀的考古学家。

"而且他很单纯，全然不谙世故，也不知骄傲自负为何物。只有真正伟大的人才可能如此单纯。"

"这一点千真万确，"我说，"真正的大人物并不需要盛气凌人。"

"他的性格特别无忧无虑。他、理查德·凯里还有我，我们到这儿工作的头几年里，好玩儿的事可多了，讲都讲不完。我们是一个非常快乐的团队，理查德·凯里和他一起在巴勒斯坦工作过，他们俩的交情差不多有十年了。哦，对了，我认识他也有七年了。"

"凯里先生多英俊啊。"我说。

"是啊，我想是的。"她简短地回答道。

"不过他有点儿沉默，你觉得呢？"

"他以前不是这样的，"约翰逊小姐马上说，"只是自从……"她突然停下来。

"自从……"我提示道。

"啊，算了，"约翰逊小姐以她标志性的动作动了动肩膀，"如今很多事情都已经改变了。"

我没有答话。我希望她能继续说下去，她也确实说下去了，只是她在说话之前先笑了一声，仿佛在告诉我她下面所说的并没有那么重要。

"恐怕我自己是个思想保守的老顽固。有时候我总想,如果一个考古学家的妻子对考古并不真的感兴趣,那么比较明智的做法就是不要跟着考古队一起出来,因为这常常会导致矛盾。"

"你是指莫卡多太太……"我提示道。

"哦,你说她呀!"约翰逊小姐并没理会我的意见,"实际上我想说的是莱德纳太太。她是个很有魅力的女人,套句俗话来说,你很容易理解莱德纳博士为什么会'为她神魂颠倒'。但我总是觉得她和这里格格不入,她会把这里搅乱的。"

看来约翰逊小姐和凯尔希太太的意见是一致的,莱德纳太太是造成这里气氛紧张的原因。可是莱德纳太太自己的那种焦虑恐惧又怎么解释呢?

"她把他搅得心神不宁。"约翰逊小姐认真地说,"当然,我这么说让我自己看起来就像一个忠诚但又有些嫉妒的老家伙。我不愿意看到他那么疲惫不堪、忧心忡忡的样子。他应该把精力都放在工作上,而不是整天陪着太太,还得为她那愚蠢的恐惧操心!如果来到这么偏远的地方让她觉得紧张,那她就应该留在美国。对于这种到了一个地方却什么都不做,只会发牢骚的人,我实在是无法忍受!"

接着,也许是担心自己说得太多,可能会让我误会她的本意,她又继续说道:"当然了,我很喜欢她,她是个很可爱的人。只要她愿意,她就可以散发出巨大的魅力。"

然后这个话题就戛然而止了。

我心里暗想,事情总是这样的。无论在哪儿,只要把女人们关在一起,她们彼此之间就一定会产生嫉恨。很显然,约翰逊小姐并不喜欢她老板的太太(这也许是很自然的事情),而除非我完全搞错了,我觉得莫卡多太太对莱德纳太太简直就是痛恨。

另一个不喜欢莱德纳太太的人是希拉·莱利。她来过挖掘场两次,一次是坐车来的,另一次是和一个年轻男子一起骑马来的——当然,是分骑两匹马。在我心底有种隐约的感觉,她有点儿喜欢那个沉默寡言的美国小伙子埃莫特。当他在挖掘场值班的时候,她就会停下来和他说话,而且我觉得,埃莫特也有点儿喜欢她。

有一天吃午饭的时候,莱德纳太太谈起了这件事,我觉得她有点儿考虑不周。

"莱利家的女孩儿还在追大卫呢。"她微笑着说道,"可怜的大卫,她追你都追到挖掘场去了。这些女孩儿多可笑啊!"

埃莫特先生没有答话,但是他黝黑的面孔有些泛红。他抬起眼睛,以一种非常奇怪的眼神和她对视,那目光直率、坚定,带着一股挑战的意味。

她淡淡一笑,扭头看向了别处。

我听见拉维尼神父在嘟囔什么。当我问他"你说什么?"的时候,他只是摇摇头,并没有重复之前所说的话。

那天下午,科尔曼先生跟我说:"说实话,开始的时候我不怎么喜欢莱德纳太太。每次我一开口说话她就呵斥我。但是现在我已经比较了解她了。说到亲切待人,她算是我所见过的女人当中数一数二的。有时候你会不知不觉地把你遇到的所有困难都讲给她听,到最后,连你自己都不知道已经讲到哪儿去了。我知道,她跟希拉·莱利不对付,但希拉也有几次对她特别粗鲁。那是希拉最大的问题,她一点儿礼貌都不懂,而且脾气还很大!"

这一点我绝对相信。莱利医生把她宠坏了。

"当然,作为这个地方唯一的年轻女性,她难免会有点儿唯我独尊,但就算这样,也用不着像对待老姑婆那样对莱德纳太太讲话啊。莱德纳太太虽然不如她年轻,却是个长得非常漂亮的女人。就像个打着灯笼从沼泽地里面走出来的仙女一样,能把你的魂儿勾走。"他带着几分痛苦补充道,"你不会觉得希拉有这种本事,她就会骂人。"

我只能记起两件可能有些意义的事情。

一件是有一次我去实验室取一些丙酮,想洗掉修补陶器的时候粘在手指上的胶。我看见莫卡多先生坐在角落里,头枕在胳膊上,我想他可能是睡着了。我找到我要的瓶子之后,就拿上它出了屋。

令我大吃一惊的是,那天晚上莫卡多太太把我拦住了。

"是你从实验室拿了一瓶丙酮吗?"

"是啊,"我说,"我拿了。"

"你明明知道总是有一小瓶放在文物室的。"

她说话的时候怒气冲冲的。

"那儿有吗?我不知道啊。"

"我想你肯定知道!你就是想到各处暗中监视,我知道医院里的护士都是什么样子的。"

我瞪着她。

"莫卡多太太,我不知道你在说什么,"我严正地说道,"但我能确定我没有暗中监视任何人。"

"啊,没有!你当然没有,你以为我不知道你来这里是干什么的吗?"

说真的,那一刻我觉得她肯定是喝醉了。因此我什么都没说,转身走开了。但我还是觉得这件事非常奇怪。

另一件就更不是什么重要的事了。我想试着用一片面包把一只小野狗引过来，但它就像所有阿拉伯狗一样，很胆小，觉得我一定不怀好意，于是转身就跑。我一路跟着它，出了拱门，一直转过了营地的拐角。我跑得太急了，还没来得及看清就撞上了拉维尼神父和另一个男人，他们正站在那里。很快我就意识到，另外那个人正是那天莱德纳太太和我遇见的试图从窗户往里看的人。

我表示了歉意，拉维尼神父冲我微笑，然后跟那个人道了别，和我一起返回营地。

"你知道吗，"他说，"说起来我觉得很惭愧。我正在学习东方的语言，但是挖掘工地上没有一个人能听懂我在说什么！你不觉得这实在是有点儿丢人吗？刚才我正试着用我学过的阿拉伯语和那个城里来的人交谈，看看我有没有进步，但还是不太成功。莱德纳说我的阿拉伯语太正式了。"

原来如此。但是我的脑中还是闪过一个念头：这个人居然还逗留在营地的周围，实在是太奇怪了。

那天夜里，我们受到了惊吓。

那应该是在大约凌晨两点钟的时候。跟大多数护士一样，我睡觉很轻。当我的房门被推开的时候，我已经醒了，正坐在床上。

"护士小姐，护士小姐！"

是莱德纳太太的声音，又低又急。

我划着一根火柴，点亮了蜡烛。

她穿着一件蓝色长睡衣，站在我的门边，看上去被吓坏了。

"有人，有个人在我隔壁的房间里……我听见他在刮墙。"

我跳下床，来到她身边。

"不要紧，"我说，"有我在这儿呢，别害怕，亲爱的。"

她低声说:"去叫埃里克。"

我点点头,跑出去敲他的房门。没一会儿他就过来和我们在一起了。莱德纳太太坐在我的床上,大口喘着气。

"我听见了,"她说,"我听见他在刮墙。"

"有人在文物室里?"莱德纳博士叫道。

他立刻跑了出去。有种想法在我心里一闪而过:这两个人的反应是多么不同啊。莱德纳太太的恐惧完完全全是关于她个人的,而莱德纳博士的心里却立刻想到了他那些珍贵的宝藏。

"文物室!"莱德纳太太喘着粗气,"对啊,我多傻啊!"

她站起身,把睡衣下摆围好,叫我和她一起过去。这时候她所有那些惊慌失措的恐惧表现已经消失得无影无踪了。

我们来到文物室的时候,发现莱德纳博士和拉维尼神父在里面。后者也是听到了一些声响,所以起床来查看。他觉得他看见了文物室里有灯光。穿好拖鞋抓起手电耽误了一点时间,等他来到这里的时候发现一个人都没有,而且门也锁得好好的,就像平时夜里一样。

就在他确认什么东西都没丢的时候,莱德纳博士来了。

没有什么别的需要知道的了。外面的拱门是锁好的,卫兵发誓没有人能够从外面进来,不过因为他们刚才睡得很熟,所以也不敢那么确定。我们没有找到任何有人闯入过的迹象,也没发现丢了什么东西。

很有可能吵醒莱德纳太太的声音就是拉维尼神父把盒子从架子上拿下来的声音,那时他正在检查文物室,看看一切是否安然无恙。

而另一方面,拉维尼神父自己非常肯定:第一,他听见了脚步声从他的窗前经过;第二,他看见有灯光在文物室里闪动,可能是支手电筒。

这件事在我的叙述中意义重大。正是由于这件事，才使得莱德纳太太在第二天向我吐露了隐衷。

第九章　莱德纳太太的故事

我们刚刚吃完午餐,莱德纳太太照例回房间休息。我把她安顿上床,给她摆了好几个枕头和她想看的书。就在我准备离开房间的时候,她把我叫住了。

"别走,护士小姐,我想跟你说一些事情。"

我重新回到房间里。

"把门关好。"

我照吩咐做了。

她从床上爬起来,开始在屋里来回踱步。我能看出她正在为了什么事下决心,所以我不想打断她。很显然她非常犹豫不决。

最后,看起来她终于鼓足了勇气,下定了决心。她转过身,突然对我说:"坐下。"

我很安静地在桌边坐下。她有些紧张地开始说话:"你一定想知道所有这一切都是怎么回事吧?"

我没说话,只是点点头。

"我已经拿定了主意,要告诉你所有的事情!我必须找个人说,不然我会发疯的。"

"好吧,"我说,"我真的觉得这样也好。毕竟一个人如果总是被蒙在鼓里,就很难知道怎么做才是最好的。"

她不再烦躁不安地踱来踱去,而是面对着我。

"你知道我在害怕什么吗？"

"某个男人。"我说。

"也对，但我并不是指某个人，而是指某件事。"

我等着她说下去。

她说："我害怕被人杀死。"

啊，原来是这样。我不能表现出特别的担忧，因为她的样子已经近乎歇斯底里了。

"天哪，"我说，"这就是原因，对吗？"

然后她开始大笑起来。不停地笑，笑得眼泪都流出来了。

"你这样说真好笑！"她大口喘着气，"你竟然会这样说……"

"好了，好了，"我说，"这样可不行啊。"我突然严厉起来，接着把她推进椅子里坐好，然后到脸盆架那里拿了一块凉水浸过的海绵，来为她擦洗额头和手腕。

"别再胡闹了，"我说，"冷静下来，理智一点，把所有事情都告诉我。"

这一招奏效了。最终她停了下来，坐起身，开始用正常的声音和我说话了。

"护士小姐，你真是个不可多得的好帮手，"她说，"你让我觉得自己就是个六岁的孩子。好吧，我马上就告诉你。"

"这样就对了，"我说，"别着急，慢慢说。"

她开始不慌不忙地慢慢给我讲述。

"当我还是个二十岁的姑娘时，就跟一个在国务院工作的年轻人结婚了，那是在一九一八年。"

"我知道，"我说，"莫卡多太太告诉过我，他在战争中阵亡了。"

可是莱德纳太太摇了摇头。

"那是她以为的,也可以说是大家以为的。而事实真相并不是这样。护士小姐,那时候的我是个满腔热血的女孩子,极其爱国,满脑子都是理想主义。就在结婚几个月以后,因为一件完全无法预料的事情,我意外发现我丈夫是个受雇于德国的间谍。我得知由他提供的情报直接导致了一艘美国运输舰的沉没和数百人的丧生。我不知道多数人在这种情况下会怎么办,但我会告诉你我是怎么做的。我的父亲在美国陆军部,我就直接去找他,把真相告诉了他。弗雷德里克确实是死在战争中的,但他是以间谍的身份在美国被处决的。"

"哦,我的天哪!"我脱口而出道,"太可怕了!"

"是啊,"她说,"是很可怕。其实他待人也很宽厚,很温和,一直以来都是,但我当时丝毫没有犹豫。也许是我做错了。"

"这很难说,"我说,"我也完全不知道一个人遇到这种情况应该怎么办。"

"我告诉你的这些事国务院从来没有对外公开过。表面上看,我丈夫是在前线打仗的时候阵亡的,而且作为一名战争遗孀,我也得到了很多的同情和眷顾。"

她的声音中带着痛苦,而我表示理解地点点头。

"有很多男人想和我结婚,但都被我拒绝了。这件事对我的打击太大了,让我感觉无法再信任任何人。"

"嗯,我能想象出那种感觉。"

"后来,我又喜欢上一个年轻人,非常喜欢。我犹豫了。就在这个时候发生了一件让人吃惊的事!我收到了一封匿名信,是弗雷德里克寄来的,信上说如果我和别的男人结婚,他就会杀了我!"

"弗雷德里克寄来的？你死去的丈夫？"

"没错。当然，一开始我也以为是自己疯了，或者是在做梦。后来我去找父亲，他对我讲了实情。原来我丈夫根本就没有被处决，而是逃跑了。但即使这样，他最终还是难逃一劫。几星期以后，有一列火车失事，他当时就在车上，在遇难者当中找到了他的尸体。我父亲一直瞒着我他逃跑的事情，而且反正人已经死了，他觉得也就没有必要告诉我这些了，直到我去找他的时候。

"但是那封信一出现，整件事情就有了全新的可能性。会不会实际上我的丈夫依然活着？

"我父亲尽他所能调查了这件事。他声称在他力所能及的范围内，可以相信被当作弗雷德里克下葬的尸体就是弗雷德里克本人。只是由于当时尸体有一定程度的毁容，他也不敢说得太死。但他又郑重地重申了他的看法：弗雷德里克已经死了，而这封信只是一个既残忍又恶毒的恶作剧。

"同样的事情后来又发生过不止一次，每次我和某个男人关系比较密切的时候，就会收到一封恐吓信。"

"是你丈夫的笔迹吗？"

她缓缓说道："这个很难讲。我没有保留他以前的信件，因此只能通过记忆来判断。"

"信上就没有提到什么事，或者一些特别的用词，能让你确定是他写的吗？"

"没有。我们两个人之间确实有一些比如昵称之类的特别用词，只要这些在信中出现，我就可以非常确信了。"

"是啊，"我若有所思地说，"确实很奇怪。看这个情形不像是你丈夫写的。但是还有可能是其他什么人写的吗？"

"有一种可能。弗雷德里克有一个弟弟叫威廉，我们结婚的时候他才不过十岁，最多不超过十二岁。他很崇拜弗雷德里克，而弗雷德里克也很疼爱他。那孩子后来怎么样了我也不知道。在我看来，既然他对他哥哥那么狂热地崇拜，在他长大以后就有可能把哥哥的死归咎于我。他一直以来都很嫉妒我，因此他也有可能会想出这个计划来惩罚我。"

"完全有可能。"我说，"小孩子如果受到打击，就会记在心里，这个事实很令人吃惊。"

"我明白。这个孩子有可能会把他一生的时间都用来报复。"

"请接着说下去。"

"也没有太多可说的了。三年前我遇见了埃里克。我本来想着再也不结婚了，但埃里克让我改变了想法。一直到我们结婚的那一天，我都在等着下一封恐吓信。但是信没有来。于是我想，无论这个写信的人是谁，要么就是他死了，要么就是他觉得这种残忍的把戏已经玩腻了。结果，在我们结婚两天以后，我收到了这个。"

她拉过桌子上的一个小手提箱，打开锁，从里面拿出一封信来递给我。

墨水已经有些退色了，字体向前倾斜，像是出自女性之手。

> 你没有听话。现在你跑不了了。你只能是弗雷德里克·博斯纳的妻子！你死定了。

"我很害怕，但是并不像以前那样害怕。和埃里克在一起让我觉得很安全。后来，又过了一个月，我收到了第二封信。"

> 我还没忘呢。我正在制订计划。你死定了。你为什么不

听话?

"你丈夫知道这些吗?"

莱德纳太太缓缓地回答:"他知道我受到了威胁。第二封信来的时候我把两封一起拿给他看了。他倾向于认为整件事就是个恶作剧。他还认为,可能是某个人想通过假装我的前夫还活着来敲诈我。"

她顿了一下,接着又说下去。

"就在我接到第二封信之后没几天,我们差点儿因为煤气中毒送了命。有人在我们睡着以后进了房间,并且把煤气开关打开了。幸亏我及时醒过来并且闻到了煤气味。然后我就不知所措了。我告诉埃里克,这么多年来我是怎么一直被这件事情困扰的,而且我还告诉他我确信这个疯子——不管他是谁——是真的想要杀死我。我第一次真的相信写信的人就是弗雷德里克。在他彬彬有礼的样子背后总是藏着一点点冷酷无情。

"我想,埃里克依然不像我那样惊慌失措。他想去报警,我当然不同意。最后我们一致同意由我陪他来这里,到了夏天我也最好先不回美国,而是待在伦敦和巴黎。

"我们实施了这个计划,所有事情都很顺利。我确信现在已经一切正常了。毕竟,我们和我们的敌人隔开了半个地球。

"然而,大概三个多星期以前,我收到了一封信,上面贴着伊拉克邮票。"

她递给我第三封信。

你以为你能逃脱。你错了。你不可能对我不忠却还好好地活着。我一直以来都是这么告诉你的。你死到临头了。

"接着，一周以前，是这个！就放在这张桌子上，甚至都没通过邮局。"

我从她手里拿过那张纸，上面只是潦草地写着一句话。

我已经到了。

她目不转睛地盯着我。

"你看见了吗？你明白了吗？他要杀了我。可能是弗雷德里克，也可能是小威廉，总之，他要杀了我。"

她的声音提高了，有些颤抖。我抓住她的手腕。

"好了，好了，"我警告她说，"你不能就此退缩，我们会陪着你的。你这里有什么提神的药吗？"

她冲脸盆架那里点点头。我去拿来，然后给她服了不小的剂量。

"这就好多了。"看着她的两颊又渐渐有了血色，我说。

"嗯，我现在好些了。但是护士小姐，你能明白我为什么这么害怕了吗？当我看到那个男人向我的窗户里面张望，我就想：他来了……其实你刚来的时候我也产生过怀疑，我想你也有可能是男扮女装的。"

"亏你想得出！"

"哦，我知道这听起来很荒唐。但是你也有可能根本就不是从医院来的护士，而是和他一伙儿的。"

"可这绝对是胡说八道。"

"是啊，也许吧。但是我已经方寸大乱了。"

突然之间我脑海中闪过一个想法，我说："你应该能够认出你的前夫，对吗？"

她慢吞吞地回答:"即使是这一点我也不能确定。毕竟已经过去了十五年,我也有可能根本认不出他了。"

然后她哆嗦了一下。

"有一天晚上我看见那张脸了,但那是一张死人的脸。那天晚上有人轻轻敲我的窗户,一下接着一下。然后我就看到了一张脸,一张死人的脸,它贴着窗户冲我咧着嘴笑,样子可怕极了。我不停地尖叫……可是最后他们说窗户外面什么都没有!"

我想起了莫卡多太太给我讲的故事。

"你不觉得,"我有些犹豫地说,"这些有可能都是你做梦梦见的吗?"

"我确定不是。"

我可没有那么确定。这就是那种在特定情况下很可能会做的噩梦,而且醒来以后还让人觉得就像是实实在在发生过的一样。但是我从来不和病人争辩。我尽自己最大的努力安抚莱德纳太太,告诉她如果有任何陌生人到这附近来,肯定会被人发现的。

我觉得在我离开的时候她已经踏实一些了。然后我去找莱德纳博士,告诉他我们之间的谈话。

"我很高兴她告诉你了,"他只是简单地说道,"我都快担心死了。我敢肯定所有这些脸啊,敲窗户啊,这一类的事情完全都是她的想象,但我就是不知道怎么做才好。你对这整件事有什么看法?"

我并不是很理解他说话的语气,但还是很快给了他答复。

"也有可能,"我说,"这些信只是个既残忍又恶毒的恶作剧。"

"是啊,很有可能。但是我们还能做些什么?这些事情已经要把她逼疯了,我实在想不出什么办法了。"

我也同样想不出。我曾经考虑过这件事可能牵扯到某个女人，因为那些信里带有一种女人的味道，而我心底浮现的是莫卡多太太的影子。

假如因为偶然的机会，她得知了莱德纳太太第一次婚姻的真相呢？她完全可能以恐吓后者的方式来发泄自己的怨恨。

我并不想把这个想法告诉莱德纳博士，因为你很难预料别人会怎么理解你所说的话。

"好吧，"我充满乐观地说，"我们必须往最好的方面想，我觉得莱德纳太太只是把这些讲出来看上去就已经开心多了。所以你看，说出来总是有好处的。把事情都埋在心里就会让人烦躁不安。"

"我真的特别高兴她都告诉你了，"他又重复道，"这是个好的迹象。这表明她喜欢你而且信任你。但对于怎么做能对她最好，我是早就已经才枯智竭了。"

我特别想问问他，是否考虑过向当地的警方委婉地提一提这件事，话已经到了嘴边却没有说出口。而事后回想起来，我很高兴当时没有问。

后来的事情是这样的。科尔曼先生第二天要去哈沙尼取工人的薪水，同时顺便把我们所有要寄的信件带去，以便赶上航空邮件。

这些信写好之后都放在餐厅窗台上的一个木头盒子里。那天晚上，科尔曼先生做的最后一件事情就是把它们拿出来，整理归类，并用橡皮筋分别捆好。

突然他叫了一声。

"怎么了？"我问。

他拿起一封信，冲我咧着嘴笑。

"这是我们迷人的路易丝写的,她脑子是真的有问题了。她信封上写的是法国,巴黎,四十二街的某人收,我觉得这样写是不对的,你说呢?你能把这个拿给她,帮我问问她到底是什么意思吗?她刚刚准备去睡觉。"

我从他手里接过信,跑去莱德纳太太的房间。她马上把地址改好了。

这是我第一次看到莱德纳太太的笔迹,因为看起来相当眼熟,我就开始不时地琢磨以前到底在哪儿见过。

结果直到半夜的时候我才突然想起来。

除了字体有些大和散乱之外,她的笔迹和匿名信上的极其相似。

一些新的想法闪过我的脑海。

有没有可能是莱德纳太太自己写了那些匿名信呢?

而莱德纳博士对事实真相有所怀疑吗?

第十章　星期六下午

莱德纳太太是在星期五给我讲述她的故事的。

到了星期六早上，我感觉到气氛显得有些平淡，索然无味。

尤其是莱德纳太太，她对我的态度变得非常简慢，而且很明显在回避任何与我面对面说话的机会。不过，我对此并不感到吃惊，同样的事情我已经经历过很多次了。女士们有时会出于一时的信任感对她们的护士讲很多隐私，然而事后又会觉得很不自在，巴不得自己从来没有讲过。这不过是人之常情而已。

我非常小心谨慎，不以任何方式暗示或者提醒她昨天曾经告诉我的事情。同时尽可能使我们的谈话局限于就事论事的范畴。

科尔曼先生一早就把信装在背包里，开着那辆旅行车动身前往哈沙尼了。他顺便还要为考古队的其他人办几件事情。今天是工人们的发薪日，他还得去银行取一些小面值的硬币。所有这些事情要花费很长时间，估计要到下午才能办完回来。我有点儿怀疑他会不会打算去和希拉·莱利共进午餐。

因为下午三点半开始发薪，所以到了发薪日的下午，挖掘场的工作也不会很繁重。

那个叫阿卜杜拉的小男孩负责的工作是清洗陶罐。他已经像平常一样，在院子中间摆好了干活儿的架势，而且也像平常一样，用鼻音哼着他奇怪的歌曲。莱德纳博士和埃莫特先生准备在科尔曼先生回来之前做一些陶器方面的工作，凯里先生则去了挖掘场。

莱德纳太太回房间休息，我照例安顿好她，因为还没有困意，我就拿了一本书回到自己的房间。当时是差一刻钟一点，之后的几个小时非常愉快地过去了。我读的那本书叫《疗养院里的命案》，的确是个让人兴奋不已的故事，但同时我也觉得作者对于疗养院里面的实际情形知道得并不多，至少我从来没见过像书中描写的那样的疗养院。我真的很想给作者写封信，帮他纠正一些书中的错误。

当我最终放下手头的书（凶手原来是那个红头发的客厅女仆，我可从来都没怀疑过她！），一看表，我大吃一惊，居然已经两点四十了。

我马上起床，整理好工作服，出门来到院子里。

阿卜杜拉仍然一边刷洗陶罐一边哼着沉闷的曲子。大卫·埃莫特站在他旁边整理那些已经刷好的，把有破损的放到一个箱子里等着以后修补。我向他们那边溜达过去，正在这时，莱德纳博士从通往屋顶的楼梯上走下来了。

"今天下午还不错，"他兴致勃勃地说，"我把那上边稍微清理了一下，路易丝肯定会高兴的，她最近抱怨说那上边都快没有下脚的地方了，我要去告诉她这个好消息。"

他走到妻子的房前，敲了敲门，然后走了进去。

我猜他进去了大约有一分半钟，当他再次走出来的时候，我恰好在看那扇门。这简直就像一场噩梦一样。他进去的时候是一个生气勃勃、兴致高昂的人，但是出来时却像一个步履蹒跚的醉汉，脸上带着一种古怪的恍惚神情。

"护士小姐……"他用奇怪而沙哑的声音叫我，"护士小姐……"

我立即看出有什么事情不对劲,便马上跑过去。他看上去很糟糕,面色灰暗,不停地抽搐,好像随时都会倒下一样。

"我太太……"他说,"我太太她……哦,我的天啊……"

我从他身边挤过去进屋一看,不由得也屏住了呼吸。

莱德纳太太蜷成一团倒在床边,样子十分可怕。

我弯下腰去看她。她无疑已经死了,而且至少死了一个小时之久。死因极其明显,是由于前额靠近右太阳穴的地方受到了致命一击。她肯定是从床上爬起来,站在床边时被人打倒在地的。

我尽可能不去搬动她。

我环顾了一下房间,想看看有没有可能发现什么线索,但看上去没有什么东西被动过。窗户都关着并且闩好了,屋里也没有凶手可以藏身的地方。很显然,凶手早就离开了。

我走出房间,关好身后的门。

莱德纳博士现在已经完全崩溃了。大卫·埃莫特陪在他身边,他把苍白的脸转向我,充满询问的神情。

我低声用几句话告诉了他发生的事情。

和我平时所感觉到的一样,他是那种你在困境中最可以依赖的人。听了我的话他非常沉着冷静,蓝眼睛睁得大大的,除此之外再没有其他的表示。

他思索了片刻,然后说道:"我想我们必须尽快通知警察。比尔应该很快就要回来了。我们现在拿莱德纳怎么办?"

"帮我扶他回房间。"

他点点头。

"我觉得最好先把这扇门锁上。"他说。

他用钥匙锁好莱德纳太太的房门,然后拔出钥匙,把它交给了我。

"护士小姐,我想最好由你来保管它。现在来吧。"

我们一起把莱德纳博士抬进他的房间,把他放在床上。埃莫特先生出去想找一些白兰地,回来的时候带来了约翰逊小姐。

她面容憔悴,忧心忡忡,但是很镇静,而且一如既往地能干。我觉得把莱德纳博士留给她照顾可以很放心。

我匆匆忙忙回到院子里,那辆旅行车正好由拱门进来。我觉得大家此时看见比尔都会觉得有些反感。他跳下车,脸色红润,兴高采烈地用熟悉的声音喊着:"哈罗,哈罗,哈罗,我把钱取回来啦!"然后又继续开心地说,"路上没有遇到抢劫啊——"

他突然停了下来。"呃,出什么事了是吗?你们大家伙儿都怎么了?看上去就像你们的金丝雀被猫吃了似的。"

埃莫特先生简短地说:"莱德纳太太死了,被人杀死了。"

"什么?"比尔那张欢快的脸很滑稽地变了样。他瞪大了眼睛,盯着我们。"莱德纳妈妈死了?你不是在跟我开玩笑吧?"

"死了?"这是一声尖锐的叫喊。我转过身,看见莫卡多太太站在我身后。"你刚才说莱德纳太太被人杀死了?"

"是的,"我说,"被人杀死了。"

"不!"她倒抽了一口气说,"不会的!我不相信!也许她是自杀的。"

"自杀的人是不会敲自己脑袋的,"我冷冷地说,"这肯定是谋杀,莫卡多太太。"

她一屁股坐在一个倒过来的货物箱上。

"哦,这太可怕了,太恐怖了……"她说。

当然,这是件可怕的事情,并不需要由她来告诉我们。而我想她的这一丝懊悔之情也许是出于平时总是对死者满怀敌意、恶语中伤的缘故吧。

过了片刻,她有些气喘吁吁地问道:"你们打算怎么办?"

埃莫特先生以他惯有的安静方式负起了责任。

"比尔,你最好再去一趟哈沙尼,越快越好。我不太了解正规的程序,我认为最好能够找到梅特兰上尉,他是这里警察局的头儿。另外,先把莱利医生叫来,他知道应该怎么办。"

科尔曼先生点点头。所有的那些滑稽搞笑都从他身上消失得无影无踪了。他看上去就是一个吓坏了的年轻人,二话没说,跳上旅行车便开走了。

埃莫特先生有些不确定地说:"我觉得我们应该四处搜索一下。"然后提高嗓门叫道,"易卜拉欣!"

"来啦。"①

一个男仆跑过来。埃莫特先生用阿拉伯语和他讲话,他们之间的对话非常热烈,那个男仆看起来像是在断然地否认什么事情。

最后埃莫特先生迷惑不解地说道:"他说今天下午这里一个人都没有,没有陌生人来过。我猜那个人肯定是趁他们没看见的时候偷偷溜进来的。"

"当然是这样,"莫卡多太太说,"他肯定是趁这些仆人没注意的时候溜进来的。"

"没错。"埃莫特先生说。

他的话音中带有一些犹疑,我好奇地看着他。

他又转过身去和那个洗陶罐的男孩阿卜杜拉说话,问了他一个问题。

---

①原文为阿拉伯语。

那个男孩激动地回答了他,说得很详细。

这一来埃莫特先生似乎更加困惑,眉头锁得更紧了。

"我不明白,"他小声嘟囔着,"一点儿都不明白。"

但是他没有告诉我他不明白的是什么。

第十一章　怪事

我坚持尽可能只讲述这次事件中亲身经历的部分，因此我不再赘述接下来的两个小时中发生的事情。梅特兰上尉、他带来的警察，以及莱利医生先后来到考古队的营地，到处都乱哄哄的，警察询问了很多问题，我想，这些都是例行公事。

在我看来，我们开始讨论一些实质性的问题是从大约五点钟莱利医生叫我和他一起去办公室开始的。他关好门，坐在莱德纳博士的椅子上，示意我坐在他对面，然后轻快地对我说："来吧，护士小姐，我们来好好讨论一下吧。这里有些事情实在是很奇怪。"

我整理了一下袖口，用探询的眼光看着他。

他掏出一个记事本。

"这是我想弄清楚的。莱德纳博士发现他妻子尸体的确切时间是几点？"

"应该说是正好差一刻钟三点的时候。"我说。

"你是怎么知道的？"

"哦，我起床的时候看了一眼表，那个时候是两点四十。"

"让我看看你的手表。"

我把表从手腕上退下来递给他。

"真是了不起的女人，一分钟都不差。很好，这一点就可以确定下来了。那么你觉得她死了有多久呢？"

"哦，天哪，医生，"我说，"我可不想发表看法。"

"不要那么固守着你的职业本分啦，我就是想看看你估计的时间和我估计的一致不一致。"

"好吧，我想我看见她的时候她应该已经死了至少一个小时了。"

"正是如此。我四点半的时候检查了尸体，倾向于把死亡时间推定在一点一刻到一点四十五分之间。我们不妨先猜测是在一点半吧，这已经很接近了。"

他停下来，一边思考一边用手指敲着桌子。

"太奇怪了，这件事。"他说，"你能给我讲讲当时的情况吗？你说你那时正在休息，你没有听到什么吗？"

"您说在一点半的时候？没听到啊，医生。无论是在一点半还是在其他时间，我都没听到任何声响。从差一刻钟一点一直到两点四十我都躺在床上，除了那个阿拉伯男孩低沉又单调的歌声，以及偶尔埃莫特先生冲着屋顶上的莱德纳博士喊几句话之外，我什么都没听到。"

"阿拉伯男孩……嗯。"

他皱起了眉头。

就在这时，门开了，莱德纳博士和梅特兰上尉走了进来。梅特兰上尉是一个挑剔的小个子男人，有一双精明的灰色眼睛。

莱利医生站起身，把莱德纳博士推到他的椅子上坐好。

"请坐，先生。我很高兴你能来。我们需要你的帮助，这件事里有些地方非常奇怪。"

莱德纳博士低着头。

"我知道，"他看着我说道，"我妻子向莱瑟兰护士吐露了实情。这个时候我们不能再隐瞒任何事情了,所以,护士小姐,请你告诉梅特兰上尉和莱利医生昨天我妻子都对你说了些什么。"

于是我把我们的谈话内容尽可能一字不落地告诉了他们。

听我说的时候,梅特兰上尉偶尔会发出一声惊呼。当我讲完,他转向莱德纳博士。

"这些都是真的吗,莱德纳,嗯?"

"莱瑟兰护士告诉你们的句句属实。"

"多么离奇的故事啊!"莱利医生说,"你能把这些信拿出来吗?"

"我毫不怀疑你们会在我妻子的个人物品中找到的。"

"她是从桌子上的一个小手提箱里拿出来的。"我说。

"所以它们很可能还在那儿。"

他转向梅特兰上尉,一向温和的脸庞此时变得冷峻而坚毅。

"用不着对这件事再遮遮掩掩的了,梅特兰上尉。当务之急就是抓到这个男人,让他受到应有的惩处。"

"你相信这就是她前夫干的?"我问。

"你不这么想吗,护士小姐?"梅特兰上尉反问道。

"嗯,我觉得还有可疑的地方。"我犹豫着说道。

"无论如何,"莱德纳博士说,"这个男人是个杀人犯,而且我认为他还是个很危险的疯子。必须找到他,梅特兰上尉,必须找到。我想应该不会很难的。"

莱利医生慢吞吞地说:"这可能比你想象中要难,对吗,梅特兰?"

梅特兰上尉用力揪着他的小胡子,没有回答。

突然我跳了起来。

"对不起,"我说,"也许有一件事我应该提一提。"

我向他们讲了那天我们遇到的那个试图向窗户里面窥探的伊拉克人的事,以及我如何在两天以前发现他仍在这附近徘徊,并且试图和拉维尼神父攀谈的全部经过。

"很好,"梅特兰上尉说,"我们会把这个记下来,这可以成为警方追查的一条线索。这个男人可能和这个案子有些牵连。"

"也许他是被人收买了允当耳目呢,"我提议道,"为了探听一下什么时候下手最方便。"

莱利医生焦躁地揉了揉鼻子。

"这才是难题所在,"他说,"假如正好有人在那附近呢,嗯?"

我有些困惑地盯着他。

梅特兰上尉转向莱德纳博士。

"我要你仔细听我说,莱德纳。我来回顾一下到目前为止我们所掌握的所有证据。午饭在十二点开始,十二点三十五分结束。饭后莱瑟兰护士陪着你太太回到房间,并把她舒舒服服地安顿好。你自己去了屋顶,并且在那儿待了两个小时,我说得对吗?"

"是的。"

"那段时间里你从屋顶上下来过吗?"

"没有。"

"有人上去找过你吗?"

"有,埃莫特上去过好几次。他在我和下面那个清洗陶罐的男孩之间来来回回跑了好几趟。"

"你往院子里看过吗?"

"有一两次吧,都是因为有事要叫埃莫特。"

"每次你往下看的时候,那个男孩都是坐在院子中间清洗陶罐,是吗?"

"是的。"

"埃莫特和你待在一起而不在院子里,最长有多久?"

莱德纳博士思索着。

"这个很难说,也许有十分钟吧。要是依我说,也就两三分钟,但是根据我的经验,当我全身心投入工作的时候,对时间的概念并不是特别准。"

梅特兰上尉看了看莱利医生。后者点点头。"我们最好把这个弄清楚。"他说。他掏出一个小记事本,打开它。

"听着,莱德纳。我要给你念念下午一点到两点之间考古队的每个成员都在做些什么。"

"但是显然——"

"等等,你马上就会知道我想说明什么。首先是莫卡多夫妇,莫卡多先生说他在实验室工作,莫卡多太太说她在自己的房间里洗头。约翰逊小姐说她在客厅里拓印圆筒印章上的刻痕。莱特尔先生说他在暗房里洗相片。拉维尼神父说他在卧室里工作。剩下的两个人,凯里和科尔曼,前者去了挖掘场,而后者在哈沙尼。这就是考古队所有成员的情况。接下来看看仆人们。厨师,就是你那个印度小伙子,他就坐在拱门的外面,一边和卫兵聊着天,一边在给鸡拔毛。易卜拉欣和曼苏尔,那两个男仆,在一点一刻的时候过去和他们一起聊天。他们在那儿有说有笑地一直待到两点半,而那个时候你太太已经死了。"

莱德纳博士倾身向前。

"你把我说糊涂了。我没明白你想暗示什么?"

"除了通向院子的门之外,还有其他方法可以进入你太太的房间吗?"

"没有。有两扇窗户,但是都装着很结实的护栏,况且,我觉得窗户也都是关好的。"

他询问似的看着我。

"窗户是关着的,而且从里面闩上了。"我立刻说道。

"而且不管怎么说,"梅特兰上尉说,"就算窗户是开着的,也不可能有人从那儿进出房间。我手下的人和我本人都已经确认过这一点。其他所有开向外面的窗户也都是一样的,都装着铁护栏,所有护栏也都完好无损。要想进入你太太的房间,这个陌生人必须经过拱门进入院子。但是卫兵、厨师和男仆都异口同声地向我们保证,绝对没有任何人进来过。"

莱德纳博士一跃而起。

"你这话是什么意思?你究竟想说什么?"

"冷静一下,老兄,"莱利医生平静地说,"我知道这对你来说是个打击,但你必须面对。凶手既然不是从外面进来的,那他只能是从里面来的。看样子,莱德纳太太一定是被你考古队里的某个人杀死的。"

第十二章 "我不相信……"

"不,不可能!"

莱德纳博士跳起来,激动地在屋里来回踱步。

"莱利,你说的是不可能的,绝对不可能。我们之中的一个人?为什么啊?考古队里的每个人都是忠于路易丝的!"

莱利医生的嘴角向下撇了撇,显出一种奇怪的表情。在这种情况下他很难再说什么,但是如果说一个人的沉默可以是意味深长的,那么他此刻的沉默正是这样。

"根本不可能,"莱德纳博士反复地说,"他们所有人都忠于她,路易丝浑身上下都散发着魅力,每个人都能感受到。"

莱利医生咳嗽了一声。

"抱歉,莱德纳,但这毕竟只是你的想法。如果考古队里的某些成员并不喜欢你太太,他们是肯定不会到处宣扬,让你知道的。"

莱德纳博士看上去一副很苦恼的样子。

"没错,你说得很有道理。但是尽管如此,莱利,我还是认为你搞错了。我确信每个人都很喜欢路易丝。"

沉默了片刻后他突然大声说道:"你们这种想法很无耻,坦白地讲,简直让人难以置信。"

"但你不能够回避——呃——事实。"梅特兰上尉说。

"事实？什么事实？一个印度厨子和几个阿拉伯男仆说的谎言？你和我一样了解这些人，莱利，还有你，梅特兰。对他们来说，实话实说是毫无意义的。他们只是出于礼貌，说你想要他们说的话。"

"在这个案子里，"莱利医生干巴巴地说，"他们所说的可是我们不想让他们说的。而且，我对你们这一大群人的习惯也相当了解，大门外面那个地方类似社交俱乐部，每次下午我到这边来，总是会发现你们的仆人十有八九都在那里。对他们来说，去那儿是很自然的事情。"

"就算是这样，我依然认为你想象的成分太多了。为什么这个男人，这个杀人恶魔，就不可能在更早一些的时候进来，藏在什么地方呢？"

"我同意，这并非完全不可能。"莱利医生冷静地说，"我们来假设，一个陌生人确实通过某种方法在没被人看到的情况下进来了。他不得不藏起来，直到时机适当（他当然不可能藏在莱德纳太太的房间里，那儿没有任何可以隐蔽的地方），然后冒着被人发现的风险走进她的房间，再走出来。别忘了，埃莫特和那个男孩大部分时间都在院子里。"

"那个男孩，我都快忘了那个男孩了。"莱德纳博士说，"一个聪明的小家伙。但是，梅特兰，他应该看到凶手走进我妻子的房间了呀！"

"这个我们已经弄清楚了。这个男孩整个下午都在那儿清洗陶罐，只除了一小会儿。大概是在一点半左右吧，埃莫特也无法说得更精确了，他上到屋顶和你一起待了十分钟，我说得对吗？"

"是的，我也无法告诉你确切的时间，但肯定就是在那前后。"

"很好。就在这十分钟里,那个男孩抓住机会偷了个懒,走出去和门外面那些人聊了会儿天。当埃莫特下来的时候发现男孩不在,就很生气地把他叫回来,责问他把手头的工作放下是什么意思。在我看来,你太太一定就是在这十分钟里被人杀死的。"

莱德纳博士呻吟了一声,坐下去,双手掩面。

莱利医生接过了话头,语气波澜不惊。

"这个时间正好可以和我的证据对得上,"他说,"我检查的时候她应该已经死了三个小时左右了。唯一的问题是——谁干的?"

接着是一阵沉默。莱德纳博士在椅子里坐起来,一只手搭在了额头上。

"莱利,我承认你们的推理很有说服力。"他平静地说,"毫无疑问,看起来这就是人们所说的那种'自己人干的事'。但我还是确信这里面一定有哪儿出了差错。看似合情合理,但其中必有瑕疵。首先,你们假定发生了一件令人惊异的巧合。"

"真奇怪你会用'巧合'这个词。"莱利医生说。

莱德纳博士没有理会,继续说下去:"我妻子收到了恐吓信,她因此有理由害怕某个人,接着她就被杀死了。然而你们却想让我相信她不是被写恐吓信的人杀死的,而是被完全不同的另一个人!我认为这是非常荒谬可笑的。"

"没错,看起来是的。"莱利医生沉思着说。接着,他看着梅特兰上尉。"巧合,嗯?你怎么看,梅特兰?你赞同这种想法吗?我们要跟莱德纳提出来吗?"

梅特兰上尉点点头。

"说吧。"他简短地说。

"你听说过一个叫赫尔克里·波洛的人吗,莱德纳?"

莱德纳博士迷惑不解地看着他。

"是的，我想我听过这个名字。"他茫然地说，"我有一次听范·奥尔丁先生提起过，对他评价非常高。他是个私人侦探，对吗？"

"就是这个人。"

"但他应该住在伦敦，对我们又有什么用呢？"

"没错，他是住在伦敦，"莱利医生说，"但这正是巧合所在。他现在不在伦敦，而是在叙利亚。而且实际上他要去巴格达，明天就会路过哈沙尼。"

"谁告诉你的？"

"法国领事让·布阿告诉我的。昨晚我们在一起吃饭，席间说起了他。听说他刚刚在叙利亚化解了一桩军事丑闻，正准备途经这里去巴格达，然后返回叙利亚，从那里回伦敦。你说这算不算个巧合？"

莱德纳博士犹豫了一下，满怀歉意地看着梅特兰上尉。

"你怎么想，梅特兰上尉？"

"当然会欢迎他与我们合作了。"梅特兰上尉毫不迟疑地说，"我手下的人对于搜索郊野、调查阿拉伯人的世仇之类的事情都很在行，但是坦率地说，莱德纳，你太太的这件事在我看来并非我们所擅长的。整件事情看起来非常不对劲儿，我倒更愿意让这个人来看看这桩案子。"

"你的意思是，我应该去请这个叫波洛的人来帮助我们？"莱德纳博士说，"假如他拒绝了呢？"

"他不会拒绝的。"莱利医生说。

"你怎么知道？"

"因为我自己也是个专业人士。如果遇到一个真正的疑难病例，比如说脑脊膜炎，而我又被邀请去会诊，我肯定不会拒绝。现在我们遇到的可不是一桩普通的案子，莱德纳。"

"当然不是。"莱德纳博士说。他的嘴唇因为痛苦而抽动着。"那么莱利,你愿意代表我去和这个赫尔克里·波洛谈谈吗？"

"我愿意。"

莱德纳博士用手势表示了感谢。

"即使到现在，"他缓缓地说，"我还是无法相信路易丝真的死了。"

我再也忍不住了。

"哦！莱德纳博士，"我叫出声来，"我……我说不出来我现在有多难过。我太不尽职了。我的任务就是照看莱德纳太太，让她免受伤害啊。"

莱德纳博士严肃地摇了摇头。

"不，不，护士小姐，你不需要有任何自责。"他慢慢地说道，"应该自责的人是我，愿上帝宽恕我……是因为我不相信，一直以来都不相信……我从来没有想到真的会有危险……"

他站起身，脸还在抽动。

"是我使她走上了绝路……是的，是我使她走上了绝路，因为我不相信她——"

他步履蹒跚地走出房间。

莱利医生看着我。

"我觉得自己也难辞其咎，"他说，"我以为那个漂亮的女人只是想逗逗他，考验考验他的承受能力。"

"我也没有特别认真地看待这件事。"我坦承道。

"我们三个人都错了。"莱利医生严肃地说。

"看来是这样的。"梅特兰上尉说。

第十三章　赫尔克里·波洛初来乍到

我想我永远都不会忘记第一眼看见赫尔克里·波洛时的感觉。当然，后来我渐渐地习惯他了，不过一开始真的让我大吃一惊，而且我相信任何其他人也都会有同样的感觉。

我也不知道在我的想象中他应该是个什么样子，也许有点儿像歇洛克·福尔摩斯，高高瘦瘦，配一张聪明机敏的脸。当然，我知道他是个外国人，只是我的确没想到他长得这么像个外国人，希望你能明白我的意思。

当你看到他的时候，会不由得想笑。他就像是一个从舞台上或者图画中走下来的人物。他的身高不会超过五英尺五英寸。在我看来，他就是个怪模怪样、胖胖的小个子男人，年纪已经相当大了，留着很长的八字胡，还有个像鸡蛋一样的脑袋，活像一个滑稽剧里的理发师！

而这就是那个要帮助我们找出杀害了莱德纳太太的人！

我猜肯定是我多少表现出了一些厌恶之情，因为他几乎立刻就找上我，眼里闪着奇怪的光对我说："你不喜欢我，护士小姐？记住，布丁好不好吃，只有吃的时候才知道。"

我觉得他想说的意思是：口说无凭，事实为证。

其实这个说法无比正确，但我可不敢说自己对他抱有多大的信心！

星期日午饭后不久,莱利医生就用自己的车把他带来了,而他做的第一件事就是叫我们所有人都聚集在一起。

我们在餐厅集合,所有人都围着桌子坐好。波洛先生坐在桌首,一边是莱德纳博士,另一边是莱利医生。

我们都到齐了以后,莱德纳博士清了清嗓子,用他温和并略显犹豫的声音开始说话。

"我敢担保你们肯定都听说过赫尔克里·波洛先生的大名。他今天正好路过哈沙尼,承蒙好意,他同意暂时中断旅途来帮助我们。我相信,伊拉克警方和梅特兰上尉已经尽了最大的努力,但是……但是这个案子中有些情况——"他挣扎着,向莱利医生投去了恳求的一瞥,"看起来我们遇到了一些困难……"

"并不都是些一眼了然的事①,不是吗?"坐在桌首的小个子男人说道。哎呀,他居然连英语都说不好!

"哦,一定要抓住他!"莫卡多太太叫道,"要是让他跑了,我们可受不了。"

我注意到那个小个子外国人用品评的眼光打量着她。

"他?他是指谁,夫人?"他问道。

"哎呀,当然是指凶手啊。"

"啊,凶手。"赫尔克里·波洛说。

他说话的样子就好像凶手是谁根本就不重要似的。

我们都目不转睛地瞧着他,他的目光从我们所有人的脸上一一扫过。

"我想,"他说,"你们当中很可能没有任何一位曾经遇到过

---

①原文中用词为overboard,疑为作者有意对aboveboard的误用,故有后文莱瑟兰小姐留下的关于波洛"连英语都说不好"的印象。据此在翻译时有意将"一目了然"替换为"一眼了然"。

谋杀案这样的事情吧?"

可以听到很多人都低声表示赞同。

赫尔克里·波洛微微一笑。

"因此,很显然你们丝毫不明白现在的处境。会有些令人不愉快的事情,没错,而且还可能会有很多。首当其冲的就是嫌疑。"

"嫌疑?"

说话的是约翰逊小姐。波洛先生若有所思地看着她,我感觉那目光中有种赞许。看起来他似乎在想:"这儿有一个很理智并且有头脑的人!"

"是的,小姐,"他说,"嫌疑!或者让我们说得直截了当一些吧:你们这里的所有人都有嫌疑。厨师,男仆,厨房里打杂的,洗罐子的男孩,当然,还包括考古队的所有成员。"

莫卡多太太跳起来,脸在不停地抽搐。

"太放肆了!你怎么敢说这样的话?你的话令人作呕,简直无法忍受!莱德纳博士,你总不能就坐在那儿,让这个人——啊,放任这个人——"

莱德纳博士疲惫不堪地说:"玛丽,请你冷静些。"

莫卡多先生也站起来了,他的手在颤抖,眼睛布满血丝。

"我同意。这种说法简直是骇人听闻,是对我们的侮辱——"

"不,不,"波洛先生说,"我无意侮辱你们。我只是想请你们所有人都面对现实。在一栋发生了谋杀案的房子里,每个住在里面的人都有一定程度的嫌疑。我问你,有什么证据能够证明凶手是从外面进来的呢?"

莫卡多太太叫道:"他当然是从外面进来的!这是显而易见的事情!啊——"然后她停止了叫喊,转而慢慢说道,"其他任何推断都是令人难以置信的!"

"毫无疑问,你说得完全正确,太太,"波洛深鞠一躬说道,"我只是在向你们解释这件事情应该如何着手处理。首先我要让自己确信这个房间里的所有人都是无辜的,然后我才会去别处寻找凶手。"

"那样会不会就有点晚了呢?"拉维尼神父温文尔雅地问道。

"我的神父啊,乌龟最后是会超过兔子的。"

拉维尼神父耸了耸肩。

"我们悉听尊便,"他无可奈何地说,"希望你能够尽快确认我们在这件可怕的事情中是无辜的。"

"我会尽快的。把眼前的形势跟你们讲明是我的责任,这样也许你们就不会对我可能不得不问到的一些无礼问题感到愤怒了。那么,我的神父,神职人员可不可以先作个表率呢?"

"你想问什么就尽管问吧。"拉维尼神父严肃地说。

"这是你第一次到这里来吗?"

"是的。"

"那么,你是什么时候到的?"

"差不多整整三周以前。应该是在二月二十七号。"

"从哪儿?"

"迦太基的布朗神父修会。"

"谢谢你,我的神父。你来这里之前认识莱德纳太太吗?"

"不认识,在这里遇到她之前我从来没有见过她。"

"你能告诉我不幸发生的时候你在做什么吗?"

"我在自己的房间里翻译一些楔形文字的碑文。"

我注意到波洛的手边有一张整个营地的简图。

"你的房间是在西南角上,和另一面莱德纳太太遥相对应的那一间吗？"

"是的。"

"你是什么时候回到房间的？"

"午饭以后马上就回去了。我想应该是在十二点四十左右。"

"你在房间里一直待到——几点？"

"将近三点。我听到旅行车回来了，然后又听到它开走了。我不知道是怎么回事儿，就走出来看看。"

"你在房间的那段时间里从来没有离开过吗？"

"没有，一次都没有。"

"那么你没有听到或者看到什么可能和悲剧有关的事情吗？"

"没有。"

"你的房间没有向院子里开的窗户吗？"

"没有，两扇窗户都是对着外面的。"

"你能够听到在院子里发生的事情吗？"

"听到的不太多。我听见埃莫特先生经过我的房间到屋顶上去，一两次吧。"

"你能记得是在什么时间吗？"

"恐怕记不清。你知道，我当时正全神贯注于我的工作。"

停顿了一下，波洛继续问道："你能够提供任何对我们了解案情有所帮助的线索吗？比如，在谋杀发生之前，你有没有注意到什么特别的事情？"

拉维尼神父看上去有些不安。他略带疑问地看了莱德纳博士一眼。

"先生，这个问题有点难，"他严肃地说，"既然你问了，我就得直言相告。在我看来，莱德纳太太显然是在害怕什么人或者什么事。毫无疑问，她对于陌生人感到很紧张，我认为她的这种紧张情绪是有原因的,只是我不知道而已。她并不信任我。"

波洛清了清嗓子,看了一下手里拿的记事本。"据我了解,两天以前的夜里,这里发生了一次盗窃案,还引起了恐慌。"

拉维尼神父给了肯定的答复,然后又讲述了一遍那天晚上的故事,包括看见文物室里面的灯光以及后来一无所获的检查。

"你相信在那个时候有个陌生人未经许可就擅自闯入了营地,对吗?"

"我也不知道应该怎么说,"拉维尼神父坦率地说,"毕竟什么东西也没丢,也没有被弄坏。也可能只是某个仆人——"

"或者是考古队里的某个人?"

"或者是考古队里的某个人。但如果是那样的话,这个人没有理由不站出来澄清事实啊。"

"但也同样有可能就是一个从外面进来的陌生人。"

"我想是的。"

"假定一个陌生人确实进到了这里,他能够在接下来的一整天,直到第三天的下午之前都把自己成功地隐藏起来吗?"

他的问题一半是问拉维尼神父,一半是问莱德纳博士的。那两个人都在仔细地思考这个问题。

"我认为几乎是不可能的,"最后莱德纳博士带着几分勉强说道,"我看不出他可能躲在哪儿。你呢,拉维尼神父?"

"不,不,我也想不出来。"

两个人看起来都不太情愿撇开这种想法。

波洛转向约翰逊小姐。

"那么你呢,小姐?你认为这个假设可行吗?"

想了一下之后,约翰逊小姐摇了摇头。

"不,"她说,"我觉得不可能。他能藏在哪儿呢?所有的卧室都有人住,而且里面的家具很少。暗房、绘图室和实验室在第二天都有人用,所有的房间都是这样。没有橱柜,也没有可供藏身的角落。不过,如果和仆人们串通好了的话——"

"那是有可能的,但未必真是这样。"波洛说。

他再一次转向拉维尼神父。

"还有另一个问题。前几天,莱瑟兰护士发现你在外面和一个男人说话。之前她就曾经在外面看到过这个人,试图向一扇窗户里面偷窥。看起来这个人很像是有意在这附近闲逛的。"

"当然,这也有可能。"拉维尼神父思索着说。

"是你先和这个人说话的,还是他先和你说话?"

拉维尼神父想了一下。

"我相信——没错,我确定,是他先和我说的话。"

"他说了些什么?"

拉维尼神父在努力地回想。

"我记得,他大概问了我这儿是不是美国考古队的营地?还说了一些关于美国人雇用了很多工人进行挖掘工作之类的话。说实话,我听不太懂他说什么,但是为了提高我的阿拉伯语水平,我还是努力地和他交谈。我想因为他是个城里人,也许会比那些挖掘场的工人更能听懂我说的话。"

"你们还谈到其他什么事情了吗?"

"在我印象里,我还说了哈沙尼是个大城市,然后我们一致同意巴格达更大。我想他还问我是亚美尼亚的还是叙利亚的天主教徒,都是这类的事情。"

波洛点点头。

"你能给我形容一下他的样子吗?"

拉维尼神父再一次皱着眉头想了想。

"他个子不高,"他最终说道,"体格很结实,是个特别明显的斗鸡眼,而且皮肤很白。"

波洛先生转向我。

"这跟你所要描述的样子一致吗?"

"不完全一致,"我犹豫地说,"如果让我说,我觉得他个子不但不矮,还挺高的,皮肤很黑。在我印象中他身材修长,而且我也没有注意到他有斗鸡眼。"

波洛先生失望地耸了耸肩膀。

"事情总是这样的!如果你们是警察,就会很熟悉这种局面。让两个人去描述同一个人,永远都不会一致。所有的细节都是相互矛盾的。"

"我非常确定他是斗鸡眼,"拉维尼神父说,"至于其他方面,莱瑟兰护士说得可能是对的。另外,我说他皮肤白,只是说他在伊拉克人当中算是白的,我想护士小姐可能会把那个称为黑吧。"

"非常黑,"我坚持说,"是一种脏兮兮的暗黄色。"

我看见莱利医生咬着嘴唇,微微一笑。

波洛有些绝望了。

"先不说这个了!"他说,"这个陌生人在这附近游荡,可能很重要,也可能不重要。无论如何,我们都得找到他。现在我要继续问下去。"

他犹豫了一下,对桌边一张张看着他的脸研究了一番,然后迅速地点点头,选中了莱特尔先生。

"来吧,我的朋友,"他说,"我们来听听你对昨天下午的印象吧。"

莱特尔先生那张粉扑扑、胖乎乎的脸顿时涨得通红。

"我?"他说。

"是的,就是你。首先,告诉我你的名字,多大年龄了。"

"卡尔·莱特尔,二十八岁。"

"美国人,对吗?"

"是的,我从芝加哥来。"

"这是你的第一个考古季吗?"

"是的,我负责摄影工作。"

"啊,很好。昨天下午,你在做什么?"

"嗯……我大部分时间都在暗房里。"

"大部分时间,嗯?"

"是的,我先是洗了一些底片,然后又给一些东西拍了照。"

"在外面吗?"

"哦,不是,是在摄影室。"

"暗房的门通到摄影室吗?"

"是的。"

"也就是说你一直没有走出过摄影室?"

"没有。"

"你有没有注意到院子里发生了什么事情呢?"

年轻人摇了摇头。

"我什么都没有注意到,"他解释说,"我当时很忙。我听到车回来了。等我能够放下手头的事的时候就出来了,想看看有没有我的邮件。也就是在那个时候,我听说了发生的事情。"

"那么你开始在摄影室工作是几点?"

"十二点五十。"

"你参加这支考古队之前认识莱德纳太太吗?"

年轻人摇了摇头。

"不认识,先生。我在到这里之前从来没有见过她。"

"你能想起什么可以帮助我们的事情吗？任何小插曲，无论多小。"

卡尔·莱特尔摇摇头，无可奈何地说："我想我什么事情都不知道，先生。"

"埃莫特先生呢？"

大卫·埃莫特用他温和愉悦的美国腔简明扼要地开口说话了。

"从差一刻钟一点到差一刻钟三点，我一直在围着那些陶器转，监督那个叫阿卜杜拉的孩子清洗，把陶器分门别类，偶尔到屋顶去给莱德纳博士帮帮忙。"

"你到屋顶去了几次？"

"我想，四次吧。"

"待了多长时间？"

"一般是几分钟，不会再多了。但是有一次，大概在我开始工作半个多小时以后，我在上面待了差不多十分钟，我们主要是在讨论什么该留，什么该扔。"

"那么就我所知，也正是那一次，你下来的时候发现那个男孩没在院子里，对吗？"

"没错。我很生气地喊他，结果他从拱门外回来了。他是出去和其他人聊天了。"

"那是他仅有的一次离开工作岗位吗？"

"呃，还有一两次我让他送陶器到屋顶上去。"

波洛严肃地说："其实几乎没必要问你，埃莫特先生——那段时间里，你看到什么人进入或者离开莱德纳太太的房间了吗？"

埃莫特先生立刻做出回答。

"我一个人都没看见。在我工作的那两个小时里，甚至没有人从房间出来到院子里。"

"那么在你看来,也就是一点半的时候,你和那个孩子都不在,院子里空无一人,对吗?"

"跟这个时间不会相差很远。当然,我不敢说分毫不差。"

波洛转向莱利医生。

"医生,这和你估计的死亡时间一致吗?"

"一致。"莱利医生说。

波洛先生轻抚着他卷曲的人胡子。

"我想我们可以推定,"他严肃地说,"莱德纳太太就是在那十分钟里被人杀死的。"

第十四章　我们中的一个？

房间里一片静默，让人觉得有一波恐惧感在其中荡漾开来。

我想也正是在那时，我第一次相信莱利医生的推论是正确的。

我感觉到凶手就在房间里，和我们坐在一起聆听。他是我们中的一个……

可能莫卡多太太也有同感，因为她突然尖声叫起来。

"我受不了了，"她呜咽着说，"我——这太可怕了。"

"勇敢点儿，玛丽。"她丈夫说道。

他带着歉意看着我们。

"她太敏感了。她总是把什么都看得那么重。"

"我……我是那么喜欢路易丝。"莫卡多太太一边啜泣一边说。

我不知道是不是我的一些内心想法表露在了脸上，我突然发现波洛先生正在看着我，唇边挂着一丝微笑。

我冷冷地瞥了他一眼，于是他又立刻继续他的询问。

"告诉我，太太，"他说，"昨天下午你是怎么过的？"

"我在洗头。"莫卡多太太哽咽着说，"回想起来太可怕了，我对这件事情丝毫没有察觉。我一下午都很开心，很忙碌。"

"你在你的房间里？"

"是的。"

"没有离开过？"

"没有,直到我听见汽车回来了。然后我走出来才听说发生了什么。哦,简直太可怕了!"

"你感到很吃惊吗?"

莫卡多太太停止了哭泣。她的眼睛愤怒地瞪着。

"波洛先生,你这话是什么意思?难道你是想说——"

"太太,你觉得我应该是什么意思呢?你刚刚告诉我们你有多么喜欢路易丝,我想她也许会很信任你。"

"哦,我明白了 没有,没有,亲爱的路易丝从来没有告诉过我任何事情,我是说,没有明确地告诉过我。当然,我能够看出来她很担心,很焦虑,而且也有一些奇怪的事情发生,就像是有人用手敲窗户之类的。"

"我记得你说过这些都是她的想象。"我不能保持沉默了,于是插嘴道。

我很高兴地看到她顷刻之间显得有些手足无措。

同时我又一次意识到波洛先生饶有兴趣地向我的方向看了一眼。

他有条不紊地做出总结。

"总而言之,太太,你当时正在洗头,什么也没有听到,什么也没有看到。那么你能够想起任何对我们有所帮助的事情吗?"

莫卡多太太不假思索地说:"没有,确实什么都没有。这绝对是最难破解的疑案。但是我想说,毫无疑问凶手是从外面进来的。嗯,这才是最合情合理的。"

波洛转向了她丈夫。

"你呢,先生,你有什么想说的吗?"

莫卡多先生漫无目的地揪着胡子,有些紧张地开口。

"一定是这样的，一定是，"他说，"但是有谁会想要伤害她呢？她那么温柔，那么体贴——"他摇着头，"杀死她的人肯定是个恶魔，没错，恶魔！"

"那么你自己呢，先生，昨天下午你是怎么度过的？"

"我？"他茫然地瞪着眼睛。

"你在实验室里，约瑟夫。"他妻子提醒他。

"啊，对呀，我在实验室。我就在实验室，做我日常的工作。"

"你几点钟去的实验室？"

他又用无助和探询的眼光看着莫卡多太太。

"十二点五十，约瑟夫。"

"啊，对，十二点五十。"

"你出来到院子里去过吗？"

"不，我想没有。"他思索着，"没有，我确定没有。"

"你是什么时候听说悲剧发生的？"

"我太太来告诉我的。太可怕了，令人震惊。我几乎不敢相信。即使是现在，我也很难相信这是真的。"

他突然战栗起来。

"这太可怕了……太可怕了……"

莫卡多太太迅速来到他的身边。

"好了，好了，约瑟夫，我们都有同感，但是我们绝不能就此垮掉。那样的话，对于可怜的莱德纳博士来说可就是雪上加霜了。"

我看见莱德纳博士的脸痛苦地抽搐了一下，我猜想这种情绪激动的氛围对他而言也很难捱。他瞟了波洛一眼，仿佛是在恳求。波洛立即做出了回应。

"约翰逊小姐?"他说。

"恐怕我能告诉你的很少。"约翰逊小姐说。在听过了莫卡多太太尖锐刺耳的声音之后,再听到这种有教养的声音让人感觉平静多了。她继续说道:"我一直在客厅里干活儿,用黏土拓印一些圆筒印章。"

"你也没有看到,或者注意到任何事情吗?"

"没有。"

波洛迅速地扫了她一眼。和我一样,他也从她的回答中捕捉到了一丝隐隐约约的犹豫。

"小姐,你很确定吗?你是不是又模模糊糊地想起了什么事情?"

"不,其实也不是……"

"我们可不可以这样讲,也许有什么东西你只是无意中用余光看到了,以至于你并不认为你看到了呢?"

"没有,肯定没有。"她断然地回答。

"还有你听到的,啊,或者说,有一些你也不确定到底是否听到了的东西?"

约翰逊小姐短促地苦笑了一下。

"波洛先生,你追问得我太紧了。恐怕你是在鼓励我告诉你一些也许只是我想象中的事情。"

"那么确实有一些——这么说吧,可能是你想象出来的事情?"

约翰逊小姐以一种超然的态度,字斟句酌地慢慢说道:"在那天下午的某个时间,我以为我听到了一声很微弱的呼喊……我的意思是说,我敢说我确实听到了一声呼喊。客厅的所有窗户都是开着的,你可以听到在麦地里干活儿的人们发出的各种声音。

"但是你知道,我觉得我听到的就是莱德纳太太的声音,这让我非常难过。因为如果我当时跳起来跑去她的房间……唉,谁知道呢?也许我还来得及——"

莱利医生带着权威的口吻插话。

"好了,不要再有这种想法了,"他说,"毫无疑问,莱德纳太太——抱歉,莱德纳——几乎是在那个男人一进入房间就被打倒在地了,也正是那一下要了她的命,没有第二下。否则她就有时间大声呼喊求救了。"

"但我仍然觉得我本来可能抓住凶手的。"约翰逊小姐说。

"那是在什么时候,小姐?"波洛问道,"在一点半左右吗?"

"一定是在那前后,没错。"她想了一下说。

"这样时间就能吻合了,"波洛若有所思地说,"你没听到其他声音吗,比如开门或关门的声音?"

约翰逊小姐摇了摇头。

"没有,我不记得听到过任何类似的声音。"

"我推测你是坐在桌子旁边的,那么你是面向哪边呢?院子?文物室?门廊?还是外面的农田?"

"我面向着院子。"

"从你所在的位置能够看到那个男孩阿卜杜拉在清洗陶罐吗?"

"哦,可以的,如果我抬头看的话。当然,我那时正专注于手头的工作。我的全部精力都集中在那上面。"

"但是,如果有任何人从院子这边的窗前经过,你会注意到吗?"

"哦,会的,这一点我几乎可以肯定。"

"那么没有人经过吗?"

"没有。"

"不过如果有任何人,比如说,从院子中间走过,你有可能会注意到吗?"

"我想可能不会,除非像我刚才说的,我碰巧抬起头来向窗外看。"

"你没有注意到那个男孩阿卜杜拉放下手头的工作,出去和其他仆人们一起聊天?"

"没有。"

"十分钟,"波洛沉思着说,"那致命的十分钟。"

房间里一瞬间鸦雀无声。

约翰逊小姐突然抬起头说道:"你看,波洛先生,我想我可能在无意中误导了你。我又回想了一遍,现在我觉得从我所在的地方应该是不可能听到莱德纳太太房间里发出的任何叫声的。我们之间有文物室隔着,而且后来我听说她的窗户都是关好的。"

"无论如何,不要再自责了,小姐,"波洛亲切地说,"这一点并没有那么重要。"

"是的,当然没有那么重要,我明白。但是你看,它对我来说很重要,因为我总觉得我应该能做些什么的。"

"别自寻烦恼了,亲爱的安妮,"莱德纳博士动情地说,"你一定要理智一些。你听到的声音很可能是田里的一个阿拉伯人冲着远处的另一个人喊。"

听着他亲切的声音,约翰逊小姐的脸有些泛红,我甚至看到她的眼里含着泪水。她把脸扭到一边,用比平时更低沉的声音说道:"也可能是吧。悲剧发生之后总是会这样,我们会想象出一些根本没有的事。"

波洛再次看了看他的记事本。

"我想你可能没有更多可说的吧,凯里先生?"

理查德·凯里用一种呆板的声音缓缓地说道:"恐怕我没法给你增加什么有用的信息了。我当时在挖掘场值班,这个消息还是别人到那儿去告诉我的呢。"

"那么你也不知道,或者想不起来在谋杀发生之前的几天有什么能对我们有所帮助的事情,对吗?"

"什么都没有。"

"科尔曼先生呢?"

"出事的时候我恰好不在。"科尔曼先生说,声音中带着一丝遗憾,"我昨天一早就去了哈沙尼,取钱给工人们发薪水。我回来的时候埃莫特告诉了我发生的事情,我就又开车回去找警察和莱利医生了。"

"在那之前呢?"

"好吧,先生,有些事弄得人还挺紧张的,不过你应该已经都知道了。文物室有过一场虚惊,在那之前还有过一两件,窗户上的手和脸之类的,你记得吧,先生?"他向莱德纳博士征询,博士点点头表示同意。"你看,我觉得你到最后会发现就是某个人从外面闯进来了,而且肯定是个狡猾的家伙。"

波洛沉默地打量了他一两分钟。

"你是英国人吗,科尔曼先生?"他最后问道。

"你说得没错,先生。彻头彻尾的英国人。不信你看看商标,货真价实。"

"这是你的第一个考古季?"

"完全正确。"

"那么你是非常狂热地喜爱考古学了?"

用这种词来形容他,看上去让科尔曼先生显得有些尴尬。他的脸腾地一下红了,像个犯了错误的小学生一样偷眼看着莱德纳博士。

"当然啦——考古非常有意思,"他结结巴巴地说,"我是说——我并不是一个很聪明的人……"

他话没说完就停了下来。波洛也没再继续刨根问底。

他若有所思地用铅笔尖敲着桌子,小心地把面前的墨水瓶摆正。

"看起来,"他说,"目前我们能够知道的也就是这么多了。如果你们中的任何人想起刚才忘记说的事情,不要犹豫,马上来告诉我。现在,我想我最好跟莱德纳博士和莱利医生单独说几句话。"

这是一个散会的信号。我们纷纷站起身,鱼贯而出。然而当我走到一半的时候,一个声音叫住了我。

"或许,"波洛先生说,"我们可以请莱瑟兰护士暂且留步。我认为她的协助对我们来说是非常宝贵的。"

于是我走回来,重新坐到了桌旁。

第十五章　波洛提出见解

莱利医生从座位上站起身。当所有人都走出去以后,他小心地关好门。接着,他用询问的眼光看了看波洛,然后把朝向院子的窗户也关上了——另一边的窗子已经关好了。于是他又重新走回桌边,坐到他的位子上。

"好!"波洛说,"现在没有人打扰,我们可以畅所欲言了。刚才我们已经听到了考古队成员们必须告诉我们的事。啊,护士小姐,告诉我你在想些什么?"

我有些脸红。不可否认,这个古怪的小个子男人眼光非常锐利。他已经看透了我的心思,我猜也许是我所想的事情在脸上表现得过于明显了吧!

"哦,其实也没什么……"我犹豫着说道。

"说吧,护士小姐,"莱利医生说,"别让我们的专家等着了。"

"其实真的没有什么,"我匆忙说道,"只是我脑中闪过的一个想法。这么说吧,我觉得即使有人确实知道或者怀疑什么事情,或许也很难当着这么多人的面说出来,尤其是当着莱德纳博士的面。"

让我颇感惊讶的是,波洛先生居然用力地点着头表示赞同。

"真是一语中的啊,一点儿都没错。你所说的非常正确。但是我想说明一下,刚才我们这个小小的聚会,并不是毫无目的的。在英国,每逢赛马会的比赛开始之前,你们都会进行参赛马匹的游行,对不对?它们从看台前列队走过,让每个人都有机会检视和评判它们。这就是我召集这个小聚会的目的。如果用赛马会来比喻的话,我就是想迅速地把可能的参赛选手都审视一遍。"

莱德纳博士情绪激动地喊道:"我绝对不相信我们考古队中的任何一个人会跟这起谋杀案有牵连!"

然后他转向我,以命令的口气说:"护士小姐,如果你现在能立刻把两天以前我太太和你都说了什么准确地告诉波洛先生,我会不胜感激的。"

在他如此强烈的要求下,我只能努力回忆,尽可能用当初莱德纳太太的原话讲述了我的故事。

当我讲完以后,波洛先生说:"很好,非常好。你的头脑既聪明又有条理,在这个案子里你会给我很大帮助的。"

他转向莱德纳博士。

"你有这些信吗?"

"信都在这里,我想你首先就会想看看的。"

波洛从他手里接过信,一边读一边仔细地检查。我有点失望,因为他既没有在信上撒指纹粉,也没有用放大镜或者类似的东西察看。但我知道他并不是一个年轻人了,因此他的方法可能会有些落伍。他看信的方法就跟其他人看信一样。

读完信之后,他把它们放下,清了清嗓子。

"现在,"他说,"我们来把已经知道的事实按顺序整理清楚。这些信里面的第一封,是你们在美国新婚不久之后你太太收到的。之前还有一些其他的信已经被她销毁了。接着就是第二封——收到那封信之后不久,你们两个险些因为煤气中毒丧了命。然后你们就来到国外,在将近两年的时间里没有再收到这样的信。但是在你们今年这个考古季开始的时候,这些信又出现了,确切地说,就是在过去的三周时间里。我说得对吗?"

"完全正确。"

"你太太因此显得惊慌失措,于是,在和莱利医生商量以后,你聘用了莱瑟兰护士到这里来陪伴她,从而减轻她的恐惧,是吗?"

"是的。"

"发生过一些小插曲,比如敲窗户的手,鬼魅一样的脸,还有文物室里的声音。所有这些你自己都没有亲眼看到过吗?"

"没有。"

"事实上除了莱德纳太太,没有其他人看到过吧?"

"拉维尼神父看到过文物室里有亮光。"

"是的,我没有忘记这一点。"

他沉默了片刻,然后说:"你太太立过遗嘱吗?"

"我想没有。"

"为什么没有?"

"在她看来没有必要。"

"她不是个有钱人吗?"

"当然是。她活着的时候有的是钱。她父亲以托管的形式留给她一笔相当可观的财产,只是她不能动用本金。如果有子女,那么她死后这些钱就交给他们,如果没有,就捐给匹兹镇博物馆。"

波洛若有所思地敲着桌子。

"那么我想,"他说,"我们可以排除掉这个案子的一种动机。你们看,这就是我首先要找的东西。谁会从死者的死亡中获益?

在本案中是一家博物馆。如果不是这样的话，假如莱德纳太太拥有一大笔财产却又没有立遗嘱，我想象这将是一个很有趣的问题。到底谁来继承这笔钱呢？你，还是她的前夫？但是这也会遇到难题，她的前夫必须先让自己复活，然后才能够申领这笔遗产。尽管我很难想象战后已经过了这么长时间，那个死刑还会被要求执行，但他还是要冒着被逮捕的危险。不过现在这些猜测都已经没有必要了。就像我所说的，首先要解决钱的问题，而下一步我通常会怀疑死者的丈夫或者妻子。在这个案子里，首先，已经证明昨天下午你从来没有靠近过你太太的房间；其次，你太太的死只会让你蒙受损失，而并不会让你得到什么；第三——"

他顿了一下。

"怎么？"莱德纳博士说。

"第三点，"波洛慢悠悠地说，"我想，只要看一看，我就能够感觉出两个人之间的那种真挚的爱。莱德纳博士，我相信你对你太太的爱是你生命中最重要的事，是这样吗？"

莱德纳博士的回答非常简单："是的。"

波洛点点头。

"所以，"他说，"我们可以继续了。"

"对！对！我们言归正传吧。"莱利医生有些不耐烦地说。

波洛带着责备的眼神看了他一眼。

"别那么急不可耐，我的朋友。在这样一桩案子里，对待每一个问题都要讲究条理和方法。实际上，这也是我调查每一个案件的习惯。在排除了一些可能性之后，我们现在面临一个很重要的问题。如你所言，所有的牌都要摊在桌面上，这一点非常关键，不能够有任何隐瞒。"

"的确如此。"莱利医生说。

"这就是为什么我需要知道全部的事实。"波洛继续说道。

莱德纳博士有些吃惊地看着他。

"我向你保证,波洛先生,我没有隐瞒任何事情。我把我知道的全都告诉你了,没有任何保留。"

"话虽如此,但你还是没有告诉我所有的事情。"

"确实都告诉你了。我实在想不出还遗漏了哪些细节。"

他看起来非常苦恼。

波洛轻轻地摇了摇头。

"不,"他说,"比如说,你就没有告诉我你为什么要让莱瑟兰护士住在营地里。"

莱德纳博士看上去彻底糊涂了。

"可是我已经说过了啊。显而易见的,因为我太太那种紧张情绪,她害怕……"

波洛倾身向前,缓慢但坚定地摆着一根手指。

"不,不,不。这里有些问题还没有说清楚。你太太处于危险之中,没错;她受到了死亡的威胁,也没错。可是你没有去找警察,甚至也没有去请私人侦探,而是找来了一名护士!这个说不通!"

"我……我……"莱德纳博士顿了一下,脸涨得通红,"我以为——"然后他就说不下去了。

"现在我们就要说到这个问题了,"波洛鼓励他,"你以为——什么?"

莱德纳博士继续保持着沉默,露出一副厌烦且不情愿的样子。

"你看,"波洛的话音变得动听起来,"你告诉我的所有事情都能讲得通,只除了这一点。为什么要请一个护士?啊,有一种可能，实际上，也只有这一种可能。你并不真的相信你太太处于危险之中。"

终于，莱德纳博士忍不住失声痛哭起来。

"上帝啊，帮帮我吧，"他呻吟着说道，"我不相信，就是因为我不相信。"

波洛专注地盯着他，就像猫盯着老鼠洞，等老鼠一出现就准备扑过去抓住它似的。

"那么你本来以为的是什么呢？"他问。

"我不知道，我也不知道……"

"其实你知道，而且很清楚地知道。也许我可以帮帮你，我来猜一猜。莱德纳博士，你有没有怀疑过这些恐吓信实际上是你太太自己写的呢？"

这个问题并不需要他来回答。因为很显然波洛猜对了。他因为震惊而举起双手，仿佛是为了乞求宽恕一般。这已经说明了一切。

我深深地吸了一口气，原来我心里那个初具雏形的猜想竟然是对的！我不由得回想起莱德纳博士在问我对这件事情的看法时那种奇怪的语气。我思索着慢慢地点点头，突然意识到波洛先生正在盯着我瞧。

"你也有同样的想法吗，护士小姐？"

"我心里确实有过这种想法。"我如实说道。

"因为什么？"

我解释说是因为科尔曼先生给我看的那封信上有着相似的笔迹。

波洛转向莱德纳博士。

"你是不是也注意到了这样的相似性呢？"

莱德纳博士低下了头。

"是的,我注意到了。恐吓信上的字比较小,挤在一起不太好认,不像路易丝的字,比较大而且很大方,但是有些字母的写法是相同的。我拿给你看看。"

他从内层的胸兜里掏出了几封信,最后从中挑出一张信纸递给波洛。这是他太太写给他的一封信中的一张,波洛拿着它仔细地和匿名信做了比较。

"没错,"他小声说道,"没错。有一些相似的地方,比如字母s这种奇怪的写法,还有这个很有特点的字母e。我不是笔迹学专家,所以不能确切地断言,就这一点而言,我也从来没见过两个笔迹学专家就任何问题达成过一致,但至少可以说,这两份笔迹的相似性非常明显。看起来有很大可能是出自同一人之手。但是仍然不能确定,我们必须把所有可能出现的意外情况都考虑在内。"

他靠回椅背,沉思着说:"一共有三种可能性。第一,笔迹的相似性纯属巧合;第二,这些恐吓信是莱德纳太太出于不为人知的原因自己写的;第三,信是由某个故意模仿了莱德纳太太笔迹的人写的。可是为什么呢?看起来毫无道理啊。这三种可能性之中的一种必然是正确的。"

他思考了片刻,然后转向莱德纳博士,又恢复了他那轻快的语调问道:"当你第一次意识到有可能是莱德纳太太自己写了这些信的时候,你有什么想法?"

莱德纳博士摇了摇头。

"我让自己用最快的速度忘掉这个想法,因为我觉得这太可怕了。"

"你没有去寻求一个解释吗?"

"这个……"他犹豫了一下,"我想,也许是那种担心的情绪和对过去的念念不忘在一定程度上影响我太太的头脑了吧。我猜她很可能在不自知的情况下给自己写了那些信。这也是有可能的,对吗?"他转向莱利医生补充道。

莱利医生噘起了嘴。

"对人的头脑来说,几乎任何情况都可能发生。"他含糊其辞地答道。但是他快如闪电地瞟了波洛一眼,后者仿佛很顺从似的放弃了这个话题。

"这些信很有意思,"波洛说,"但是我们必须专注于案件的整体。就我目前看来,有三种可能的答案。"

"三种?"

"是的。答案一:也是最简单的——你太太的前夫依然活着。他先是写信威胁她,然后就开始着手实施。如果我们接受这个答案,需要解决的问题就是:他是如何在不被人看见的情况下进出这里的。

"答案二:莱德纳太太出于自身的原因——这些原因对于医生来说可能比外行人更容易理解——给自己写了恐吓信。煤气中毒那件事也是她一手策划的——别忘了,是她把你叫醒,告诉你她闻到了煤气味儿的。但是,如果是莱德纳太太自己写了那些信,她就不会处于那个假想的写信人所带来的危险之中。因此我们必须到其他地方去寻找凶手。事实上,我们必须在你的考古队成员中寻找。没错,"他回应了莱德纳博士一句低声的抗议,"这是唯一符合逻辑的结论。他们当中的一个人为了了却私人恩怨而杀害了她。我想也许这个人知道那些信的存在,或者至少知道莱德纳太太害怕或假装害怕某个人。在凶手看来,这一点使得谋杀对他来说变得相当简单。他很确信这件事最后会推到一个神秘的

115

外来者，也就是那个写恐吓信的人身上。

"这个答案还有另一种可能，也就是凶手在了解了莱德纳太太的过去以后，确实亲自写了那些信。但如果是这样的话，有一个问题我们解释不清楚，那就是为什么凶手要模仿莱德纳太太的笔迹。因为就我们看来，假如这些信看上去像是出自外人之手，对他或者她来说应该是更有利的。

"我心里认为最有趣的是第三种答案。我的意思是说这些信都是货真价实的。它们出自莱德纳太太的前夫或者他的弟弟之手，而这个人实际上就是你考古队中的一员。"

第十六章　嫌疑人们

莱德纳博士跳了起来。

"不可能！绝对不可能！这个想法简直太荒谬了！"

波洛先生很平静地看着他，但什么都没说。

"你是想说我太太的前夫是考古队中的一员，而我太太居然没有认出他来？"

"正是如此。稍微想想这个事实吧。差不多十五年前，你太太和这个男人在一起生活过几个月。经过这么久之后，如果她偶然遇见了他，她能保证认出来吗？我认为不能。他的面容已经发生了变化，体形也发生了变化，他的声音可能不会变化那么大，但这只是个细节，他可以处理好。而且你要记住，她并不会在她身边寻找这个人。她认为他应该在外面的某个地方，是一个陌生人。是的，我认为她不会认出他来的。此外还有一种可能性，就是那个弟弟，当年那个深深爱着哥哥的小男孩。他现在已经长大成人了。她可能看到一个将近三十岁的男人，而马上认出这就是当年那个十岁或者十二岁的男孩吗？所以，这个年轻的威廉·博斯纳我们也要考虑进去。要记住，在他心目中，他哥哥并不是一个卖国贼，而是一个爱国者，一个为自己的祖国——德国捐躯的烈士。莱德纳太太才是他眼中的叛徒，是害死他亲爱的哥哥的罪魁祸首！一个容易受到外界影响的敏感孩子往往会有很强的英雄崇拜心理，一颗年轻的心很容易被一个念头牢牢占据，并且这个念头会伴随终生。"

"非常正确，"莱利医生说，"现在流行的观点认为孩子很容易遗忘，这个并不准确。实际上，很多人终其一生所固守的观念常常是在他们幼年的时候就已经深深植入脑海的。"

"好了，摆在你面前的有两种可能性：弗雷德里克·博斯纳，一个现在差不多五十岁左右的人；以及威廉·博斯纳，年龄可能不到三十岁。我们就用这两个标准来检查一下你的队员们吧。"

"这真是无稽之谈，"莱德纳博士低声说道，"我的队员！我自己考古队里的成员！"

"因此就可以免除嫌疑？"波洛不动声色地说道，"这倒真是个有用的观点。开始吧！有哪些人肯定不是弗雷德里克或者威廉呢？"

"女人们。"

"当然，约翰逊小姐和莫卡多太太可以先排除掉，其他还有谁？"

"凯里。在我认识路易丝之前他就和我在一起工作很多年了——"

"而且他的年龄也不对。我估计他大概有三十八九岁，要说是弗雷德里克，有点儿太年轻，要说是威廉又太老了。再看看其他人吧，拉维尼神父和莫卡多先生，他们两个都有可能是弗雷德里克·博斯纳。"

"但是，我尊敬的先生，"莱德纳博士有些哭笑不得地喊道，"拉维尼神父是世界闻名的碑铭专家，而莫卡多先生也已经在纽约的一家著名博物馆里工作多年了。他们俩都不可能是你所想的那个人。"

波洛随意地挥了挥手。

"不可能——不可能——我根本不会考虑这几个字！对于不可能的事，通常我都会特别仔细地检查！不过现在我们先继续往下数，你的考古队里还有谁？卡尔·莱特尔，一个有着德国人名字的年轻人，大卫·埃莫特——"

"别忘了，他已经跟随我参加两个考古季了。"

"他是个天生就有耐心的年轻人。如果他要犯罪的话，肯定不会仓促行事，所有的准备都会提前做好。"

莱德纳博士做了个绝望的手势。

"最后，是威廉·科尔曼①。"波洛继续说道。

"他可是个英国人。"

"为什么不能是他呢？莱德纳太太不是说过，那个男孩后来离开了美国，音讯皆无吗？他也很有可能是在英国被抚养长大的呀。"

"所有事你都能找到说法。"莱德纳博士说。

我凝神思索着。从一开始我就觉得科尔曼先生的举止不像一个现实生活中的年轻人，而更像是P.G.伍德豪斯书中的人物。难道他真的一直都在演戏？

波洛在一个小本子上写着什么。

"现在让我们来梳理一下。"他说，"符合第一种可能的有两个人，拉维尼神父和莫卡多先生，而符合第二种可能的有科尔曼、埃莫特和莱特尔。

"接下来我们要考虑另一个方面的问题，那就是方法和机会。考古队里的哪个人有机会，有手段，能够实施这起犯罪呢？凯里

---

① 即比尔·科尔曼。比尔是威廉的昵称。

当时在挖掘场,科尔曼在哈沙尼,而你本人在屋顶上。那么我们还剩下拉维尼神父、莫卡多先生、莫卡多太太、大卫·埃莫特、卡尔·莱特尔、约翰逊小姐以及莱瑟兰护士。"

"哦!"我从椅子里跳起来惊呼道。

波洛先生眨着眼睛看着我。

"没错,护士小姐,恐怕你也不得不被包括在内。因为对你来说,趁着院子里空无一人的时候,走到莱德纳太太的房间里并杀死她是件轻而易举的事情。你足够强壮有力,而恐怕莱德纳太太直到挨那一击之前对你都不会有半点怀疑。"

我的思维被彻底打乱了,一句话都说不出来。这时我注意到莱利医生看上去却相当开心。

"护士把她的病人一个接一个杀死,真是个有趣的案子。"他小声说。

我狠狠地瞪了他一眼。

莱德纳博士的心思此时已经跑到别的事情上去了。

"不会是埃莫特的,波洛先生,"他表示反对,"你不能把他包括进去。别忘了,那十分钟里他是和我一起待在屋顶上的。"

"尽管如此,我们还是不能排除他。他完全可以从屋顶上下来,直接走进莱德纳太太的房间,杀死她,然后再把那个男孩叫回来。或者他也有可能趁着某一次派那个男孩上去找你的时候把她杀死。"

莱德纳博士摇着头,小声咕哝道:"这就是一场噩梦!简直太不可思议了。"

出乎我的意料,波洛对此表示了同意。

"是的,确实如此。这是一桩不可思议的犯罪。我们不会经常碰到这样的案子。通常情况下谋杀都是很卑鄙的,也很单纯。

但这是一起非同寻常的谋杀……莱德纳博士，我猜你太太应该也是个非同寻常的女人。"

他如此一针见血，让我惊得跳了起来。

"我说得对吗，护士小姐？"他问道。

莱德纳博士平静地说："护士小姐，你来告诉他路易丝是个什么样的人吧。你没有任何偏见。"

于是我直言相告。

"她是个很可爱的人，"我说，"让你不由得就会欣赏她，想要为她做些事情。我以前还从来没有遇见过像她这样的人。"

"谢谢你。"莱德纳博士向我微笑着说。

"这份来自外人的证明很有价值。"波洛彬彬有礼地说道，"那么，我们继续吧。从方法和机会这方面来说，我们的名单上有七个人要考虑。莱瑟兰护士、约翰逊小姐、莫卡多太太、莫卡多先生、莱特尔先生、埃莫特先生及拉维尼神父。"

他又一次清了清嗓子。我发现外国人总是会发出奇怪的声音。

"我们暂且假定第三种理论是正确的。也就是说凶手是弗雷德里克或者威廉·博斯纳，而且这个弗雷德里克或者威廉·博斯纳就是你考古队中的一员。比较一下两份名单，我们可以把嫌疑人的范围缩小到四个人。拉维尼神父、莫卡多先生、卡尔·莱特尔及大卫·埃莫特。"

"拉维尼神父是绝对不可能的，"莱德纳博士断然地说道，"他是迦太基布朗神父修会的修士。"

"而且他的胡子也是真的。"我插嘴道。

"护士小姐，"波洛说，"一流的凶手从来不戴假胡子！"

"你怎么知道这个凶手是一流的？"我不服气地问道。

"因为如果他不是，那么此时此刻全部真相应该已经被我查得一清二楚了,但是,还没有。"

我暗想,这纯粹是傲慢自大的说法。

"无论如何,"我又回到胡子的话题上,"留那么长的胡子肯定需要很长时间。"

"你的着眼点很实际。"波洛说。

莱德纳博士烦躁地说:"但是这种想法很荒唐,太荒唐了。他和莫卡多都是很有名的人,他们都已经成名多年了。"

波洛转向他。

"你所知道的未必是事实。你没有认识到很重要的一点:如果弗雷德里克·博斯纳没有死,那么他这么多年来都在干什么呢?他肯定已经更名改姓,而且肯定已经事业有成了。"

"当一名神父?"莱利医生表示怀疑地问。

"嗯,似乎是有点儿不可思议,"波洛承认道,"但我们也不能对这种可能性置之不理。除此之外,其他人也有可能。"

"那几个年轻人?"莱利说,"如果让我来说,从表面上看,你的这些嫌疑人里只有一个是貌似合理的。"

"你指的是谁?"

"年轻的卡尔·莱特尔。实际上没有任何证据直接指向他,但是归结起来,你必须承认一些事情——他的年龄符合;他有一个德国人的名字;他是今年新来的,而且还有合适的机会。他只需趁院子里没人的时候从摄影室里出来,穿过院子实施他的罪行,然后再迅速地跑回去就可以了。如果他不在摄影室里的时候有人碰巧进去,事后他可以说他当时在暗房里。我并不是说他就是你要找的人,但如果你要怀疑某个人,那么我得说到目前为止他看起来可能性最大。"

波洛似乎并不太接受这种说法。他严肃地点点头,带着怀疑的神色。

"是的,"他说,"他貌似是最有可能的,但是事情应该不会简单到这种程度。"

然后他接着说道:"让我们先告一个段落。如果可以,我现在想要检查一下犯罪现场。"

"当然可以。"莱德纳博士在他的衣兜里摸索了一阵,然后看着莱利医生。

"梅特兰上尉把钥匙拿走了。"他说。

"梅特兰把钥匙交给我了,"莱利说,"他得去处理那件库尔德人的案子。"

他拿出钥匙。

莱德纳博士犹豫不决地说:"如果我不——你会介意吗?也许,可以让护士小姐——"

"没问题,没问题,"波洛说,"我非常理解。我也不愿意让你增加不必要的痛苦。护士小姐,你愿意陪我一起去吗?"

"当然。"我说。

第十七章　脸盆架旁的污渍

莱德纳太太的遗体已经被送往哈沙尼做尸检了,除此之外,她的房间原封未动。房间里的东西少得可怜,警察没花多长时间就检查完了。

进门以后右手边是床。门对面是那两扇开向外面农田,并装有护栏的窗户。两扇窗户之间是一张带有两个抽屉的普通橡木桌子,莱德纳太太用它作梳妆台。东面墙上有一排挂衣钩,上面挂着用棉布口袋罩好的衣服,还有一个松木五斗柜。紧挨着门左边是脸盆架。房间中央是一张相当大的普通橡木桌,桌上有吸墨纸、墨水瓶及一个小手提箱。莱德纳太太收到的匿名信就保存在这个手提箱里。窗帘很短,白底橙色条纹,是用当地布料做的。石板地上铺着几块山羊皮地毯,其中三块褐底白条纹的窄地毯铺在两扇窗户及脸盆架前,另一块较大而且质量也比较好的白底褐色条纹地毯摆在床和写字桌之间。

房间里没有橱柜,墙上没有壁龛,也没有长窗帘,实际上,没有任何地方可供人藏身。床是普通的铁床,上面铺着印花的棉被。整个房间里唯一可以称得上奢侈的东西就是三个枕头了,它们都是用最柔软蓬松的上等羽绒做的。除了莱德纳太太之外,没人有这样的枕头。

莱利医生用寥寥数语简单说明了莱德纳太太的尸体是在哪里

发现的——在床边的地毯上，蜷成一团。

为了进一步说清楚，他示意我走过去。

"你不介意吧，护士小姐？"他说。

我不是个神经脆弱的人，于是就走上前躺在地板上，尽可能让自己摆出莱德纳太太的尸体被发现时的样子。

"莱德纳发现她的时候抬了一下她的头，"医生说，"但是后来我仔细地问过他，显然他实际上并没有改变她的姿势。"

"看起来非常简单明了。"波洛说，"她躺在床上，睡着了或者正在休息。有人把门推开，她抬头一看，接着从床上起来——"

"然后他把她打倒在地，"医生替他把话说完，"这一击使她失去了知觉，后来很快就死了。你瞧——"

接着他用专业的语言解释了受伤的情况。

"那么没流很多血吗？"波洛说。

"没有，血都出在脑子里了。"

"很好，"波洛说，"看起来已经足够明确了，只除了一件事：如果进来的是一个陌生人，为什么莱德纳太太没有立刻大声呼救呢？只要她叫就会有人听到。在这儿的莱瑟兰护士会听到，埃莫特和那个男孩也会。"

"这个很容易回答，"莱利医生冷冷地说，"因为进来的不是陌生人。"

波洛点点头。

"是的，"他沉思着说，"看到这个人她有可能很吃惊，但是她并不害怕。然后，当他给她致命一击的时候，她也许只来得及喊出一半，一切都太晚了。"

"这会是约翰逊小姐听到的那声叫喊吗？"

"是的,如果她确实听见了的话。但总的来说我还是对此表示怀疑。这些泥墙都很厚,而且窗户也都是关着的。"

他走到床边。

"你确实安顿她躺下了吗?"他问我。

我把我所做的事原原本本地告诉了他。

"她当时是想睡觉还是想看书?"

"我给她拿了两本书,一本轻松一点儿的,还有一本回忆录。她通常会看一会儿书,然后有的时候会不知不觉地睡一小觉。"

"那么她——怎么说呢,和平时一样吗?"

我想了想。

"是的。她看起来很正常,心情也不错。"我说,"也许只是对我有一点点无礼,但我想那可能是因为前一天她出于信任,向我吐露了心事的缘故吧。那种情况有时候确实会让人觉得有点儿别扭。"

波洛的眼里闪着光。

"啊,没错,是这样的,我很了解。"

他环顾了一下房间。

"那么谋杀发生以后你进来的时候,所有的东西都和你平时见到的一样吗?"

我也环顾了一下。

"嗯,我想是的。我不记得有什么不同的地方。"

"也没有发现那个打倒她的凶器吗?"

"没有。"

波洛看着莱利医生。

"你认为是什么东西打的?"

医生毫不迟疑地回答道:"应该是个相当大而且很重的东西,

没有棱角。比如说雕像的圆形底座。我得提醒你，我并不是说一定就是这种东西，不过是这一类的。这一击用了很大的力气。"

"是一个强壮有力的人打的吗？一个男人？"

"是的，除非——"

"除非什么？"

莱利医生慢吞吞地说道："也有一种可能就是莱德纳太太跪在地上，在这种情况下，用很重的东西从上往下击打，并不需要很大的力气。"

"跪着，"波洛在思考着，"这也是一种可能……"

"注意，这只是一个想法而已，"医生赶紧指出来，"没有任何证据表明这一点。"

"但这是有可能的。"

"是啊。而且别忘了，如果从当时的情形来推测，还真不是什么不可思议的事情。当她的本能告诉她已经太晚了，没有人能够及时赶到的时候，出于恐惧，她完全可能选择下跪求饶，而不是高声呼救。"

"是啊，"波洛若有所思地说，"这是一个想法……"

我觉得这是一个很离谱的想法，因为我绝对想象不出莱德纳太太会给谁下跪。

波洛慢慢地在房间里四处查看。他打开窗户，检查护栏，试着把头伸出去。当发现无论用什么方法他的肩膀都不能和头一起探出去的时候，他看上去很满意。

"你发现她的时候窗户是关着的，"他说，"那么当你在十二点四十五分离开她的时候，窗户是否也是关着的呢？"

"是的，下午的时候窗户通常都是关着的。跟客厅和餐厅的窗户不同，这些窗户没有安纱窗，关着可以防止苍蝇飞进来。"

"而且在任何情况下，外人都不可能从那儿进来。"波洛沉思着说，"墙是用最结实的泥砖砌成的，没有暗门，也没有天窗。不，要想进入这个房间，唯一的方法就是通过房门；而要到达房门，唯一的方法是经过院子；院子只有一个入口，就是拱门。在拱门外一共有五个人，他们的口径完全一致，而且我并不认为他们在撒谎……对，他们没有撒谎。他们并不是因为被收买了才三缄其口。凶手当时就在这里……"

我一句话都没说。就在刚才当我们围坐在桌边的时候，我不也有过同样的感觉吗？

波洛继续在房间里慢慢踱着步。他从五斗柜上拿起一张照片，照片上是一个蓄着白色山羊胡的老人。他以询问的眼神看着我。

"那是莱德纳太太的父亲，"我说，"她本人告诉我的。"

他放下照片，开始浏览梳妆台上的物品。都是些普通的龟甲制品，简单但是品质不错。他又抬眼看看书架上的一排书，然后把书名大声地念出来。

"《古希腊人揭秘》《相对论入门》《赫斯特·斯坦霍普夫人的一生》《克鲁号》《千岁人》《琳达·康登》。啊，也许这些书能告诉我们一些事情。你们这位莱德纳太太可不是一个傻瓜，而是个有头脑的人。"

"哦！她可是个非常聪明的人，"我热切地说道，"读过很多书而且样样精通，绝对不是个泛泛之辈。"

他审视着我，微微一笑。

"她当然不是泛泛之辈，"他说，"我已经有所了解了。"

他继续检查房间。在脸盆架前他驻足片刻，那上面摆了一大排瓶瓶罐罐，以及各种洗面霜。

然后他突然跪下来,开始检查那块地毯。

莱利医生和我马上凑过去,看见他正在检查一小块深褐色的污渍。在褐色的地毯上,这块污渍几乎看不出来。实际上只是因为它的一部分蔓延到了白色条纹上,才使这块污渍得以被发现。

"你觉得是什么,医生?"他说,"是血迹吗?"

莱利医生也跪下来。

"可能是,"他说,"如果你想知道,我可以想办法确认。"

"那真是太感谢你了。"

波洛先生继续检查水罐和洗脸盆。水罐放在脸盆架的一边,洗脸盆是空的,但是在脸盆架旁边放着一个空的煤油罐,用来盛脏水。

他转向我。

"护士小姐,你是否记得在你十二点四十五分离开莱德纳太太的时候,这个水罐是在洗脸盆里还是洗脸盆外?"

"我也不能确定,"我想了一会儿后说道,"我觉得它是放在洗脸盆里面的。"

"啊?"

"但是你知道,"我匆忙说道,"我这么想仅仅是因为它通常都是这样的。仆人们在午饭后会把它摆在那里。我只是觉得如果它没在那里,我应该会注意到的。"

他很赞赏地点点头。

"是的,我了解这一点。这是你在医院接受的训练。如果病房里的什么东西放乱了,你可能会下意识地把它摆好,自己却不会注意到。那么在发生谋杀案以后呢,和现在摆放的样子一样吗?"

我摇摇头。

"我当时没注意。"我说,"我一心只想着看看屋子里有没有地方可以藏人,或者凶手有没有落下什么东西。"

"肯定是血迹,"莱利医生站起身来说道,"这很重要吗?"

波洛困惑地皱着眉头,不耐烦地摊开双手。

"我不知道,我怎么可能知道?这也可能毫无意义。如果要我来说,我觉得凶手碰过她,手上沾了血。很少的一点点,但终究是血,所以他走到这里来洗了手。没错,有可能就是这样的。但我不能贸然下结论说一定是这样。这块血迹也可能什么意义都没有。"

"应该只是很少的一点血,"莱利医生有些拿不准地说,"没有血喷出来或者其他类似的情况。可能只是从伤口里渗出了一点点血。当然,如果他去检查了……"

我打了个冷战。一幅令人厌恶的画面映入我的脑海。我仿佛看见一个人,也许是那个愉快的、长着一张猪脸的负责摄影的年轻人,他把这个可爱的女人打倒在地,接着还非常心满意足地俯下身去,用他的手指检查伤口;也许,他的脸会完全不同……带着一脸的凶残和疯狂……

莱利医生注意到我在打冷战。

"你怎么了,护士小姐?"他说。

"没什么,只是起了一身鸡皮疙瘩,"我说,"像有一只鹅穿过了我的坟墓①。"

波洛先生转过身来看着我。

"我知道你需要什么。"他说,"等我们把这里的事情办完以后,我就和医生一起回哈沙尼。我们准备带上你。你会请莱瑟兰

---

① 英国谚语。旧时认为起鸡皮疙瘩是因为有鹅从未来将成为自己的坟墓的地方走过。

护士喝茶的,对吗,医生?"

"非常荣幸。"

"哦,不,医生,"我抗议道,"这样的事我可是想都不敢想。"

波洛先生很友好地轻轻拍了拍我的肩膀。这是很英国式的一拍,绝非外国式的。

"护士小姐,你就照我说的做吧,"他说,"而且,这对我也有好处。还有很多事情我想讨论,但是不能在这儿,因为在这儿大家都必须保持体面的样子。这个优秀的莱德纳博士非常崇拜他的妻子,而且他相信,特别确信,其他所有人对他妻子的看法都和他一样。但是在我看来,这不符合人之常情!不,我们想要——你们是怎么说的来着——开诚布公地讨论莱德纳太太。就这么说定了。这里的事情一结束,我们就带你去哈沙尼。"

"我觉得,"我有些犹豫地说,"无论如何我应该离开这里。再待下去实在让人尴尬。"

"这一两天先不要轻举妄动。"莱利医生说,"在葬礼之前你总不好就这么一走了之吧。"

"你说得倒是轻松,"我说,"假如我也被人谋杀了呢,医生?"

我说这句话本是半开玩笑的,我觉得莱利医生也会这样理解,并且应该会以玩笑的方式来回应我。

但是让我惊讶的是,波洛先生用手抱着头,站在屋子中间一动不动。

"啊!如果有这种可能,"他咕哝道,"那就危险了。是的,非常危险,我们还能怎么办呢?我们要怎么防备呢?"

"哎呀,波洛先生,"我说,"我只是在开玩笑而已!我倒想知道，谁会想要谋杀我呢？"

"不光是你，还有可能是其他人。"他说道，然而我不喜欢他说这句话的口气。太令人毛骨悚然了。

"但是为什么呢？"我追问道。

他很直率地看着我。

"我也爱开玩笑，小姐，"他说，"而且我也会笑。但是有些事情不是开玩笑的。我的职业教会了我一些东西。其中之一，也是最可怕的一件事就是：谋杀是一种习惯……"

第十八章　在莱利医生家喝茶

离开之前,波洛又在考古队营地及其周围转了一圈。他间接地问了仆人们几个问题,莱利医生负责把他的问题翻译成阿拉伯语,再把仆人们的回答翻译成英语。

这些问题主要是关于那个陌生人的长相,也就是莱德纳太太和我撞见的那个从窗户向里窥探,并且第二天又和拉维尼神父说话的人。

"你真的认为这个家伙和这件案子有关吗?"我们坐在莱利医生的车里,一路颠簸着去往哈沙尼的途中,医生问道。

"我想知道所有的信息。"这就是波洛的回答。

说真的,这个回答恰到好处地说明了他的调查方法。后来我发现没有事情是他不感兴趣的,即使是那些鸡毛蒜皮的闲言碎语也不例外。男人通常是不会这么八卦的。

我必须承认莱利医生家的茶非常好喝,这让我很高兴。而我注意到波洛先生往他的茶里加了五块方糖。

他一边小心翼翼地用茶匙搅着他的茶,一边说:"现在我们可以畅所欲言了,对吗?我们可以最终确定谁有可能是凶手。"

"拉维尼、莫卡多、埃莫特还是莱特尔?"莱利医生问。

"不,不,那只是针对我的第三种理论而言的。现在我想把精力集中在第二种理论上,把那些和多年不见的神秘前夫或者小叔子突然现身有关的问题统统放到一边。我们只是简单地讨论一下，考古队的哪个成员有方法，也有机会杀死莱德纳太太，以及谁可能真的付诸行动了。"

"我还以为你不重视这个理论呢。"

"才不是呢。但是我也要顾及别人的感受啊，这是很自然的事情。"波洛带着几分责备说道，"我怎么能够当着莱德纳博士的面，讨论他的考古队里谁可能有动机杀死他的妻子呢？那样太不厚道了。所以我才不得不维护这种他太太很讨人喜欢，而且人人都喜欢她的假象！

"但实际上根本不是这么回事儿。现在我们终于可以丝毫不留情面地说些心里话了。我们也不用再考虑他们的感受了。而这正是莱瑟兰护士可以帮助我们的地方，因为我确信她是个一流的旁观者。"

"哦，我可不知道能不能帮上忙。"我说。

莱利医生递给我一盘热松饼。"给你打打气。"他说。那可真的是很好吃的松饼。

"那么来吧，"波洛先生以聊天的口吻友好地对我说道，"护士小姐，你可以告诉我，考古队的每个成员到底是怎么看待莱德纳太太的。"

"波洛先生，我到那儿只有一个星期的时间。"我说。

"对于像你这么聪明的人来说已经足够了。护士都能很快地搞清楚局面，做出自己的判断并且坚持主见。所以来吧，我们从谁开始呢？要不，拉维尼神父怎么样？"

"哦，他呀，这个我真的说不好。他和莱德纳太太看起来很愿意在一起说话，但他们通常都说法语。虽然我小时候在学校也学过一些，但我的法语确实不太好。我觉得他们主要是在谈论书籍。"

"如果要你说的话,他们在一起很友好,对吗?"

"嗯,是的,可以这样说。但是尽管如此,我还是觉得她让拉维尼神父感觉很困惑,而且会因为这种困惑而烦恼,你明白我的意思吧?"

然后我告诉他,我第一天到那里的时候在挖掘场和神父有过一次谈话,当时他说莱德纳太太是个"危险人物"。

"这一点很有意思。"波洛说,"那么她呢,你觉得她是怎么看神父的?"

"这个也有点儿难讲。想知道莱德纳太太怎么看待其他人不太容易。我猜有时候他也让她感到困惑。我记得她对莱德纳博士说过,他和她所认识的任何一个神父都不像。"

"看来得给拉维尼神父准备一段大麻做的绳子了[①]。"莱利医生开玩笑地说。

"我亲爱的朋友,"波洛说,"你会不会有病人需要去看?再怎么说我也不愿意耽误你的工作。"

"我有整整一个医院的病人呢。"莱利医生说。

接着他站起身,说他对波洛的意思其实心知肚明,然后就哈哈大笑着走出去了。

"这样更好了,"波洛说,"现在我们可以进行一次有趣的密谈了,只是你别忘了吃你的茶点。"

他递给我一盘三明治,并且提议我再喝一杯茶。我觉得他的为人确实是既亲切又周到。

"那么现在,"他说,"我们继续说说你对他们的印象吧。照

[①] 大麻做的绳子可被用作绞索。

你看来,那儿的人里面有谁不喜欢莱德纳太太呢?"

"好吧,"我说,"这只是我自己的想法,我可不想让别人知道是我说的。"

"当然不会。"

"依我看来,年轻的莫卡多太太相当恨她!"

"啊!那莫卡多先生呢?"

"他有点儿钟情于她。"我说,"除了他妻子以外,我不认为还有哪个女人会很留意他。而莱德纳太太很亲切友好,对别人以及别人告诉她的事情总是表现得很感兴趣。我猜,这让那个可怜的男人有点儿沾沾自喜了。"

"那么莫卡多太太呢?她不高兴了吗?"

"她非常嫉妒,这是明摆着的事情。当你周围有一对夫妇的时候,你就得特别小心,这也是实情。我告诉你一些令人吃惊的事情吧。要是遇到跟她们丈夫有关的问题,你绝猜不到那些女人的脑子里都会想些什么。"

"我对你说的这些事实毫不怀疑。也就是说莫卡多太太吃醋了?而且她还恨莱德纳太太?"

"我曾经看到她看她的样子,就好像想要杀了她一样——哦,我的天哪!"我连忙住嘴,"说真的,波洛先生,我不是那个意思,我其实从来没有——"

"是的,是的。我很理解你的意思。这句话只是脱口而出的,顺嘴就说出来了。那么莱德纳太太会因为莫卡多太太的敌意而担心吗?"

"嗯,"我想了想说道,"我觉得她一点儿都不担心,实际上,我甚至不知道她是否注意到了这一点。有一次,我想哪怕就是提醒她一下也好,但我还是没有。言多必失,这是我的想法。"

"毫无疑问，你这么做很聪明。你能给我举一些例子，说说莫卡多太太是怎么表达她的感受的吗？"

我给他讲了我们在屋顶的那次谈话。

"那么她提到了莱德纳太太的第一段婚姻。"波洛沉思地说，"你记不记得，在提到这件事的时候她看着你的样子，是不是很好奇？就像她在想你是否听到过其他不同的版本？"

"你认为她有可能知道实情，是吗？"

"有这种可能。也许是她写了那些信，然后又想方设法弄出了一只敲窗户的手，以及其他那些东西。"

"我也有过类似的怀疑。这些看起来像是她能做得出来的恶意的报复行为。"

"是的，我得说这是一种残忍的秉性。但你很难说这是那种能够实施冷酷无情的谋杀的人所具有的气质，当然了，除非——"

他顿了一下，接着说道："有件事很奇怪，就是她对你说的那句令人费解的话。'我知道你为什么来这里。'她说这句话是什么意思？"

"我想不出来。"我坦率地说。

"她认为你到那里去，除了所宣称的目的之外，还有其他不可告人的原因。到底是什么原因呢？她又为什么对这件事如此关注呢？此外，还有一点也很奇怪，就是你告诉我在你到达的当天用茶点的时候，从始至终她盯着你看的那种眼神。"

"哦，波洛先生，她可不是什么淑女。"我一本正经地说道。

"护士小姐，这只是一个借口，但不能作为解释。"

那一刻我并不十分肯定他话里的意思，但是很快他又说下去了。

"那么其他人呢？"

我思考了一下。

"我觉得约翰逊小姐也不是特别喜欢莱德纳太太。但是她很坦率，对此也并不隐瞒。她实际上承认对莱德纳太太抱有成见。你知道，她对莱德纳博士忠心耿耿，在他身边工作已经很多年了。当然啦，婚姻的确改变了一些事情，这是无法否认的。"

"是啊，"波洛说，"从约翰逊小姐的角度来看，这桩婚姻是不合适的，莱德纳博士要是娶了她就会好得多。"

"应该是吧，"我表示同意，"但男人就是这样，一百个里面也不会有一个去考虑合适不合适的问题。所以我们也没法儿去责怪莱德纳博士。可怜的约翰逊小姐，长得也确实不算好看。而莱德纳太太真是漂亮，尽管不年轻了，但是，哦，你要是见过她就知道了。她身上有一种特别的东西……我记得科尔曼先生说过，她就像是那种专门把别人引诱到沼泽中去的什么什么。这种说法不是特别贴切，但是，啊，你肯定会笑话我的，我就是觉得她身上有些特别的东西，很超凡脱俗。"

"啊，我理解，她有一种魔力——"波洛说。

"我还觉得她和凯里先生也不太合得来。"我继续说道，"我认为凯里先生就像约翰逊小姐一样，有些嫉妒她。他对她的态度总是很生硬，反过来也一样。你知道吗，她递给他东西的时候极其客气，和他说话也总是很正式地叫他凯里先生。当然，他可是她丈夫的多年老友了，而有些女人就是不能忍受丈夫的老朋友。她们还不愿意相信别人其实早就看出来了。我觉得至少这是一种说法，尽管有点儿混乱——"

"我很明白你的意思。那另外三个年轻人呢？照你所说，科尔曼先生似乎一提到她就变得充满诗意了。"

我忍不住笑起来。

"说来好笑，波洛先生，"我说，"他可真不是个讲究浪漫的年轻人啊。"

"另外两个人呢？"

"我真的不太了解埃莫特先生。他总是很沉默，从来不多说话。而她一直都对他挺好的，很友善的那种，比如叫他大卫啊，总是用莱利小姐来逗他啊之类的。"

"啊，真的吗？那他喜欢这样吗？"

"我也不太清楚。"我迟疑地说，"他只是看着她，有点儿滑稽的样子。你也不敢说他正在想什么。"

"那么莱特尔先生呢？"

"她对他可就不总是那么友好了。"我缓缓说道，"我觉得他让莱德纳太太觉得很烦，所以经常会对他说一些讽刺挖苦的话。"

"他在乎吗？"

"这可怜的孩子，总是被说得满脸通红。当然了，她也不是有意要这样刻薄的。"

突然间，伴随着对这个小伙子感到的一丝难过之情，一个念头在我的心中浮现：他其实很像一个冷血的杀手，而且在这件事中他有可能一直都在扮演着某种角色。

"哦，波洛先生，"我大声说道，"你认为这究竟是怎么回事儿？"

他缓缓地、若有所思地摇摇头。

"告诉我，"他说，"今晚你不怕回到那里去吧？"

"哦，不会的，"我说，"当然了，我记得你说过的话，但是谁会想要杀我呢？"

"我不认为有谁会。"他不紧不慢地说道，"一定程度上，这也是我刚才急于听你讲述你的所有见闻的原因。不会的，我认为——我相信——你是很安全的。"

"如果在巴格达的时候有谁告诉我——"我话一出口又停了下来。

"你来这里之前，听到过一些关于莱德纳夫妇和考古队的流言蜚语吗？"他问。

我把关于莱德纳太太的昵称，以及一点点凯尔希太太提到的关于她的事情告诉了他。

我们正说话的时候，门开了，莱利小姐走了进来。她刚刚去打了网球，球拍还拿在手里。

我猜测波洛在到达哈沙尼的时候应该已经见过她了。

她像平时一样，随随便便地跟我打了个招呼，然后拿了一块三明治。

"嗨，波洛先生，"她说，"我们这儿的这件神秘命案你调查得怎么样啦？"

"进展不是很快，小姐。"

"我看你已经把护士小姐从犯罪现场解救出来啦。"

"莱瑟兰护士告诉了我一些关于考古队成员的很有价值的信息，我也顺便了解了很多关于死者的事情。小姐，死者常常是解决命案的线索。"

莱利小姐说："波洛先生，你可真聪明。如果说有的女人活该被谋杀，毫无疑问，莱德纳太太就是一个。"

"莱利小姐！"我反感地叫道。

她笑了，是一种短促而令人不快的笑。

"啊！"她说，"莱瑟兰护士，我觉得你并没有听到真相。我恐怕你和其他很多人一样都被骗了。波洛先生，你知道吗？我倒希望这个案子不会成为你成功的案例之一。我特别愿意让杀死路易丝·莱德纳的凶手逍遥法外。实际上，如果让我亲自动手把她解决掉，我也不会反对。"

我实在是讨厌这个女孩。而波洛先生呢，我得说，完全不为所动。他只是鞠了一躬，非常和蔼地对她说："那么，我希望对于昨天下午发生的事情，你能够有一个很好的不在场证明。"

接着是片刻的沉默，莱利小姐的球拍"啪嗒"一声掉在了地板上。她并没有费劲去捡，像她这种女孩就是这样懒散懈怠！她有点儿气喘吁吁地说："哦，当然，我昨天在俱乐部打网球。但是波洛先生，说真的，我不知道你是不是完全不了解莱德纳太太的情况，以及她是个什么样的女人？"

他又一次有点儿滑稽地鞠了一躬，说道："你可以告诉我啊，小姐。"

她犹豫了一下，开始说话，语气中那种冷酷和无礼令我厌恶至极。

"按道理来说，我们不该说死人的坏话。但我觉得这很愚蠢，事实就是事实。总的来说，事关活人的时候我们才应该管好自己的嘴，因为你的话可能会伤害到他们。而死人不会受到伤害，反倒是有时候，他们造成的伤害在他们死后还会一直存在。我这么说可能不算是很准确地引用了莎士比亚，但意思也差不多。护士小姐告诉过你在雅瑞米亚遗址弥漫着的那种奇怪的气氛了吗？她告诉过你他们所有人都多么紧张兮兮了吗？还有他们互相之间像敌人一样地怒目而视？这些都要拜路易丝·莱德纳所赐。三年前我还是个孩子的时候去过那里，看到他们真是要多开心有多开心，要多快活有多快活。即使是去年，他们也都很好。但是今年，一片阴影笼罩了他们，这就是她的杰作。她是那种见不得任何其他人快乐的女人。的确有这样的女人，而她就是其中之一。她总是想把事情搞砸，就为了找乐子——要么就是为了体会那种权威感——或者仅仅因为她生来如此。而且她还是那种非要把所有能够得着的男性都牢牢抓在手心里的女人！"

"莱利小姐，"我叫道，"我觉得你说的不是事实。实际上，我知道她不是这样的人。"

她根本没理我，继续往下说。

"对她来说，只有她丈夫爱慕她、崇拜她是不够的。她还非要耍弄那个长腿的，拖着脚走路的傻瓜莫卡多。然后她又抓住比尔不放。比尔本来是个挺理智的家伙，结果被她弄得晕头转向，不知所措。卡尔·莱特尔，她只是觉得折磨他好玩儿罢了，这对她来说很容易，因为他是个敏感的小伙子。而对大卫，她可是使尽了浑身解数。

"在她看来，大卫是个更好的嘲弄对象，因为他还在进行抵抗。他感受到了她的魅力，但是不想被她迷住。我想这是因为他有足够的理智，很清楚地知道她其实根本就不在乎他。这就是我为什么如此恨她。她并不追求肉体上的享受，也不想爆出什么风流韵事。从她的角度来说，挑拨他人，使他们之间互相仇视仅仅是一个冷血的实验，她可以从中取乐。连这种事情她也要尝试。她是那种一辈子都不会和任何人争吵的女人，但是她走到哪儿，哪儿就会起争端！是她导致了这一切的发生，她就是个女埃古[①]。她必须寻求这种戏剧性的效果，但自己又不愿卷入其中。她总是置身事外，就好像在拉动木偶的提线一般，袖手旁观，以此为乐。哦，你能完全明白我的意思吗？"

[①] Iago，莎士比亚悲剧《奥赛罗》中的反面人物，挑拨奥赛罗嫉妒并杀死了自己的妻子。

"小姐,也许我明白得比你所知道的还要多呢。"波洛说。

我没听出他话音中的含义。他听上去并不十分生气。他听起来——唉,我也解释不清。

希拉·莱利看上去理解了他的意思,因为她的脸变得通红。

"你爱怎么想就怎么想吧,"她说,"但是关于她的事情我说的是正确的。她是个聪明的女人;她觉得无聊,于是就拿人来做实验,就好像其他人用化学试剂做实验一样。她乐于欺负可怜的老约翰逊,看着她承受痛苦,勉为其难地像个老伙计似的控制自己的情绪。她喜欢把小莫卡多刺激得火冒三丈。她喜欢揭我的伤疤,而且她每一次都能做到。她喜欢到处打探别人的事情,然后以此来要挟。哦,我并不是指那种简单粗暴的敲诈,她只是想办法暗示别人她知道这些事情,然后让别人摸不着头脑,不知道她想要干什么。老天爷,这个女人简直就是个艺术家!她用的方法一点儿都不简单粗暴!"

"那么对她丈夫呢?"波洛问。

"她从来不会想要伤害他。"莱利小姐慢吞吞地说,"除了知道她对他很温柔,我还真不知道别的。我猜她很喜欢他。他是个可爱的人,埋头于自己的世界中,专注于他的考古发掘和学术理论。他很崇拜她,认为她完美无缺。有些女人会对此感到不耐烦,但她不会。在某种意义上,他生活在一种虚幻的幸福中,但对他来说那并不是虚幻的幸福,因为他觉得她就如他心目中所想的那样。虽然实际上——"

她停住不说了。

"说下去,小姐。"波洛说。

她突然转向我。

"关于理查德·凯里你都说了些什么?"

"关于凯里先生？"我吃惊地问。

"关于她和凯里。"

"哦，"我说，"我提到他们不是很合得来——"

出乎我的意料，她突然哈哈大笑起来。

"不是很合得来！你这个傻瓜！他爱她爱得都不能自拔了，而这份爱已经快把他摧毁了，因为他同时也很崇拜莱德纳。他们是多年的故交，当然，这对她来说已经足矣。她把介入他们之间的情谊当成了一件很重要的事。但是尽管如此，我想——"

"什么？"

她皱着眉头，陷入沉思。

"我想这一次她陷得太深了，不但害了别人，也害了自己。凯里很迷人，应该说简直是太英俊了……虽然她是个冷酷的魔鬼，但我相信和他在一起的时候，她也会失去她的冷静……"

"我觉得你所说的完全是造谣诽谤，"我喊道，"他们彼此几乎都不说话！"

"哦，是吗？"她转向我，"你知道得可真多啊。在营地里，他们只是'凯里先生'和'莱德纳太太'，但他们总是在外面幽会。她会沿着小路走到河边，而他每次会离开挖掘场大约一个小时。他们总是在果树林里见面。

"我有一次刚好看见他们分开，他大步走回挖掘场，而她则站在那里望着他。我想我就是个女无赖。我随身带着双筒望远镜，于是就拿出来，把她的脸看了个清清楚楚。如果要我说，我相信她爱理查德·凯里爱得要死……"

她忽然住了口，看着波洛。

"很抱歉我打扰你调查案子了，"她一边说着，一边露出一个唐突的笑容，"但我想你可能会愿意多了解一些本地的实际情况吧。"

说完她便走出了房间。

"波洛先生,"我叫道,"她说的话我一句都不相信。"

他看着我,微微一笑,说道(我觉得很奇怪):"护士小姐,你不能否认,莱利小姐给我们这个案子带来了一些——启发。"

第十九章　新的怀疑

我们没法再多说什么，因为就在这时莱利医生进来了，开着玩笑说他刚刚把最烦人的病人给杀了。

他和波洛先生坐下来，就写匿名信的人的心理特点和精神状态进行了近乎专业的讨论。医生引用了几个他职业生涯中所遇到的病例，而波洛先生则给他讲了一些自己的亲身经历。

"有时候并不像看上去的那样简单，"他最后说道，"这背后是控制欲在作祟，而且常常还带有强烈的自卑情结。"

莱利医生点点头。

"这就是为什么你会发现写匿名信的人往往是你认为最不可能的人。这些性格沉静、胆小怕事、明显与世无争的家伙，表面上看和蔼可亲，讨人喜欢，有着基督徒般的温顺，但内心深处却充满了地狱般的怒火！"

波洛沉思地说："你能说莱德纳太太有任何的自卑倾向吗？"

莱利医生一边把他的烟斗掏空，一边咯咯地笑起来。

"要说有自卑倾向，最后才能轮到她呢。她一丁点儿感情压抑的迹象都没有。生活经历，生活经历，更多的生活经历，这就是她想要的，而且她也已经得到了！"

"你认为，从心理学的角度上讲，有可能是她写了那些信吗？"

"我认为有可能。但即使是她写的,也肯定是出于她希望引人注目的本性。莱德纳太太在个人生活里有点儿像个电影明星!她必须处在聚光灯下,成为众人瞩目的中心。于是按照性格互补的规律,她最终嫁给了莱德纳博士,他可是我所认识的最低调、最谦和的人了。他很崇拜她,不过这种来自家人的崇拜对她来说还远远不够,她还想要成为受迫害的女英雄那样的角色。"

"实际上,"波洛微笑着说,"你不赞同他的理论。你并不认为是她写了那些信,然后又什么都不记得了,对吗?"

"对,我不赞同。但我没有当面反驳他。你总不能够对一个刚刚失去了深爱的妻子的男人说,他的妻子实际上是个不知羞耻、爱出风头的人吧?你也不能跟他说,她把他害得担心得要死,只是为了满足她自己渴望引人注意的需求。事实上,告诉一个男人关于他妻子的真相实在是太不安全了。而说来也怪,我却可以信任那些女人们,很踏实地和她们谈论关于她们丈夫的事。即使这个男人是个无赖,是个骗子,是个吸毒者,是个撒谎成性的人,或者是个下流胚,女人们也会连眼睛都不眨一下地接受,而且丝毫不会影响她们对那个浑蛋家伙的感情!女人真是不可思议的现实主义者。"

"莱利医生,坦率地讲,你对莱德纳太太究竟抱有什么看法呢?"

莱利医生靠回椅背,慢慢抽着烟斗。

"老实说,这个很难讲!我没有那么了解她。她有种魅力,很大的魅力。她有头脑,有同情心……还有什么其他的?她没有任何那些常见的令人不愉快的恶习。她不淫荡、不懒惰,甚至都不虚荣。我总是觉得——但我没有任何证据,她就是个最最杰出的骗子。我所不知道的,同时也是我想知道的是,她到底是在对自己撒谎，还是只对其他人撒谎。我本人对撒谎的人还有些偏爱。我认为一个女人如果不撒谎，只能说明她缺乏想象力，缺乏同情心。我并不觉得她是个水性杨花的女人，她只是喜欢这种'用我的弓和箭'去俘虏男人的游戏。如果你就这个话题问我女儿的话——"

"我们已经有幸问过了。"波洛带着微笑说。

"嗯，"莱利医生说，"她不会放过任何机会的！我都能够想象到她是怎么对莱德纳太太恶语中伤的！现在这年轻的一代对死去的人丝毫没有同情。他们都那么自命不凡，真是让人遗憾。他们谴责批判那些'过时的道德观念'，然后又建立起他们自己的一套更加不容侵犯的规矩。假如莱德纳太太真有一些风流韵事，没准儿希拉还会赞赏她'生活过得很充实'，或者'遵循了她的本性'之类的。但她没弄明白的是，莱德纳太太的所作所为才恰恰是忠于她的本性。猫在玩弄老鼠的时候就是遵循了它的本性！它天生就是这样。男人不是小孩子，并不需要被隔离、被保护。他们必须得会会像猫一样狡猾、居心不良的女人，崇拜他们并且像小狗一样至死不渝的女人，喜欢整天像小鸟一样叽叽喳喳地管着你的女人，还有其他各种形形色色的女人！人生是一个战场，可不是一顿野餐！我倒是很愿意看到希拉能够不再那么盛气凌人，而是老老实实地承认她恨莱德纳太太完全是出于个人原因。希拉大概是这一带唯一的年轻女性，所以她很自然地认为她可以任意摆布这里的年轻小伙子。而当另一个在她眼里已经上了年纪，还结过两次婚的女人来到这里，并且在她的地盘上把她打败的时候，她当然会觉得怒不可遏。希拉是个挺好的孩子，身体健康，而且也相当漂亮，对异性来说当然很有吸引力。但在异性吸引力方面，莱德纳太太简直称得上是出类拔萃了。她就是具有那种足以引起灾难的魔力,像是那种所谓的无情妖女一样。"

我从椅子里跳起来,他的说法竟然和我不谋而合!

"我并不是信口开河,不过你女儿是不是喜欢那儿的一个年轻人呢?"

"哦,我觉得没有。那儿的埃莫特和科尔曼总是对她大献殷勤,但我不知道她心里更看重谁。另外还有几个空军的年轻小伙子。我猜她现在是来者不拒。没错,我想最让她愤愤不平的就是年轻姑娘居然败在了老女人手里。她并不像我这样了解这个世界。只有到了我这个年龄,你才会真正懂得欣赏年轻女学生姣好的面容、透亮的眼睛和紧致的酮体。但是一个三十多岁的女人会全神贯注地聆听你说话,并且不时地插上一两句,表示说话的人有多么好,这一招很少有年轻小伙子能够招架得住!希拉是个漂亮的女孩,而莱德纳太太则是个美丽的女人。那高贵的眼睛,惊艳的金发白肤——是的,她真是个美丽的女人。"

我暗想,他说的完全正确。美丽是一种奇妙的东西。她无疑是美丽的。那种美让你只想坐下来欣赏,而不会让人心生妒意。这种感觉在我第一次见到她的时候就有了,我当时觉得自己愿意为莱德纳太太做任何事情!

尽管如此,那天晚上当他们开车送我回雅瑞米亚遗址的时候(莱利医生把我留下提前吃了晚饭),我还是回想起了一两件令我感到不舒服的事情。对于希拉·莱利那天下午抖搂出来的话,我当时一个字都不相信,只是把它当作纯粹的恶意和怨恨。但是现在,我突然想起那天下午莱德纳太太执意要自己去散步而拒绝我陪同的情形。我忍不住猜测,也许她就是要去和凯里先生见面……当然,他们俩平时互相之间说话那么正式,这也真是有点儿奇怪。对于其他大多数人她都是称呼他们的教名的。

我记起来他似乎从来不看她，这也许是因为他不喜欢她，但也许正相反……

我不禁哆嗦了一下。我在这儿胡思乱想，都是因为那个女孩的恶毒言论！这恰好表明说这种话有多么不厚道，又有多么危险。

莱德纳太太根本就不像她说的那样……

当然，她也不喜欢希拉·莱利。那天午饭时她跟埃莫特先生说到希拉时，也当真算得上刻薄了。

奇怪的是他当时看着她的那种眼神。那眼神让你不知道他心里在想什么。你从来都不可能猜到埃莫特先生在想些什么。他太安静了，但是人很友好。他是个友好而且靠得住的人。

而如果说这世界上有一个愚蠢的年轻人，那就非科尔曼先生莫属了。

正想到这儿，我们到达了营地。这时刚刚九点整，大门已经关好并且闩上了。

易卜拉欣拿着那把大钥匙跑过来，打开门让我进去。

我们这些住在雅瑞米亚遗址的人都习惯早早上床休息。客厅里没有灯光，绘图室的灯还亮着，此外就是莱德纳博士的办公室，其他所有窗户差不多都黑了。大家肯定比平时更早就去睡觉了。

路过绘图室去我房间的时候，我顺便往里看了一眼。凯里先生正卷着袖子绘制他那张大图纸。

我想，他看上去仿佛病得很厉害，精神紧张、疲惫不堪，那样子让我感到相当难过。我不知道凯里先生怎么了，不是由于他说了什么，而是因为他几乎什么都不说——他的性格就是如此；也不是由于他做了什么，因为那些也没什么重要的；但你就是会忍不住注意他,他的一举一动看起来总是要比其他任何人显得更重要一些。如果你能理解我的意思的话,他这个人就是很有分量。

他扭过头来看见我,然后从嘴里拿出烟斗,说道:"啊,护士小姐,你从哈沙尼回来了?"

"是啊,凯里先生,你这么晚了还在工作。其他人似乎都已经睡觉了。"

"我想我还是找些事情做比较好。"他说,"我的进度有点儿落后了。明天一整天我都要泡在挖掘场,我们又开始挖掘了。"

"已经开始了?"我吃惊地问道。

他很奇怪地看着我。

"我认为这样最好。是我向莱德纳建议的。他明天大部分时间都会在哈沙尼处理事情,但我们其他人会在这里继续工作。你看,像现在这种情形,让大家坐在那里你看着我、我看着你也不容易。"

当然,他说得没错。尤其是在每个人都紧张焦虑、神经兮兮的状态下。

"哦,当然,从某种意义上来说你是对的,"我说,"找些事情做可以让人转移一下注意力。"

据我所知,葬礼将在后天举行。

他又俯下身去画他的图纸了。不知什么原因,我的心为他疼了一下。我相信他今天晚上可能会彻夜难眠。

"你需要一些安眠药吗,凯里先生?"我有些犹豫地说。

他微笑着摇摇头。

"我还是继续工作吧,护士小姐。吃安眠药可不是好习惯。"

"那好吧,凯里先生,晚安。"我说,"如果有什么事情我能够帮忙——"

"不必那么客气，谢谢你，护士小姐。晚安。"

"我非常非常难过。"我脱口而出，连我自己都觉得有点儿过于冲动了。

"难过？"他看起来有些惊讶。

"为——为每个人感到难过，这种事情太可怕了，尤其是为你难过。"

"为我？为什么为我难过？"

"因为，你是他们俩那么多年的老朋友。"

"我和莱德纳是老朋友，但跟她不是。"

他说这话的时候仿佛确实很讨厌她。说真的，我真希望莱利小姐能够听到！

"哦，那晚安吧。"我说完就匆匆回房间去了。

脱衣服之前我先在屋子里瞎忙了一阵，洗了几条手绢和一双皮手套，然后记了日记。在真正准备好上床之前，我又向门外看了看，绘图室和南面那间屋子里的灯依然亮着。

我想莱德纳博士应该没有睡，还在工作。我考虑是否应该过去跟他说一声晚安。之所以犹豫再三，是因为我不想显得过分殷勤。他此时也许很忙，并不想被人打扰。但是到最后，在担心的驱使下我还是决定过去一趟。毕竟这样做也没有什么坏处。我只要跟他道声晚安，问问他有什么事情可以帮忙，然后离开就好了。

可是莱德纳博士不在那里。房间里亮着灯，但除了约翰逊小姐之外没有别人。她的头伏在桌上，哭得仿佛心都碎了。

这让我感到很意外，她本来是一个那么稳重而有自制力的人。看到她这副样子，不由得让人心生怜悯。

"这究竟是怎么了,亲爱的?"我一边叫一边伸手揽过她,轻轻地拍着,"好了,好了,这样哭也是无济于事的呀……你可不能就坐在这儿一直哭下去。"

她没有回答,我能够感觉到她一边啜泣,身体还一边剧烈地颤抖着,痛苦至极。

"别这样,亲爱的,别这样,"我说,"你得控制住自己的情绪。我去给你沏一杯热茶吧。"

她抬起头对我说:"不用,不用,没事的,护士小姐。我觉得我就是个傻瓜。"

"亲爱的,到底什么事让你这么难过?"我问道。

她并没有立刻回答,过了一会儿她说道:"这一切都太可怕了……"

"那现在就别再想它了,"我告诉她,"既然无可挽回了,再难过也是没有用的。"

她坐直身子,开始轻抚自己的头发。

"我太丢人了,"她用她粗哑的声音说道,"刚才我在收拾整理办公室,因为我觉得最好是让自己做点儿什么,然后,突然之间,那种感觉就让我控制不住了——"

"没事的,没事的,"我匆匆说道,"我明白。现在你最需要的就是一杯醇香的浓茶和一个热水袋,然后上床休息。"

我把这些都给她准备好了,没有理会她的抗议。

"谢谢你,护士小姐,"我把她安顿好躺下的时候,她抱着热水袋,一边啜着茶一边对我说,"你真是个亲切体贴又通情达理的人。我并不是经常这么失态的。"

"啊,在这种情形下,任何人都有可能这样的。"我说,"一件接一件的事,那种紧张、震惊,还有到处都是警察……老天,连我自己也是战战兢兢的。"

她用一种稍显奇怪的声音慢慢说道:"你刚才说的话是对的。事已至此,无可挽回……"

之后是片刻的沉默。让我觉得更加奇怪的是,当再次开口时她说:"她从来就不是个好女人!"

不过,我不想就这个问题和她争论,因为在我看来,约翰逊小姐和莱德纳太太合不来是很自然的事情。

我想知道约翰逊小姐有没有对莱德纳太太的死暗暗感到一丝快意,又会不会为自己的这种想法觉得羞愧呢?

我说:"你现在去睡觉吧,别再担心其他的事情了。"

我捡起地上的一些杂物,把房间收拾整齐,包括搭在椅背上的长筒袜,挂在衣钩上的外套和裙子之类。这时我发现地上有一个揉皱了的纸团,肯定是从口袋里掉出来的。

我把纸团展平,想看看是否应该扔掉,这时约翰逊小姐突然叫了一声,让我大吃一惊。

"把那个给我!"

我被吓得不轻。她那一声叫喊带着不容分说的口气,我只能按照她的吩咐把那张纸递给她。她一把从我手中抢过去——完全就是抢走的——然后把它放在蜡烛的火苗里,直到它彻底变成灰烬。

如我所言,我大吃一惊,只能愣愣地看着她。

我还来不及看清那张纸上写的是什么,因为她抢得实在太快了。但说来也巧,那张纸烧着以后向我这边卷曲了一下,让我刚好可以看到纸上用墨水所写的一些字迹。

直到后来躺在床上,我才意识到为什么那些字迹看起来如此熟悉。

那正是和匿名信上相同的笔迹。

这就是刚才那一阵约翰逊小姐懊悔得难以自持的原因吗？难道一直以来，那些匿名信都是她写的？

第二十章　约翰逊小姐，莫卡多太太，莱特尔先生

我并不介意承认这个想法确实吓着我了。我从来没有想过把约翰逊小姐和那些匿名信联系在一起。如果说是莫卡多太太，那倒是有可能。但约翰逊小姐是个真正有教养的女人，非常有自制力，并且通情达理。

但我记起了当天晚上波洛先生和莱利医生之间的谈话，我想也许那就是原因所在吧。

要知道，如果确实是约翰逊小姐写了那些信，那么很多事情就得到解释了。我一点儿都不相信约翰逊小姐和谋杀有任何关系，但我知道她的确讨厌莱德纳太太，这种厌恶之情很可能使她抵挡不住诱惑——通俗地说，她就是想吓唬她一下。

她很可能希望把莱德纳太太从挖掘场吓跑。

而紧接着莱德纳太太就被谋杀了，这使得约翰逊小姐陷入了深深的懊悔和自责之中，一方面是因为这个残忍的恶作剧本身，另一方面她可能意识到，这些信无形中为那个真正的凶手做了很好的挡箭牌。所以她如此彻底地崩溃也就不足为怪了。我确信从内心里她是个很正直的人，而这也就能解释为什么她会急切地抓住我说的那句安慰她的话——"事已至此，无可挽回"牢牢不放了。

还有就是她那句意味深长的评论，也可以看成是她为自己的

辩白吧——"她从来就不是个好女人!"

现在的问题是,接下来我该怎么做?

我翻来覆去想了好一阵子,最后决定一有机会就要把这件事情告诉波洛先生。

第二天他就到营地来了,但是我没有找到一个可以私下里和他单独说话的机会。

我们在一起的时间只有一小会儿,我还没来得及静下心来想好怎么开口,他就已经靠过来,在我耳边轻声地吩咐了。

"我呢,一会儿要和约翰逊小姐谈谈,也许还会找其他人,就在客厅。你还拿着莱德纳太太房间的钥匙吗?"

"是的。"我说。

"好极了。去她房间里,关上门,然后喊一声。不要尖叫,喊一声就可以。你懂我的意思吧,就是一种警告,我要你表达的是吃惊的感觉,而不是那种极度的恐惧。如果有人听到了问起来,我帮你想了一个理由,就说是踩到脚指头了,或者你自己编一个也行。"

就在这时,约翰逊小姐出来来到院子里,我们没有时间再多说什么了。

我很明白波洛先生想要弄清什么。等他和约翰逊小姐一讲客厅,我马上就穿过院子来到莱德纳太太的房前,用钥匙打开门,走进去以后把门在身后关好。

站在一个空空的房间里无缘无故地叫一声,我得说这让我感觉有点儿傻。而且,要想确定用多大的声音去叫也不是那么简单。我用挺大的声音叫了一声"啊",接着又试着用再高点儿和再低点儿的声音分别叫了两声。

然后我走出房间,随时准备搬出我那个踩脚指头的借口(我估计他实际上是想说磕到脚指头)。但是很快我就发现不需要任何借口了。波洛和约翰逊小姐正在热切地交谈着,而且很显然并没有受到打扰。

"那么,"我想,"这样就可以确定了。要么约翰逊小姐听到的叫声根本就是出于想象,要么则是完全不同的情况。"

我不想进去打断他们的谈话。门廊里有一个折叠躺椅,我就在椅子上坐下来。从那里可以听到他们在屋里说话的声音。

"你知道吗?眼前的状况很微妙,"波洛正说着,"莱德纳博士显然很爱他的妻子——"

"他崇拜她。"约翰逊小姐说。

"当然,他还告诉我全体队员有多么喜欢她!那么其他人呢?他们能怎么说?很自然他们也都说了同样的话。这是一种客气,一种礼节。这有可能是事实,但也有可能不是!而我确信,小姐,解开这个谜的关键在于彻底了解莱德纳太太的性格和品行。如果我能够听到每个队员的想法,最坦诚的想法,我就可以形成一个总体的印象。坦率地说,这就是我今天来这里的目的。我知道莱德纳博士会去哈沙尼,这样一来我就比较方便轮流找你们每个人谈谈。希望你能帮助我。"

"这样挺好的。"约翰逊小姐说完这句话就停住了。

"不要跟我说这些英国式的陈词滥调,"波洛恳求道,"不要说什么既不是这个也不是那个,说什么不应该讲死人的坏话,到最后还要说什么忠诚!忠诚这两个字对于罪案调查来说是最要命的。真相总是一再地被这两个字所掩盖。"

"我对莱德纳太太没有什么忠诚可言。"约翰逊小姐冷冰冰地说。她的语气中分明带着尖酸刻薄。"但对莱德纳博士就不一样了,而且再怎么说,她也是他的妻子啊。"

"确实如此,确实如此。我能够理解你不想说你们队长妻子的坏话。但这不是一个类似写推荐信的问题,这事关一起突然而且神秘的死亡案件。即使让我相信被杀死的是个落难天使,也不会让我的任务变得轻松一些的。"

"我当然不会称她为天使。"约翰逊小姐说,那种尖酸的语气越发明显。

"坦率地告诉我你的看法。从一个女人的角度来说,莱德纳太太这个人怎么样?"

"嗯,波洛先生,首先我得提醒你,我是抱有偏见的。我,还有我们所有人,都很喜欢莱德纳博士,对他忠心耿耿。后来,我想是在莱德纳太太来了以后,我们都很嫉妒。她总是要求他抽出很多时间和精力陪她,这让我们很反感。而他表现出的对她的那种热爱也很刺痛我们。波洛先生,我说的是实情,这种情况着实让我很不舒服。我讨厌她这一点,没错,我讨厌她。当然了,尽管如此,我也从来没有试图有所表示。你知道,这对我们造成了很大的影响。"

"我们?你说的是我们?"

"我是指凯里先生和我。你看,我们俩都是比较老派的人,不太喜欢那些新鲜的事物。我想这也是很自然的,尽管也许显得我们俩有点儿小题大做,但这确实对我们的影响很大。"

"有什么样的影响?"

"哦,所有的一切都变了。我们以前在一起的日子非常快乐。你知道,有很多有意思的事情,各种愚蠢的玩笑,就像其他在一起工作的人一样。莱德纳博士那时候无忧无虑,就像个孩子似的。"

"那么后来莱德纳太太来了以后,所有的事情都改变了?"

"其实，我觉得这也不是她的错。去年本来还挺好的。请你相信我，波洛先生，并不是因为她做了什么事情。她一直对我挺好，应该说非常好。这也是我为什么有时候会觉得羞愧。她说过的一些话和做过的一些小事触怒了我，但这并不是她的错。说真的，没有人会比她更友好了。"

"但是到了这个考古季情况就变了，是吗？气氛不一样了。"

"哦，完全不一样了，真的。我不知道到底是怎么了。所有事情似乎都不对劲。不是指工作，我说的是我们——我们的脾气，还有我们的精神状态。大家都烦躁不安。差不多就是那种风雨欲来的感觉。"

"你认为这是由于受了莱德纳太太的影响？"

"嗯，她来之前从来都没有过像现在这样的情况。"约翰逊小姐冷冷地说，"哦！我就是个顽固的、爱抱怨的老家伙。循规蹈矩，喜欢事情一成不变。波洛先生，其实你真的不必理会我的。"

"那么你会怎么向我形容莱德纳太太的脾气秉性呢？"

约翰逊小姐犹豫了一下，接着缓缓说道："啊，当然，她有点儿喜怒无常，情绪总是时好时坏。某一天对人和蔼可亲，转过天来可能就不理人家了。我觉得她挺体贴的，很会替别人着想。尽管如此，你还是能看出来她从小到大被人彻底惯坏了。她觉得莱德纳博士那么无微不至地伺候她是天经地义的事情。而且我认为她从来没有真正体会到她嫁的是一个多么杰出，多么伟大的男人。每每想到这个就让我生气。当然，她还总是精神高度紧张。你可不知道她经常想象的那些事情，还有她时常陷入的那种状态！幸好莱德纳博士把莱瑟兰护士请来了，不然他既要处理工作上的事，还要应付妻子的恐惧，实在是不堪重负。"

"对于她收到的这些匿名信，你有什么看法呢？"

我必须仔细听听。于是,我在椅子里倾身向前,直到恰好能够看见约翰逊小姐的侧影转向波洛,回答他的问题。

"我认为是在美国的某个人对她心怀怨恨,于是试图吓唬她或者骚扰她。"

"不会比这个更严重?"

"这是我个人的看法。你也知道,她是个很漂亮的女人,可能很容易树敌。我觉得那些信就是某个居心不良的女人写的。莱德纳太太本身就是个神经紧张的人,所以把这个看得很严重。"

"她当然把这些信看得很严重。"波洛说,"但是别忘了,最后那封信可是有人送来的。"

"嗯,我认为如果有人存心想要这么做,一定能有办法。波洛先生,女人为了发泄她们的怨恨,是从来都不会嫌麻烦的。"

确实是这样,我心中暗想。

"也许你是对的,小姐。如你所说,莱德纳太太非常漂亮。顺便问一句,你认识莱利小姐吗?医生的女儿。"

"你说希拉·莱利?当然认识了。"

波洛用一种亲密的聊天似的语气说道:"我听到一个传闻,当然我不想去向医生求证,说她正和莱德纳博士手下的一个队员谈恋爱。真有这回事儿吗?"

约翰逊小姐看起来被逗乐了。

"哦,年轻的科尔曼和大卫·埃莫特两人特别喜欢围着她转。我相信在俱乐部有活动的时候,这两人谁能陪着她一起去还得竞争一下呢。这两个年轻人每个周六晚上去俱乐部玩,已经形成规律了。但是我不知道她是怎么想的。她是这个地方唯一的年轻女孩,而且你也知道,算得上是这里的头号美女了。还有几个空军的小伙子也在追求她呢。"

"所以你认为实际上没什么事情?"

"嗯,我也不知道。"约翰逊小姐陷入思索之中,"她确实经常到这边来,去挖掘场之类的地方。实际上,莱德纳太太有一天还拿这件事跟大卫·埃莫特开过玩笑呢,她说那女孩子在追求他。我觉得她这么说有点儿没事找事,他肯定不高兴……没错,她确实总到这儿来,出事的那天下午我还看见她骑着马往挖掘场的方向去呢。"她朝开着的窗户点了点头,"但是那天下午大卫·埃莫特和科尔曼都不在挖掘场。理查德·凯里在那里值班。是的,也许她确实对这些年轻人中的一个有好感,但是对待她这么一个又时髦又不感情用事的年轻女人,别人也很难知道到底应该多认真。我反正不知道她喜欢他们中的哪一个。比尔是个很不错的小伙子,并不像他装出来的那么傻呵呵的;大卫·埃莫特是个可爱的人,有很多优点,是那种很深沉、很安静的类型。"

然后她很困惑地看着波洛,说道:"但是,波洛先生,这些事和命案有关系吗?"

波洛先生用很法国式的方式举起了双手,表示放弃。

"小姐,你说得我都脸红了,"他说,"你让我觉得自己就像个只爱说闲话的人。但不管你怎么想,我总是对年轻人恋爱的那些事很感兴趣。"

"是啊,"约翰逊小姐轻叹一声说道,"真爱如果能够一帆风顺,将是多美好的事情啊。"

波洛叹了口气作为回应。我在想,约翰逊小姐是不是也正在回忆自己年轻时候的爱情经历呢?我不知道波洛先生有没有妻子,他会不会也像我们经常听说的外国人那样,有很多情妇?不过他的样子看起来太滑稽了,我很难想象他有。

"希拉·莱利很有性格，"约翰逊小姐说，"她很年轻，有点粗鲁，但就是那种典型的现代女孩。"

"我相信你说的话，小姐。"波洛说。

他站起身说道："还有其他考古队的成员在营地吗？"

"玛丽·莫卡多应该就在这附近。今天所有的男士都去挖掘场了。我觉得他们就是想离开营地，这也不能怪他们。如果你也想去挖掘场的话——"

她走出客厅来到门廊里，微笑着向我说道："我保证，莱瑟兰护士不会介意带你过去的。"

"啊，当然不会，约翰逊小姐。"我说。

"波洛先生，你会回来吃午饭的，对吗？"

"非常乐意，小姐。"

约翰逊小姐回到客厅继续做她的分类编目工作。

"莫卡多太太在屋顶上，"我说，"你想先去见她吗？"

"我觉得这样也不错，我们上去吧。"

上楼梯的时候我说："我按照你的吩咐做了，你听到什么了吗？"

"什么也没听到。"

"不管怎么样，至少可以让约翰逊小姐放下心理负担了，"我说，"她一直在懊悔当时本应该能够做点儿什么的。"

莫卡多太太正坐在护墙上，低着头沉浸在思绪当中。她并没有听到我们上来，直到波洛站在她对面向她说早安的时候才发现。

她吃惊地抬起头看着我们。

我觉得今早她看上去病怏怏的，一张小脸干枯憔悴，眼睛周围还有大大的黑眼圈。

"又是我,"波洛说,"我今天来有个特殊的目的。"

接着他就像对约翰逊小姐那样,用差不多同样的方式向她解释了他是多么需要了解一个真实的莱德纳太太。

然而,莫卡多太太可不像约翰逊小姐那么坦诚。她突然之间就变得满口溢美之词,但我敢担保,这些话和她的真实想法相去甚远。

"哎呀,亲爱的路易丝啊!要想跟一个不认识她的人说清楚她实在是太难了。她是个很独特的人,相当与众不同。我想你也能感觉到吧,护士小姐?当然啦,就是深受精神紧张的折磨,满脑子的怪想法。要是别人这样我们肯定忍受不了,不过因为是她,我们也就能够接受了。她对我们所有人都特别亲切,是吧,护士小姐?而她自己又特别谦逊,我是指她其实对考古学一窍不通,却特别热衷于学习,总是向我丈夫请教关于金属制品的化学处理问题,还帮助约翰逊小姐修补陶器。哦,我们所有人都很喜欢她。"

"那么夫人,我听人说这里弥漫着一种紧张的、让人不舒服的气氛,看来并不是真的了?"

莫卡多太太那双黯淡无光的黑眼睛睁得大大的。

"哦,谁会告诉你这些?护士小姐?莱德纳博士?我相信那个可怜的人从来都没有注意过。"

她用充满敌意的眼神瞟了我一眼。

波洛轻轻一笑。

"我有我的耳目,夫人。"他很愉快地宣布。在那一瞬间,我看到她的眼皮眨了眨。

"难道你不觉得,"她用一种特别温和的语气说道,"在发生了这样的悲剧之后,每个人都会装作知道很多从来没有过的事情吗？就像你说的，什么紧张啊，气氛啊，有种'要发生什么事情的感觉'啊之类的。我觉得好多人就是事后聪明。"

"夫人，你说得很有道理。"波洛说。

"这些都不是真的！我们这群人在这里非常开心，就像个大家庭一样。"

"这个女人真是我所见过的最彻头彻尾的骗子之一。"当我和波洛先生远离了营地，走在去往挖掘场的小路上时，我愤愤不平地说道，"我确信她就是痛恨莱德纳太太！"

"她绝不是那种能问出实话的人。"波洛表示同意。

"跟她说话就是浪费时间。"我怒气未消。

"也不能这么说，不全是浪费时间。有时候即使一个人对你说了谎，她的眼睛也会泄露真相的。这个小女人莫卡多太太，她究竟在害怕什么呢？我从她的眼睛里看到了恐惧。没错，毫无疑问，她在害怕什么事情，这一点很有趣。"

"波洛先生，我有些事情要告诉你。"我说。

然后我对他如实讲述了前一晚我回来以后发生的事情，以及我是如何确信是约翰逊小姐写了那些匿名信的。

"所以，她也在撒谎！"我说，"还记得她今天早上在回答关于那些匿名信的问题时是多么冷静吗？"

"是啊，"波洛说，"这也挺有意思的，因为她无意中暴露了她知道所有这些匿名信的存在。而到目前为止，这些信的事还没有当着考古队队员的面提过。当然，很有可能是莱德纳博士昨天告诉她的。他们俩可是故交了。但是如果他没告诉过她呢，那这件事就很奇怪，也很有意思了，对吗？"

原来他用了那么聪明的方法引诱她提起了那些匿名信，这让我对他的敬意油然而生。

"您准备和她开诚布公地谈谈这些信的事吗?"我问道。

波洛先生似乎对我的这个想法感到很吃惊。

"不,不,当然不会。通常情况下,让别人知道你手里的牌是不明智的。我会把所有的事情都放在这儿,直到最后一刻,"他轻轻敲了敲自己的脑门儿,"等到适当的时候,我就会突然跳出来,像只豹子一样——然后,我的上帝啊!他们会惊慌失措的!"

一想到小个子的波洛先生要扮演豹子的角色,我就忍俊不禁。

说着话我们正好来到了挖掘场。第一个看见的是莱特尔先生,他正忙着给一些墙体拍照。

我总觉得那些挖掘工人的工作很单纯。你让他们在哪里挖,他们就从哪里挖出一些墙来,至少在我眼里看来是这样的。凯里先生给我解释过,用一把挖掘镐,你就可以立刻感觉出挖到东西的不同,他还试图给我演示,但我根本搞不明白。当他说"Libn",也就是泥砖的时候,在我眼里看来也不过就是些平常的泥和土而已。

莱特尔先生拍完了照片,把相机和底版交给他的仆人,吩咐他带回营地。

波洛先问了他几个关于曝光和盒装胶片之类的问题,他都对答如流。看起来他很乐于被问及和他工作有关的问题。

就在他借机准备离开我们的时候,波洛立刻又拿出了他那一整套说辞。事实上这一套话也并非是一成不变的,每一次他都会根据谈话对象的不同做一些小小的改动,但我不打算把他每一次的话全都写下来。对约翰逊小姐那样比较通情达理的人,他会选择开门见山,而对其他那些人就不得不拐弯抹角一些,不过到最后也都八九不离十。

"是啊，是啊，我明白你的意思，"莱特尔先生说，"但说实话，我也不知道我能帮你什么。我是这个考古季才来这儿的，一共也没跟莱德纳太太讲过几句话。很抱歉，但我确实没什么可告诉你的。"

他的言语之间带着一点点生硬的意味和外国腔，但是当然了，我的意思是，他其实并没有太多的口音，除了有些美国味儿。

"至少你可以告诉我，你是喜欢她，还是讨厌她？"波洛面带微笑地说。

莱特尔先生顿时脸红了，磕磕巴巴地说道："她是个迷人的女人——非常迷人，也很聪明，她的头脑很聪明——是的。"

"很好！你喜欢她。那么她喜欢你吗？"

莱特尔先生的脸更红了。

"哦，我……我并不觉得她很注意我，有一两次我很倒霉，每次我想为她做点儿什么的时候总是很倒霉。我恐怕太笨了，招她烦，但那都不是有意的，其实我愿意做任何事情——"

看着他狼狈不堪的样子，波洛显得很同情。

"很好，很好。我们再说点儿别的吧。你觉得营地里的气氛快乐吗？"

"你说什么？"

"你们在一起的时候大家都快乐吗？会有说有笑的吗？"

"不，不——也不全是那样，有一点点——拘谨。"

他停顿了一下，内心似乎在斗争，然后接着说道："你知道，我不是很善于和人交往。我笨手笨脚的，还很害羞。莱德纳博士一直对我特别好，但我就是不能克服我的害羞和胆怯，虽然我知道这样很傻。我总是说错话，还打翻水罐子，总之我的运气就是很背。"

他看起来活脱脱就像一个笨拙无比的大孩子。

"我们年轻的时候都是这样,"波洛边说边微笑着,"那份沉稳自信,还有本领才干,以后慢慢地就会有了。"

和他道别之后,我们继续往前走。

波洛先生说:"护士小姐啊,那个人要么是个极其单纯的年轻人,要么就是个非常出色的演员。"

我没有回应他。那个危险的冷血杀手就在这些人当中,我的心再一次被这种怪诞的想法攫住。不知为什么,在这个美丽、宁静、阳光灿烂的早晨,我总觉得这是不可能的。

第二十一章　莫卡多先生，理查德·凯里

"他们是分开在两个地方干活儿的，我明白了。"波洛停下来说道。

莱特尔先生刚才是在距离主挖掘场比较远的那部分拍照。此时在离我们不远的地方，可以看到另一群人背着篮子来往穿梭。

"那个就是他们所谓的深堑，"我解释道，"除了一些破烂的碎陶片之外他们在那儿没找到太多东西，但莱德纳博士总说这很有意思，所以我想一定是有点儿意思的。"

"那我们去那儿吧。"

太阳很毒，所以我们走得很慢。

莫卡多先生在指挥挖掘。我们看到他在我们下方，正和工头讲话。工头是个老头儿，像只乌龟一样，在长条纹的棉袍外面还罩了一件粗花呢外套。

想要下到他们那里不太容易，因为只有一条很窄的小路，或者说是一段台阶。背着篮子的工人一刻不停地从那段台阶上上下下，对我们视若无睹，根本没有让路的意思。

我跟在波洛身后往下走，他突然回过头来问我："莫卡多先生习惯用右手还是左手？"

这可真是个让人意想不到的问题！

我想了想，然后很肯定地回答："右手。"

波洛并没有屈尊俯就地给我解释。他只是继续往前走，我在后面跟着他。

看到我们，莫卡多先生似乎很高兴，他那张忧郁的长脸露出喜色。

波洛先生做出对考古学很感兴趣的样子，其实我确信他根本不是真的感兴趣，而莫卡多先生立刻就给予了回应。

他解释说，他们已经向下挖了十二个房屋层。

"现在我们肯定已经到达第四个千年期了。"他满怀热情地说道。

我总觉得"千禧年"①是未来的事情，那时应该是太平盛世了。

莫卡多先生把土层里的那些灰带指给我们看（他的手抖得可真厉害！我甚至怀疑他是不是得了疟疾），给我们讲解陶器的特征是如何发生变化的，还讲到关于墓葬的事情。他说他们曾经挖到过几乎整整一层婴儿的墓葬——那些可怜的小东西啊——而那些弧线的位置和方向，似乎就代表着那些骸骨摆放的样子。

他正俯身准备去捡一把和陶罐一起放在角落里的燧石刀的时候，突然大叫一声跳了起来。

他转回身，发现我和波洛都在惊讶地瞪着他。

他用手拍拍左胳膊。

"什么东西扎了我一下，就像一根烫手的针似的。"

波洛立刻来了精神。

"快，亲爱的老兄，快让我们看看。莱瑟兰护士！"

我跑上前去。

---

① 英语中千年期和千禧年为同一个词 millennium。

他抓住莫卡多先生的胳膊,熟练地把他卡其布衬衫的袖子卷到了肩膀。

"在那儿。"莫卡多先生指着说道。

在肩膀下方大约三厘米的地方可以看到一个小的刺伤,血正从里面渗出来。

"奇怪,"波洛说,他仔细地看着卷起的衣袖里面,"我什么也没看到啊。没准儿是只蚂蚁咬的?"

"最好涂点儿碘酒。"我说。

我总是随身带着一小管碘酒,这回就派上用场了。但是给他涂碘酒的时候我有点儿心不在焉,因为我的注意力被一些不太寻常的东西吸引了。莫卡多先生的胳膊上,从前臂一直到胳膊肘,遍布着细小的针孔。我心里太清楚这是什么了——这些是皮下针头注射的痕迹。

莫卡多先生把卷上去的袖子又放下来,然后继续他的讲解。波洛先生聆听着,并没有试图把话题转到莱德纳夫妇身上。事实上,他也没再问莫卡多先生任何问题。

不久后我们就和莫卡多先生道了别,又沿着那条小路爬了上去。

"干净利落,你不觉得吗?"我的同伴问道。

"什么干净利落?"我问。

波洛先生从外套翻领的后面拿出一样东西,放在手里亲切地端详着。我十分意外地看到,那是一根一头用蜡封住的又长又尖的缝衣针。

"波洛先生,"我叫道,"是你干的?"

"没错,我就是那只叮人的虫子。而且我还干得干净利落,你觉得呢?你都没发现。"

他说的是真的，我根本没看出来是他干的。而且我相信莫卡多先生也没有起疑心。他当时的动作一定快如闪电。

"但是波洛先生，你为什么要这样？"我问道。

他用另一个问题回答了我。

"护士小姐，你注意到什么了吗？"他问我。

我缓缓地点点头。

"皮下注射的痕迹。"我说。

"所以现在我们知道一些关于莫卡多先生的事情了。"波洛说，"我起初只是有所怀疑，但并不能确定。而确切地知道总是很有必要的。"

"而且你并不在乎用什么方法知道！"我心里暗想，但没说出口。

波洛突然用手拍拍衣服口袋。

"哎呀，我把手帕掉在那儿了，我用它藏这根针来着。"

"我去帮你找回来。"我说着话，赶忙转身往回跑。

你知道，此时此刻我有一种感觉，好像波洛先生和我是负责治疗一个病人的医生和护士。至少，这更像是一台手术，而他是主刀医生。也许我不该这样想，但说来奇怪，我已经开始享受自己的角色了。

我记起在我刚刚接受完护士培训的时候，有一次去一所私人住宅照看一个病人。那个病人的病情需要立即手术，可是病人的丈夫不知道对私人医院抱有什么古怪的看法，死活都不愿意把病人送去。所以我们不得不在他家给病人动手术。

当然了，这个机会对我来说是千载难逢啊！没有别人在旁边盯着，所有的事情都由我负责。毫无疑问，我紧张得要命，绞尽脑汁地想着医生可能会需要的所有东西。即使这样，我还是害怕也许会漏掉什么。你从来都无法完全了解医生的想法，因为他们有时候会要求你准备得一应俱全！但是那天一切出奇的顺利！他需要的每样东西我都准备好了，手术结束之后他竟然告诉我说我的工作是一流的，这可是绝大多数医生都懒得说的话。这个全科医生态度特别亲切，而所有这一切都是我自己搞定的！

后来，病人顺利康复了，皆大欢喜。

而现在，我产生了相同的感觉。从某种程度上来说，波洛先生让我想起了那个全科医生。那人也是个小个子，长得不好看，脸像猴子一样，却是一个出色的医生。他凭本能就知道应该怎么做。我见过太多的全科医生，我知道他们之间是有天壤之别的。

渐渐地，我也对波洛先生产生了信心。我相信他心里很清楚他要做什么。而且我开始觉得帮助他是我分内的事——就像大家常说的，为医生准备好镊子和棉签，供他随用随取一样。所以在我看来，跑回去替他找手帕，就好比捡起医生掉在地上的毛巾，都是自然而然的事情。

找到手帕回来以后，我开始没有找到他。最后我才看到他正坐在离挖掘场不远的地方，和凯里先生说话。凯里先生的仆人拿着一根带刻度的长杆一样的东西站在一旁，只见凯里先生对他交代了几句，仆人就带着杆子离开了。看样子他此时此刻已经不需要再用它了。

下面一点我需要说清楚。你知道，我并不十分确定波洛先生想让我做什么，或者不想让我做什么。我的意思是说，也许他是故意把我支开，让我回去找手帕的呢。

这让我再次想起了做手术。你必须很仔细地递给医生他所需要的东西，而别给他不需要的。也就是说，你既不能在错误的时机递给他止血钳，也不能在需要的时候半天递不过去！幸好我对手术室的工作很熟悉,很少在那里犯错误。但在这件事上我可是个彻头彻尾的新手。所以我必须特别小心,不要犯任何低级错误。

当然,我从不认为波洛先生不想让我听到他和凯里先生的谈话。但他也可能觉得,如果我不在场,他会更容易让凯里先生开口。

我可不想给任何人留下那种印象,觉得我是个喜欢到处偷听别人说话的女人。我不会做那样的事情,绝不做,无论我有多么想听。

我的意思是说,如果那确实是私人谈话,我绝对不会去偷听,但事实上,这次我还是去听了。

依我看来,我处在一个有特权的地位。别忘了,在病人从麻醉中恢复的过程中,你会听到他们说很多事情。病人可能并不希望你听见,但事实是你确实听见了,只是通常情况下他们并没有意识到罢了。我现在只是把凯里先生当作那个病人。他并不知道我在偷听,所以也不会受到什么损失。如果你认为我太好奇,好吧,我承认我确实很好奇。我可不想错过任何能听到的东西。

说了这么多,只为了告诉你,实际情况是我转身绕到大垃圾堆后面的那条路,借着垃圾堆转角的掩护,来到距他们只有一步之遥的地方。如果有人想说这样做不光彩,恕我不敢苟同。任何事情都不该瞒着负责照看病人的护士,但是当然啦,具体怎么做还得是医生说了算。

当然,我并不知道波洛先生要采取什么方法和他谈话。不过当我到那里的时候,他刚好说到了最关键的问题。

"没有人比我更能体会莱德纳博士对他太太的爱了。"他正说道,"但是很多情况下要想了解一个人,从他敌人那里知道的会比从他朋友那里多。"

"你是想说他们的缺点要比优点更重要吗?"凯里先生说。他的口气冷冷的,含有讽刺的意味。

"毫无疑问,尤其是涉及谋杀案的时候。说起来有些奇怪,就我所知,还没有人是因为品行太完美而被谋杀的呢。但显然,完美本身却是一件可能招致别人反感的事情。"

"想找我帮助你,恐怕你是找错人了。"凯里先生说,"实话实说吧,莱德纳太太和我相处得并不算融洽。我不是说我们是那种字面意义上的敌人,但我们也不完全是朋友。也许是我和她丈夫之间多年的友谊让她有点儿嫉妒。而从我这方面讲,尽管我非常欣赏她,也认为她是个极有魅力的女人,但还是会对她给莱德纳带来的影响感到不满。因此最后的结果就是我们彼此之间非常客气,但并不亲近。"

"解释得很好。"波洛说。

我刚好可以看到他们的头。我看见凯里先生突然扭过脸去,仿佛波洛先生那种超然的口吻中的某些东西击中了他,让他感到很不自在。

波洛先生继续说道:"莱德纳博士不会因为你和他太太相处得不好而感到苦恼吗?"

凯里犹豫了一下后说道:"说真的,我也不知道。他从来不说什么。我则希望他没有注意到。你也知道,他整日埋头于工作之中。"

"所以按照你的说法,事实是你并不喜欢莱德纳太太?"

凯里耸耸肩膀。

"如果她不是莱德纳的妻子,我可能会非常喜欢她。"

他笑起来,似乎觉得自己这句话很有意思。

波洛摆弄着一小堆碎陶片，用一种恍惚的、漫不经心的声音说道："我早上和约翰逊小姐谈过了。她承认她对莱德纳太太抱有偏见，而且并不喜欢她，不过她还是很快补充说莱德纳太太一直以来对她还是很和蔼可亲的。"

"我得说，这都是实情。"凯里说。

"所以我相信了。然后我又和莫卡多太太谈了谈。她滔滔不绝地给我讲她有多么喜欢莱德纳太太，又有多么欣赏她。"

凯里没有作声，过了片刻波洛继续说道："这个我并不相信！再然后，我来找你，你告诉我的这些——嗯，我还得说，我不相信……"

凯里突然变得强硬起来。我能听出他语音中的愤怒，一种被压抑的愤怒。

"波洛先生，我实在没法左右你相信什么，或者不信什么。就我而言，你已经听到了实情，信不信由你。"

波洛并没有动怒。相反，他的声音听上去特别温和，特别低沉。

"难道我信什么或者不信什么还是我的错吗？你知道，我的耳朵很敏感。同时，总是会有很多故事在流传，很多谣言在散播。我们听到了，也许，我们就会从中知道一些事情！是的，有一些传闻……"

凯里跳了起来。我可以清清楚楚地看到他的头上青筋暴起。这样子看起来太帅了！那清瘦的身材，那褐色的皮肤，还有那漂亮的下巴，棱角分明。也难怪女人们会爱上他。

"什么传闻？"他恶狠狠地问道。

波洛斜眼看着他。

"也许你能猜出来。都是很俗套的传闻，关于你和莱德纳太太的事。"

"这些人的脑子得有多蠢啊!"

"不是吗?他们就像狗一样。无论你把一件不愉快的事情埋得有多深,他们都一定要再把它挖出来。"

"那你相信这些传闻吗?"

"我更愿意相信事实。"波洛严肃地说。

"我怀疑你就是听到了事实也未必会相信。"凯里粗鲁无礼地笑道。

"那你就试试看吧。"波洛盯着他说道。

"我倒要试试看!你会知道实情的!我恨路易丝·莱德纳,这就是你要的事实!我对她恨之入骨!"

第二十二章　大卫·埃莫特，拉维尼神父和一个发现

凯里突然转过身去，怒气冲冲地迈着大步离开了。

波洛坐在那儿看着他的背影，接着小声说道："不错，我明白了……"

然后他并没有转过头，而是提高了一点儿声音说道："护士小姐，先别急着从那后面出来，我怕他会回头看到你。现在可以了。你找到我的手帕啦？太感谢了。你真是太可亲了。"

对于我在那里偷听的事他只字未提，我也猜不透他是怎么知道的。他甚至从来都没往那个方向看过一眼。不过他什么都没说，也让我轻松了很多。我的意思是说，我自认为我所做的是正确的，但要真的让我跟他解释，还是会让我有些尴尬。不过，他似乎并不需要我的解释，这样太好了。

"你认为他真的恨她吗，波洛先生？"我问道。

波洛慢慢点点头，脸上带着奇怪的表情，回答道："是的，我想他确实是。"

然后他轻快地站起身，朝工人们正在工作的土丘顶部走去。我跟在他后面。起初除了一些阿拉伯人之外我们看不到别人，后来我们发现埃莫特先生正脸朝下趴在地上，用力吹掉一具刚出土的骸骨上的灰尘。

他看见我们的时候，露出了他一贯愉快却又严肃的笑容。

"你们是来这里到处看看吗?"他问道,"我马上就能腾出时间来了。"

他坐起来,拿着他的小刀,开始很讲究地把遗骨周围的泥土去掉,还不时停下来吹一吹,有时用风箱,有时直接用嘴。我总觉得直接用嘴吹是很不卫生的。

"埃莫特先生,你这样会把各种病菌都带到嘴里的。"我提出异议。

"病菌对我们来说可是家常便饭啊,护士小姐。"他严肃地说,"细菌对考古学家是无能为力的,再怎么厉害也没用。"

他又在大腿骨周围刮掉一些泥土,然后对旁边的工头交代了几句,告诉他应该做什么。

"好了,"他说着站起身,"这样就可以给莱特尔,让他在午饭后照相了。她的墓里可颇有些好东西呢。"

他给我们看了一个长着锈的小铜碗和几枚饰针。还有一些金色和蓝色的东西,那是她项链上的珠子。

遗骨和其他所有的东西都已经刷过并且用小刀刮干净,现在摆好位置就等着照相了。

"她是谁?"波洛问道。

"从第一个十年期出土的。可能是个挺有研究价值的贵妇。她的头骨看起来有点儿怪,我得让臭卡多也看看。似乎是死于某种暴行。"

"一个两千多年前的莱德纳太太?"波洛说。

"也许吧。"埃莫特先生说。

比尔·科尔曼正在用镐在墙面上弄什么东西。

大卫·埃莫特冲他喊了一句什么,我没听清。然后他就开始带着波洛先生四处看了。

结束了这次简短的参观讲解之后,埃莫特看了看表。

"十分钟以后就收工了,"他说,"我们走回营地好吗?"

"正合我意。"波洛说。

我们慢慢沿着那条破烂不堪的小路往回走。

"我想你们应该都很高兴重新回来工作吧。"波洛说。

埃莫特神色凝重地回答:"是的,这是最好的办法了。毕竟整天在营地周围转悠,找人谈话,这也不好过。"

"而且还是在知道你们之中的一个人就是凶手的情况下。"

埃莫特没有说话,也没有表示异议。我现在知道了,其实从一开始他询问那些营地的仆人们的时候,他就已经产生了这样的怀疑。

又过了几分钟,他平静地问道:"你查出什么结果了吗,波洛先生?"

波洛严肃地说:"你愿意帮我查出来吗?"

"当然愿意了。"

波洛紧紧地盯着他说:"这个案子的焦点就是莱德纳太太,所以我想要了解关于莱德纳太太的事情。"

大卫·埃莫特缓缓说道:"你说要了解关于莱德纳太太的事情是什么意思?"

"我并不是指她从哪儿来的,结婚以前叫什么名字,也不是指她的脸型是什么样子,眼睛是什么颜色。我指的是她,她这个人。"

"你认为这个对案子很重要吗?"

"我非常确定这一点。"

埃莫特沉默了一会儿,然后说:"也许你是对的。"

"这就是你能帮助我的地方。你可以告诉我,她到底是个什么样的女人。"

"我能吗？我自己还常常想不明白呢。"

"那你后来想清楚了吗？"

"我觉得最后我想明白了。"

"哦？"

但是埃莫特先生又陷入了沉默，片刻以后他说道："护士小姐怎么看待她呢？别人都说女人能够很快地评判其他女人，而作为护士就更有机会阅人无数了。"

就算我想说，波洛也没有给我任何机会。他马上接口说道："我想要知道的是一个男人怎么看她。"

埃莫特微微一笑。

"我想男人们的看法应该都差不多。"他顿了一下，然后说，"她已经不年轻了，但我认为她大概是我所见过的最美的女人。"

"这不能算是个回答，埃莫特先生。"

"但也离我的答案不远了，波洛先生。"

他又沉默了片刻，接着继续说道："我小的时候曾经读过一个童话故事。那是一个北欧童话，关于白雪皇后和小加伊的。我想莱德纳太太就有点儿像那个白雪皇后，总是欺骗蒙蔽小加伊。"

"啊，没错，是汉斯·安徒生的童话，对吗？好像里面还有一个小女孩，名字叫小格尔达，是吗？"

"也许吧，我记不太清楚了。"

"你能再进一步说说吗，埃莫特先生？"

大卫·埃莫特摇摇头。

"我甚至不知道我这么评判她对不对。她不是一个容易被看懂的人。她某一天也许做了一件很可恨的事，第二天可能又会做一件非常善良的事。但我认为你说她是这个案子的焦点应该是没错的。这也正是她始终想要做的——成为一切事物的中心。而且她喜欢抓住其他人——我的意思是，她不会满足于你只是把烤面包和花生酱递给她，她就是想让你全心全意地对待她。"

"那么，如果她的这个愿望得不到满足呢？"波洛问。

"那她就会变得很阴险！"

我看见他说完这句话后嘴唇毅然紧闭，脸上的表情也凝固了。

"埃莫特先生，我想你也许不会介意明确地告诉我们你个人的想法吧。你认为是谁杀了她？"

"我不知道，"埃莫特说，"我真的一点儿都想不出来。我倒是觉得如果我是卡尔，我是指卡尔·莱特尔，我可能会想要杀了她。对他来说，她就是个漂亮的魔鬼。但是当然了，那也是因为他太敏感才自找的。有时候他简直就是故意给你理由让他难堪。"

"那么，莱德纳太太让他——难堪过吗？"波洛又问道。

埃莫特突然咧嘴一笑。

"没有。顶多也就是用绣花针扎他两下，那是她惯用的法子。当然啦，他也确实挺惹人生气的，就像个又哭又闹又懦弱的孩子。不过，绣花针还真是个能把人扎疼的东西呢。"

我偷眼看了波洛一下，似乎看到他的嘴唇微微一颤。

"但是你并不真的相信是卡尔·莱特尔杀了她吧？"他问道。

"对啊，我并不相信一个人会因为一个女人总是在饭桌上让他出丑就把她给杀了。"

波洛若有所思地摇摇头。

当然，埃莫特所说的话使莱德纳太太显得相当残忍。但一个巴掌拍不响，另一方面的事情也得说说。

莱特尔先生的态度中确实有特别让人生气的地方。每当她对他说话的时候，他就像受了惊吓一样跳起来；要不就是做一些很愚蠢的事情，比如明明知道她从来不吃果酱，却一次次地递给她。连我有时候都忍不住想要数落数落他。

男人们并不理解，有时候他们的言谈举止确实可以惹女人生气，逼女人们不得不恶语相向。

我想有机会我得向波洛先生提提这一点。

现在我们回到了营地，埃莫特先生请波洛去他的房间洗把脸。而我则匆忙穿过院子回到我的房间。

我再走出房间的时候，他们正好也出来，我们一起朝餐厅走去。这时，我们看到拉维尼神父站在他的房门口，招呼波洛进去。

埃莫特先生继续和我一起进了餐厅。约翰逊小姐和莫卡多太太已经到了，没过一会儿，莫卡多先生、莱特尔先生和比尔·科尔曼也来了。

我们刚刚坐好，莫卡多吩咐阿拉伯男仆去告诉拉维尼神父午餐已经准备好了。就在这时，我们都听到了一声微弱、沉闷的叫声，令所有人都吃了一惊。

我猜大家的精神应该都还没有恢复到正常状态，因为我们全都跳了起来。约翰逊小姐脸色煞白地说道："什么声音？出什么事了？"

莫卡多太太瞪着她说："亲爱的，你怎么啦？那应该就是外面田地里传来的声音啊。"

话音未落，波洛和拉维尼神父走进来了。

"我们以为有谁受伤了。"约翰逊小姐说。

"万分抱歉，小姐，"波洛叫道，"都是我的错。拉维尼神父给我讲解了一些碑文，我想看得清楚一些，就拿了一块去窗户边，结果呢，好嘛，我没注意脚底下，蹬到了脚指头，当时疼得太厉害了,我就叫了一声。"

"我们还以为又发生了一起谋杀案呢。"莫卡多太太边笑边说。

"玛丽!"她丈夫叫道。

他的语气中充满责备,她咬着嘴唇,脸涨得通红。

约翰逊小姐连忙把话题转到挖掘工作以及当天上午的有趣发现上。结果整个午饭时间,谈话都被严格限制在了考古学范畴里。

我想我们都觉得那才是最安全的话题。

喝完咖啡以后我们来到了客厅。接着,除了拉维尼神父之外,男人们又都去了挖掘场。

拉维尼神父带着波洛进了文物室,我也跟着他们一起进去。这时候的我已经相当了解这里摆放的东西了,这让我感到一丝得意,仿佛文物室里都是我个人的财产一样。当拉维尼神父把那个金质水杯拿下来的时候,我听到波洛发出了赞美和愉悦的感叹。

"简直太美了!多好的一件艺术品啊!"

拉维尼神父热切地表示了赞同,然后又不吝热情和学识地给我们指出了它的妙处所在。

"今天这上面没有蜡。"我说。

"蜡?"波洛盯着我问。

"蜡?"拉维尼神父也同样盯着我。

我解释了我的意思。

"啊,我明白了,"拉维尼神父说,"没错,没错,你说的是蜡烛油。"

这样一来,话题就直接转到了那天半夜的不速之客上。两个人似乎忘记了我的存在,直接用法语交谈起来,而我只能撇下他们独自回到客厅。

莫卡多太太在给丈夫补袜子,约翰逊小姐则在看书。这对于她来说很不寻常,因为她看起来总是有很多工作要做。

不一会儿,拉维尼神父和波洛从文物室出来,前者以工作为由告辞,于是波洛就陪着我们坐下来。

"一个非常有趣的人。"他说,然后问我们到目前为止有多少工作需要由拉维尼神父完成。

约翰逊小姐解释说出土的石碑极少,带有题刻的砖或者圆筒印章也仅有为数不多的几个而已。尽管这样,拉维尼神父还是到挖掘场去做了他分内的工作,同时还很快地学会了用阿拉伯语与当地人进行交谈。

接着话题又转到了圆筒印章,约翰逊小姐马上就从柜子里拿出了一张印模,这是用印章在黏土板上滚动拓印下来的。

在我们俯身观看,对这些生气勃勃的图案赞不绝口的时候,我忽然意识到,这一定就是命案发生的当天下午她手头正在做的事情。

我们说话的同时,我注意到波洛的手上正在又捏又揉地把玩着一小块黏土。

"小姐,你会用到很多的黏土吧?"波洛问。

"相当多。今年我们似乎已经用掉了很多,尽管我不知道具体有多少,但看起来存货只剩一半了。"

"这些黏土都存放在哪儿,小姐?"

"在这儿,这个柜子里。"

她把那张印模放回去以后,把放着成筒黏土的架子指给他看,那上面还放着黏合剂、显影剂以及其他一些文具。

波洛俯下身来。

"那这个呢,小姐,这是什么?"

他把手伸到架子后面，从那里拿出来一个奇怪的、皱皱巴巴的东西。

当他把这个东西展平的时候，我们都看出来这是一个面具，上面用黑墨水粗略地勾画出了眼睛和嘴，而整个面具又粗糙地涂上了一层黏土。

"这简直太奇怪了！"约翰逊小姐叫道，"我以前从来没见过这个。它怎么会在那儿？这到底是个什么东西？"

"说到它怎么会在那儿，嗯，如果你要藏什么东西的话，这个地方还是相当不错的。我想直到这个考古季结束，这个柜子都不会被翻开清理吧。而说到这是什么嘛，我认为也不难猜。这就是莱德纳太太描述过的那张脸。也就是那天黄昏时分她看见的，出现在她窗外的那张没有身子的鬼脸。"

莫卡多太太轻轻地发出了一声尖叫。

约翰逊小姐连嘴唇都白了。她咕哝道："这么说那不是她的想象了。这是个恶作剧，一个非常邪恶的恶作剧！但这到底是谁干的？"

"是啊，"莫卡多太太也叫道，"谁会干出如此恶毒的事情啊？"

波洛没打算回答这个问题。他面色阴沉地走进了隔壁房间，回来的时候手里拿着一个空纸盒。他把皱巴巴的面具放进了纸盒里。

"必须让警察看看这个。"他解释道。

"这太可怕了！"约翰逊小姐低声说道，"太可怕了！"

"你是不是觉得每样东西都藏在这里的某个地方？"莫卡多太太尖声叫道，"你是不是觉得可能那件凶器，那根还沾着血的打死她的棍子也……哦！吓死我了，吓死我了……"

约翰逊小姐一把抓住她的肩膀。

"安静一点儿,"她凶巴巴地说道,"莱德纳博士来了,我们不能再刺激他了。"

的确,就在此时汽车开进了院子。莱德纳博士从车上下来,径直穿过院子来到了客厅。他的脸上布满了疲惫的皱纹,看上去比三天前老了一倍。

他平静地说:"葬礼定在明天十一点举行。迪恩少校会在仪式上致悼词。"

莫卡多太太支吾了几句,借机溜出了房间。

莱德纳博士对约翰逊小姐说:"你会来吧,安妮?"

她回答道:"当然了,亲爱的,不用说,我们都会去的。"

她没再说别的,但她的表情一定已经胜过了言语,因为他的神情不再那么阴郁,而是显出了一腔深情和瞬间的轻松。

"亲爱的安妮,"他说,"我亲爱的老朋友,对我来说你就是最好的安慰和最大的帮助。"

他把手搭在她的胳膊上,我看到她的脸慢慢泛起了红晕。她用沙哑的声音轻声说道:"这没什么的。"

但我只是瞥了一眼她的表情就知道,在那一瞬间,安妮·约翰逊是一个非常幸福的女人。

此时,另一个想法在我心头一闪而过。如果照此自然地发展下去,随着他向老朋友寻求同情,也许用不了多久,整件事就会有一个全新而幸福的结局。

并不是说我有多么喜欢当媒人,而且说实话,在葬礼之前考虑这样的事情也很不合时宜。但毕竟这会是个很理想的解决办法。他非常喜欢她,毫无疑问她也全身心地爱他,而且会非常乐意把余生都奉献给他。当然,前提是她能够忍受在一段时间内总是听到他念叨路易丝的完美。不过女人一旦得到她们想要的东西,就会变得特别能容忍了。

接着莱德纳博士和波洛打了招呼,问他调查有没有什么进展。

约翰逊小姐站在莱德纳博士身后,死死地盯着波洛手里的纸盒子,摇了摇头。我意识到她是在请求波洛不要告诉他关于面具的事情。我确信,她觉得他这一天需要承受的东西已经足够多了。

波洛满足了她的愿望。

"先生,这种事情进展是会比较慢的。"他说。

接着,他们又随便聊了几句,波洛就告辞了。

我陪着他一起出来到他的汽车旁。我心里有好多问题想问他,但是不知为什么,当他转过身来看着我的时候,我终究没有问出口。要知道,我通常都会在第一时间问一个外科医生他认为手术是否成功。但这次,我只是乖乖地站在那儿听候吩咐。

让我颇感意外的是,他对我说:"孩子,你自己要小心。"

然后他又补充道:"我也不知道让你留在这儿是否合适。"

"我也得和莱德纳博士谈谈离开的事情了,"我说,"但我想还是等到葬礼之后再说吧。"

他赞同地点点头。

"在这段时间里,"他说,"不要试图去发现更多的事情。你知道,我可不想让你显得很聪明!"接着他又微笑着补充说,"你的任务就是拿好棉签,动手术是我的事情。"

是不是很有意思?他竟然也会这么说。

然后,他又说了一句毫不相干的话:"那个拉维尼神父是个蛮有意思的人。"

"一个修士,却成了个考古学者,这就让我觉得挺奇怪的。"

我说。

"啊,对了,你是个新教徒。而我呢,是个虔诚的天主教徒。我知道一些关于神父和修士的事情。"

他皱了皱眉头,看起来有些犹豫,然后说道:"你要记住,他可是相当聪明的。只要他愿意,他可以把你的底细全部摸清。"

如果他这是在警告我,让我不要和别人说闲话的话,那么我并不需要这样的警告!

他的话惹恼了我,尽管我不打算再问他任何那些先前很想知道的事情,但至少有一件事我不吐不快。

"波洛先生,请原谅我纠正你,"我说,"正确的说法应该是'磕到脚指头',而不是踩到或者蹬到。"

"啊!谢谢你,护士小姐。"

"不客气。只是把词用对了,确实也没什么坏处。"

"我会记住的。"他说。真没想到他这个人居然还能如此谦卑地讲话。

接着他上车走了,我慢慢地往回走,穿过院子,心里带着一大堆疑问。

我想到了莫卡多先生胳膊上的皮下注射痕迹,不知道他用的是哪种毒品。我还想起了那个涂满了黏土的可怕的黄色面具。还有一件很奇怪的事情,就是今天早上波洛和约翰逊小姐在客厅里没有听到我的叫声,而午饭时我们在餐厅里的所有人都很清楚地听到了波洛的声音,要知道,拉维尼神父的房间到餐厅的距离和莱德纳太太的房间到客厅的距离几乎是相同的啊。

有一件事情让我感到高兴,那就是我教会了波洛"医生"一个英语词汇的正确用法!

就算他是一个大侦探,他也得明白自己并不是样样精通!

第二十三章　我尝试通灵

我觉得，那天葬礼的场面是非常感人的。除了我们这些人，所有居住在哈沙尼的英国人都来了，甚至连希拉·莱利也来了。她穿着一身黑色套装，看上去很安静，很克制。我心里希望她正在对说过的那些刻薄话感到一丝丝懊悔。

回到营地以后，我跟着莱德纳博士进了办公室，向他谈起我准备离开的事情。他表现得非常体贴，对我所做的一切表示了感谢（我所做的一切！我觉得我根本就毫无用处），并且还坚持要我接受额外的一周薪水。

我拒绝了，因为我真的觉得我做的那点事情不配接受这份盛情。

"说真的，莱德纳博士，我宁可一分钱薪水都不拿。如果您能付还我的旅费，其他的我可以什么都不要。"

但他就是执意不肯。

"你知道，"我说，"莱德纳博士，我觉得自己不配拿这份报酬。我是说，我……我失败了。她——我的到来并没能救了她的命。"

"现在别再这么想了，护士小姐，"他认真地说道，"毕竟，我不是聘你来当侦探的。我从来没想过我太太会有生命危险。我一直认为那只不过是由于神经质造成的，是她自己逐渐让自己陷入了这样一种奇怪的精神状态。你已经做了所有能做的事情。她喜欢你也信任你。由于有你在这里,我觉得在最后的日子里她是觉得很快乐、很安全的。所以你用不着有任何的自责。"

他的声音有些颤抖,我知道他正在想什么。因为没太把莱德纳太太的恐惧当回事儿,造成了悲剧的发生,他才是那个应该受到责备的人。

"莱德纳博士,"我好奇地问,"关于那些匿名信,您得出什么结论了吗?"

他叹了口气说道:"我也不知道该相信什么。波洛先生得出什么确定的结论了吗?"

"到昨天的时候还没有。"我说。我自认为这种介于虚实之间的说法很巧妙。毕竟,在我告诉他关于约翰逊小姐的事情之前,他确实没得出什么结论。

我心里想着要给莱德纳博士一点暗示,看看他作何反应。昨天看到他和约翰逊小姐在一起的样子,以及他对她的感情和信赖,让我非常高兴,结果竟把匿名信的事忘了个一干二净。即使现在提起这件事,也会显得我有些残忍。就算真是她写的,莱德纳太太死后她也难受好一阵子了。不过我还是想看看莱德纳博士是否曾经想到过这种可能性。

"匿名信多数时候是出自女人之手。"我说道,想看看他会怎么理解这句话。

"我想也是,"他说着叹了口气,"但是护士小姐,你似乎忘记了,这些信也有可能就是真的啊。它们实际上可能就是弗雷德里克·博斯纳写的呢。"

"不,我没有忘,"我说,"但不知怎的,我就是不相信这是真正的解释。"

"我却相信。"他说,"关于凶手是我们考古队成员之一的说法简直是胡扯。那只不过是波洛先生一个别出心裁的推论罢了。我相信事实真相要简单得多。当然,凶手就是个疯子。他一直都这附近游荡,也许化了妆,然后在命案发生的下午他不知用什么方法溜了进来。仆人们也许在撒谎,他们也许已经被收买了。"

"我想这也是有可能的。"我将信将疑地说。

莱德纳博士显得有些急躁,他继续说道:"对于波洛先生来说,他可以怀疑我们考古队的成员,这没有问题。但我百分之百确定他们中没有一个人和这件事有一丁点关系!我和他们一起工作,我了解他们!"

他突然停顿了一下,然后又继续说道:"护士小姐,你有过那种经历吗?你刚才说那些匿名信很多都是女人写的?"

"也不都是这样的,"我说,"但确实有些女人会用这种方式来发泄、缓和她们心中的怨恨。"

"我猜你想到的是莫卡多太太吧?"他说。

接着他摇摇头。

"就算她怀有敌意,到了想要伤害路易丝的地步,但对她的情况也缺乏起码的了解啊。"他说。

我想起了小手提箱里早先的那几封信。如果莱德纳太太没有把手提箱锁好,而某一天莫卡多太太恰好一个人在营地里闲逛,那么她可能很容易就会发现并且看过这些信。男人们似乎总是想不到最简单的可能性!

"那么除了她之外就只剩约翰逊小姐了。"我瞧着他说。

"这简直太荒唐了!"

他说这话时脸上的笑容显得非常肯定,也就是说,他从来没有想过可能是约翰逊小姐写的那些信!我犹豫了一下,但什么都没说。我并不愿意泄露女同胞的秘密，况且，我也亲眼见到了约翰逊小姐真诚而令人同情的懊悔之意。过去的事情都过去了，还有什么理由要往莱德纳博士的伤口上撒盐呢？

一切计划妥当，我准备在第二天离开营地。莱利医生安排我去和医院的护士长一起住一两天，这样可以方便我同时安排坐汽车和火车回英国的事宜，要么经过巴格达，要么经过尼西宾。

莱德纳博士非常善意地提出，他希望我能从他太太的遗物中挑选一件作为纪念品。

"哦，不，真的不用了，莱德纳博士。"我说，"我不能接受，您对我实在是太好了。"

他仍然坚持。

"但我还是想送你件东西。而且我相信路易丝如果活着，也会想要这么做的。"

然后他接着建议我把她那套龟甲的梳妆用具带走。

"哦，天哪，不行，莱德纳博士！这套东西太贵重了，我不能要，真的。"

"你知道的，她没有姐妹，没有人需要这些东西，我也没有其他人可以送。"

我能够想象出他有多不愿意让这些东西落入莫卡多太太贪婪的手中，同时我觉得他也不会想要把它们送给约翰逊小姐。

他又亲切地继续说道："你考虑一下吧。顺便说一句，这是路易丝珠宝盒的钥匙，没准儿你能在里面找到你喜欢的东西。如果你能把她的所有衣物都打包收拾好，我会感激不尽的。我猜莱利有本事在哈沙尼那些穷苦的基督徒家庭里让它们派上用场。"

我很高兴能帮他做这件事，所以就欣然应允了。

然后我立刻收拾起来。

莱德纳太太只有一些很简单的衣物，很快这些衣物就被我分类整理好，装进几个衣箱里了。她的所有文件都在那个小手提箱里。珠宝盒里有一些简单的小饰品——一枚珍珠戒指，一个钻石胸针，一小串珍珠，以及一两个带安全别针的普通金条胸针，还有一串大琥珀珠子。

我自然不会拿那些珍珠和钻石，但在琥珀串珠和梳妆用具之间我有些犯难。不过到最后我想，为什么不选后者呢？这本就是出于莱德纳博士的一番好意，而且我确信这里面没有一点恩赐和施舍的意味。我不应该那么死要面子，只要想着是他要送给我的，坦然接受就好了。毕竟，在她生前我是那么喜欢她。

好了，我把所有的事情都做好了。衣箱都装好了，珠宝盒也重新锁好并且单独放好，准备跟莱德纳太太父亲的照片和其他几件个人的零碎物品一起交给莱德纳博士。

我收拾完以后，屋子里的家具和陈设看上去都空空荡荡的，透着几分凄凉。我已经没什么可干的了，但不知为什么，我有点儿不想离开这个房间。似乎还有什么事情需要做，有什么事情我应该看看，或者有什么事情我应该知道。我并不迷信，但那种想法在一瞬间跃入我的脑海，也许莱德纳太太的灵魂仍然在这个房间里徘徊，并且还想试着和我接触。

我想起以前在医院的时候，有一次我们一群女孩弄到了一个占卜板，上面还真的写着一些不同寻常的东西。

尽管我此前从没有想过这样的事情，但也许我真的可以通灵。

就像我所说的那样，有时候人在心绪不宁的时候就会想到各种各样的傻事。我焦躁不安地在屋子里徘徊着，摸摸这儿又摸摸那儿。但是当然，除了空空如也的家具，屋子里什么也没有。没有什么东西掉在抽屉后面或者被藏起来，我也没指望能找到这样的东西。

到最后（说起来很疯狂，但就像我说的，我现在已经心神不定了），我做了一件相当奇怪的事情。

我走过去，躺在床上，然后闭上了眼睛。

我有意努力忘记自己是谁，是干什么的。我试图想象着自己回到了命案发生的那个下午。我就是莱德纳太太，正躺在这里休息，平静而毫不怀疑。

人居然可以让自己心烦意乱到这样的程度，也真是够离奇的了。

其实我完全是一个正常的、讲求实际的人，一点儿也不神神叨叨，但是我要告诉你，我在那儿躺了五分钟以后，开始觉得有点儿怪怪的了。

我并没有试图去抵抗，反倒是有意地让这种感觉滋生下去。

我对自己说："我是莱德纳太太。我是莱德纳太太。我躺在这里，半梦半醒，不久以后——很快——门就要开了。"

我持续不断地念叨着这些话，就好像在给自己催眠一样。

"就在大约一点半的时候……就在这个时间……门就要开了……门就要开了……我会看到是谁走进来了……"

我的眼睛始终盯着门不放，不久门就要开了，我会看着门打开，我会看到那个开门的人。

那天下午，我的神经一定是有点儿过于紧张了，以至于我居然想象可以用这种方法解决这道谜题。

但我是真的相信。一股寒气顺着我的后背向下一直到了腿上，我的腿却浑然不觉——它们已经麻痹了。

"你即将进入恍惚的状态，"我说，"在这种恍惚状态下你将看到……"

然后我又开始一遍一遍地单调地重复着:"门就要开了……门就要开了……"

那种又寒冷又麻木的感觉越来越强烈。

就在这时,慢慢地,我看到门开始一点一点地打开了。

实在太可怕了。

那一刻我所体会到的恐怖简直是空前绝后。

我麻木了,不住地颤抖,一动都不能动,就算要了我的命我也一点儿都动不了。

我吓坏了。浑身难受极了,什么也看不见,什么也说不出来。

那扇慢慢打开的门。

悄无声息。

马上我就能够看见……

慢慢地——慢慢地——越开越大。

比尔·科尔曼悄悄地走了进来。

他一定是吓了一大跳!

我害怕地尖叫着从床上一跃而起,蹿到了屋子的另一边。

他站在那里,呆若木鸡,原本粉扑扑的圆脸变得通红,惊讶得张大了嘴。

"哎呀,哎呀,哎呀,"他说,"出什么事了,护士小姐?"

我只感觉轰的一下就被拉回到了现实当中。

"天哪,科尔曼先生,"我说,"你吓死我了!"

"抱歉啊。"他咧嘴一笑说道。

接着我发现他手里拿着一小束鲜红的毛茛花。那是一种漂亮的小花,在遗址的四周遍地都是。莱德纳太太生前非常喜欢这种花。

他有些难为情,说话的时候脸涨得更红了。"在哈沙尼买不到鲜花之类的东西，可坟墓里要是连朵花都没有就太差劲了。我想着我只进来一下，拿一小束花来插到那个小瓶子里，她以前桌上的小瓶子里总是要插些花的。也算是表示我们没有忘记她，对吧？我知道这看起来有点傻，不过，呃，我就是这个意思。"

我想他真是个好人。他窘得满脸通红的样子就像很多英国男人感情用事以后一样。我觉得这是个特别贴心的想法。

"啊，不，科尔曼先生，我认为这是个特别好的想法。"我说。

我拿起那个小瓶子，去接了点儿水，然后我们一起把花插了进去。

科尔曼先生的这个举动让我对他肃然起敬。他向我展现了他拥有的那颗慈悲之心。

他没有再问我为什么会发出那样的尖叫，这一点让我不胜感激。我想如果让我解释通灵的事情，实在是显得很愚蠢。

"你啊，你啊，以后可得记住按常理出牌啦，"我边整理袖子、弄平工作服，边对自己说道，"你根本就不是那块能通灵的料。"

这一天剩下的时间我让自己忙于收拾行囊，也无暇再顾及其他的事情。

拉维尼神父很诚挚地向我表示，我的离开令他感到非常难过。他说我的乐观开朗和与生俱来的判断力对每个人都有很大的帮助。哦，我的判断力！谢天谢地，他不知道我在莱德纳太太房间里干的傻事。

"我们今天还没有看到波洛先生。"他随口说道。

我告诉他波洛说过今天他一整天都要忙于发电报。

拉维尼神父的眉毛一扬。

"发电报？往美国？"

"我估计是。他说：'发往世界各地！'但我觉得那只是外国人的夸张说法罢了。"

话一出口我就脸红了，因为我想起拉维尼神父也是个外国人。

但他似乎并没有见怪，只是非常和蔼地笑了笑，然后问我有没有关于那个斗鸡眼男人的新消息。

我说我不知道，也没听别人谈起过。

拉维尼神父接着问我，莱德纳太太和我是什么时候注意到那个男人的，而那个男人又是如何踮着脚往窗户里偷窥的。

"看起来很明显，这个男人特别关注莱德纳太太。"他若有所思地说道，"后来我就在想，这个男人没准儿是个欧洲人，故意装扮得像个伊拉克人的样子？"

对我来说，这倒是个全新的想法。我仔细地思索了一下。我想当然地认定这个男人是本地人，但现在回想起来，那也只是因为他的衣服样式和黄皮肤而已。

拉维尼神父表示要到营地外面四处转转，尤其想到莱德纳太太和我发现那个男人站着的地方去看看。

"谁也不敢保证他会不会掉下什么东西在那儿。侦探小说里的罪犯总是这样的。"

"我觉得现实生活中的罪犯会小心谨慎得多。"我说。

我拿上一些刚补好的袜子，把它们放在客厅的桌子上，好让男士们进来的时候各挑各的。然后，似乎也没什么更多的事情可做了，于是我来到屋顶上。

约翰逊小姐正站在那儿，但她没有听见我上来。直到我快走到她跟前她才注意到我。

但实际上，我早就看出有什么事情特别不对劲儿了。

她站在屋顶的中央，眼睛直勾勾地盯着前方，脸上的表情极其可怕。就好像她刚刚看见了什么难以置信的事情似的。

这副模样吓了我一大跳。

要知道，那天晚上我已经见过她难过的样子了，但这次的情形截然不同。

"亲爱的，"我说着话急忙跑过去，"到底出什么事了？"

她听到我的话，转过头来，站在那儿看着我，但仿佛什么都没看见一样。

"到底怎么了？"我追问道。

她露出了一种奇怪的痛苦表情，就好像想使劲咽下什么东西而嗓子又太干一样。她用嘶哑的声音说道："我刚刚看到了。"

"你看到什么了？告诉我，究竟是什么？你看起来已经筋疲力尽了。"

她努力让自己定了定神，但她的样子依然显得很疲惫。

她仍然用那种可怕的声音说话，就像被什么东西噎着了一样。"我看出来一个人可以怎样从外面进来了，不会有人猜到的。"

我顺着她眼神的方向看过去，但什么也没看到。

莱特尔先生正站在摄影室的门口，而拉维尼神父正穿过院子，除此之外什么也没有。

我困惑地转回头，发现她正用古怪至极的眼神盯着我的眼睛。

"说真的，"我说，"我没明白你的意思，你能给我解释一下吗？"

但她摇了摇头。

"现在不行。晚一点儿再说。我们早就应该看出来的，哦，我们早就应该明白的！"

"你只要告诉我——"

但她依然摇着头。

"我要先彻底地想一想。"

说完她从我身旁挤过去,跌跌撞撞地下了楼梯。

我没有跟上去,因为显然她不想让我陪着她。我在护墙上坐下来,开始苦苦地思索她话里的意思,但还是一头雾水。只有一条路可以进入院子里,就是经过大拱门。就在拱门外面,我可以看到那个送水的人和他的马,印度厨子正在和他说话。没有人可以从他们身边走过,进入院子而不被他们发现。

我茫然地摇摇头,又走下了楼梯。

第二十四章 谋杀是一种习惯

那天晚上，我们全都早早地上床休息了。晚饭的时候约翰逊小姐露面了，她的举止和平时并没有太大的不同，只是表情显得有些失魂落魄，还有一两次其他人和她说话的时候她显得心不在焉。

不知为什么，这并不是一顿让人吃得很舒服的晚餐。我猜你可能会说，在一栋当天刚刚举行过葬礼的房子里这很正常，但我明白自己指的是什么。

近来，我们的饭桌上总是显得很安静，也很压抑，不过还是可以感觉出那种同伴之间的情谊。大家都对仍沉浸在悲痛之中的莱德纳博士表示了同情，同时也产生了一种同舟共济的感觉。

但是今天的晚餐却让我不由得想起了第一次在这里用茶点时的情景，那时候莫卡多太太一直盯着我不放，那种奇怪的氛围让人觉得似乎有什么事情随时可能发生。

而那次我们围坐在餐厅的桌子旁，听坐在桌首的波洛——问话的时候我也有过同样的感觉，只是比第一次要强烈得多。

今晚，这种感觉尤其强烈。每个人似乎都烦躁不安，胆战心惊，如坐针毡。我敢担保，如果谁把什么东西掉在地上，肯定会有人尖叫出来的。

如我所言，后来我们早早就各自回房了。我几乎是立刻就上了床。我睡着之前听到的最后的声音是莫卡多太太在我的房门外向约翰逊小姐道晚安。

我马上就入睡了。忙忙碌碌了一天，再加上在莱德纳太太房间里干的那件傻事，让我疲惫不堪。我睡得很沉，连梦都没有做，就这样过了几个小时。

我是被突然惊醒的，醒来的时候有一种大祸临头的感觉。吵醒我的是一种声音，当我坐在床上仔细听的时候，又听到了那个声音。

那是一种可怕的、极度痛苦的、窒息般的呻吟声。

我点着了蜡烛，转眼间就下了床。为防万一蜡烛熄灭，我又顺手抓过一支手电筒。我来到门外，站在那里侧耳倾听。我知道那声音离我并不遥远。当它再次传来的时候，我听出就在我的隔壁，那是约翰逊小姐的房间。

我赶快跑了进去。约翰逊小姐躺在床上，整个身体因为极度的痛苦而扭成一团。当我放下蜡烛俯身去看她时，她的嘴唇翕动着，试图说什么，但也只能发出极其沙哑的低语声。我看见她嘴角和下颏的皮肤已经被烧成了一种灰白色。

她的眼神从我身上转到了地上的一个玻璃杯上，很显然那是从她手里掉下去的。杯子周围的浅色地毯已经被染成了鲜红色。我捡起杯子，用手指摸了摸里面，不由得尖叫一声，赶忙把手缩回来。然后我迅速地检查了这个可怜女人的嘴。

事情一目了然。不知出于什么原因，也不知是有意还是无意，她喝下了一些腐蚀性的酸，我猜不是草酸就是盐酸。

我跑出去叫醒了莱德纳博士，而他又叫醒了其他人，我们对她做了所有我们能做的事，但从始至终我都有一种可怕的预感，我觉得这些都是徒劳的。我们给她灌下了高浓度的碳酸钠溶液，接着又给她灌了橄榄油。为了缓解疼痛，我还给她皮下注射了一针硫酸吗啡。

大卫·埃莫特去哈沙尼请莱利医生，但在医生到这儿之前一切就已经结束了。

关于那些细节我不愿再赘述。喝浓盐酸（这点在事后得到了证实）中毒而死恐怕是最痛苦的死法之一。

就在我俯身给她打吗啡的时候，她曾经竭尽全力地想对我说话。但我听到的还是那种可怕的即将窒息前的耳语声。

"那扇窗户……"她说道，"护士小姐……那扇窗户……"

但这就是全部了，她无法再说下去。她彻底不行了。

我永远都忘不了那天晚上。莱利医生来了，梅特兰上尉来了，最后在破晓时分，赫尔克里·波洛也来了。

正是他很轻柔地扶着我的胳膊，把我带到餐厅里坐好，然后给我沏了一杯上好的浓茶。

"好了，我的孩子，"他说道，"这样就好多了。你已经不堪重负了。"

听了他的话，我失声痛哭起来。

"这太恐怖了，"我啜泣着说，"就像一场噩梦。她死得太痛苦了。还有她那双眼睛……哦，波洛先生，她的眼睛……"

他轻轻拍着我的肩膀，就算一个女人也不会比他更温柔体贴了。

"是的，是的，别再去想它了，你已经尽力了。"

"是一种腐蚀性的酸。"

"是浓盐酸。"

"是他们用来清洗陶罐的那种？"

"没错。约翰逊小姐很可能是在还没睡醒的恍惚之间喝下去的。当然，除非她是故意喝的。"

"哦，波洛先生，这个想法太可怕了！"

"但毕竟也是一种可能。你有什么想法？"

我思索了片刻，毅然决然地摇摇头。

"我不相信。不，我绝不相信是这样。"我犹豫了一下，又接着说道，"我认为她昨天下午发现了一些事情。"

"你说什么？她发现了一些事情？"

我向他讲述了我们之间那次奇怪的谈话。

波洛轻轻地低声吹了个口哨。

"可怜的女人！"他说，"她说她要彻底地想一想，是吗？她就是因为这个送了命。其实她只要马上说出来就好了。"

他说："再告诉我一遍她的原话。"

我又重复了一遍。

"她看出一个人可以如何从外面进来而不被你们发现？来吧，护士小姐，我们到屋顶上去，你来告诉我她当时站在哪儿。"

我们一起来到屋顶上，我给波洛指明了约翰逊小姐当时所站的确切位置。

"就像这样吗？"波洛说，"现在我能看见什么呢？我看见了半个院子、拱门，还有绘图室、摄影室和实验室的门。当时有谁在院子里吗？"

"拉维尼神父当时正往拱门那儿走，而莱特尔先生站在摄影室门口。"

"可我还是一点儿都看不出来，一个人怎么能够在不被你们任何人发现的情况下进来……但是她看出来了……"

他最终还是放弃地摇了摇头。

"真见鬼！她到底看见什么了？"

此时太阳正在冉冉升起。东方的天空中，玫瑰红色、橘黄色、灰白色和珍珠色构成了一幅五彩缤纷的美丽画面。

"多美的日出啊！"波洛轻轻地说。

河水向我们的左边蜿蜒流去，遗址矗立在那里，被勾勒出一道金色的轮廓。在更南面是鲜花盛开的果树林和宁静的耕地。水车在远处嘎吱作响，那是一种微弱的远离尘世的声音。北面则是那些细长的尖塔和如仙境一般洁白的哈沙尼。

这样的景色真是美得不可思议。

就在这时，在我身边，我听到波洛长叹了一口气。

"我真是太傻了，"他咕哝道，"事实已经很清楚了——很清楚了。"

第二十五章　自杀还是谋杀？

我还来不及问波洛他说的话是什么意思，梅特兰上尉就在下面喊我们下去了。

我们赶快下了楼梯。

"波洛先生，你看，"他说，"又出乱子了。那个修士不见了。"

"拉维尼神父吗？"

"没错，直到刚才才有人注意到。然后就有人想起他是这群人里唯一没露面的。我们去了他的房间，他的床没人睡过，到处也都没有他的踪迹。"

整件事情就像是一场噩梦。先是约翰逊小姐的死，现在又是拉维尼神父的失踪。

仆人们被叫来问话，但是对于这件神秘的事他们也帮不上什么忙。最后一次有人看见神父是在昨晚八点钟左右。那时他说他要在上床睡觉之前出去散散步。

他这一走就没有人再见他回来。

大门像往常一样在九点钟的时候关好并闩上，但没有人记得在早上打开过。那两个男仆都以为是对方开的门。

拉维尼神父头一天晚上回来过吗？难道说他在早先散步的时候发现了什么可疑的东西，后来晚上又出去调查，然后不幸成了第三个受害者吗?

梅特兰上尉猛一转身,正看见莱利医生和莫卡多先生来到他身后。

"你好,莱利,发现什么了吗?"

"是的,东西是从这儿的实验室拿的。我刚才在和莫卡多一起检查药品的数量。那是实验室里的盐酸。"

"啊,实验室?实验室锁门了吗?"

莫卡多先生摇摇头。他的手在颤抖,脸在抽搐,样子看起来糟糕极了。

"从来都不锁的,"他结结巴巴地说道,"你看——刚刚——我们还一直在用。我——没人会想到——"

"那里晚上锁门吗?"

"锁,所有的房间都锁。钥匙就挂在客厅里。"

"所以任何人只要拿到了钥匙,也就可以拿到盐酸了。"

"是的。"

"我猜那是一把很普通的钥匙吧?"

"哦,是的。"

"没有什么证据表明是她自己从实验室拿的吗?"梅特兰上尉问道。

"她没拿。"我大声且肯定地说。

我感觉有人警告地碰了碰我的胳膊,原来是站在我身后的波洛。

这时发生了一件很糟糕的事情。

倒不是说这件事本身有多糟,只是由于它发生得实在不是时候,才显得就像是雪上加霜一样。

一辆汽车开进了院子,一个小个子男人从车上跳了下来。他戴着一顶硬质太阳帽,穿一件厚的防水短上衣。

他径直走向站在莱利医生身边的莱德纳博士,热情地和他握起手来。

"原来你在这儿啊,老兄,"他叫道,"见到你真高兴。星期六下午我去福吉玛找那些意大利人的时候路过这里。我去了趟挖掘场,唉,结果那儿连一个欧洲人的影子都没有。我又不会说阿拉伯话。我没时间到你的营地这儿来。今天早上我五点就离开福吉玛了,赶了两个小时的路来见你,然后我还得去赶上我的车队。啊,你们这季的工作怎么样啊?"

这真是要多糟有多糟。

那兴高采烈的声音,就事论事的态度,以及所有寻常世界中本来令人愉悦的理性,此时都已经被我们抛到了九霄云外。而他就这样满怀着热情,兴致勃勃地闯了进来,什么都不知道,也什么都没有注意到。

也难怪莱德纳博士一时语塞,只是叹了口气,默然地看着莱利医生求助。

还是医生出来收拾这个局面了。

他把这个小个子男人(后来我听说他是个法国考古学家,名叫维利耶,在希腊群岛进行挖掘工作)拉到一边,向他解释了发生的事情。

维利耶吓了一跳。他本人过去几天一直待在一个很偏僻的意大利人的挖掘场,因此什么也没有听说。

他一个劲儿地表示慰问和歉意,最后他走到莱德纳博士跟前,亲切地握住他的双手。

"真是个悲剧啊!老天爷,真是个悲剧!我不知道该说什么了。我可怜的老伙计啊。"

他也知道，此刻无论怎样都难以表达他的心情，所以最终只是摇了摇头，爬上他的车子，告辞而去。

就像我所说的，在这起悲剧中有这样一段滑稽的小插曲，反倒显得比其他任何事情都更令人毛骨悚然。

"下一件事情，"莱利医生坚决地说道，"是吃早餐。没错，我坚决主张。来吧莱德纳，你必须吃点儿东西。"

可怜的莱德纳博士几乎被彻底打垮了。他跟着我们一起来到餐厅，吃了一顿气氛沉重的早餐。我认为热咖啡和荷包蛋对我们所有人都有好处，但实际上没人真的想吃。莱德纳博士喝了些咖啡，然后坐在那里玩他手里的面包。他的脸色灰白，因为痛苦和迷惘而显得很憔悴。

早餐以后，梅特兰上尉开始着手调查了。

我向他说明了我是如何醒来，听到奇怪的声音，然后跑进约翰逊小姐的房间的。

"你说有一个玻璃杯掉在地上？"

"是的。肯定是她喝完以后掉在那儿的。"

"杯子打碎了吗？"

"没有，它掉在地毯上了。顺便说一句，我恐怕盐酸把地毯烧坏了。我把玻璃杯捡起来放回桌子上了。"

"我很高兴你告诉我们这个细节。杯子上一共有两组指纹，一组确定是约翰逊小姐本人的，另一组看来一定是你的。"

他沉默了片刻，然后说道："请继续说下去。"

我仔细描述了我都做了哪些事，以及我尝试的各种急救方法，同时眼巴巴地看着莱利医生，希望能够得到他的肯定。他点了点头。

"你已经尝试了所有可能有用的办法。"他说。尽管我也很确信自己尽了最大的努力,但能够得到他的确认还是让我如释重负。

"你当时确切地知道她喝了什么吗?"梅特兰上尉问。

"不能确定,但是当然,我能看出那是一种腐蚀性的酸。"

梅特兰上尉严肃地问道:"护士小姐,你认为约翰逊小姐是有意把那些东西喝下去的吗?"

"哦,不,"我大声说道,"我从没有这样认为过!"

我不知道我为什么能如此确定。我想在一定程度上是因为波洛先生给我的暗示吧。他所说的"谋杀是一种习惯"深深地印在我的脑海里。而且你也不会轻易相信任何人会采取如此痛苦的方式自杀。

我把这个想法说了出来,梅特兰上尉沉思着点点头。"我同意,这不是一般人会选择的方法。"他说,"但是如果一个人处在极度的痛苦之中,同时这种药又很容易拿到,那么她也许就会这么做。"

"她的心情真的处于极度的痛苦之中吗?"我表示怀疑地问道。

"莫卡多太太是这么说的。她说约翰逊小姐在昨天晚饭的时候表现得很反常,几乎谁跟她说话她都没反应。莫卡多太太因此确信约翰逊小姐因为什么事情而处于极度的痛苦之中,而自杀的念头在那时就已经产生了。"

"哦,可是我一点儿都不相信。"我坦率地说。

这个莫卡多太太!这个令人讨厌的、鬼鬼祟祟的、阴险的女人!

"那么你是怎么认为的呢?"

"我觉得她是被人谋杀的。"我直言相告。

他马上就尖锐地提出了下一个问题,让我感觉就好像在军队的办公室里一样。

"有什么理由吗？"

"在我看来这毫无疑问是最有可能的解释。"

"那只是你的个人意见。你找不出任何理由证明这位女士应该被谋杀吗？"

"抱歉，"我说，"我有一个理由，那就是她发现了一件事情。"

"发现了一件事情？她发现什么了？"

我一字不差地向他复述了我们在屋顶上的谈话。

"她拒绝告诉你她究竟发现了什么，是吗？"

"是的，她说她必须花一些时间彻底想一想。"

"但是她因为这个发现而变得很激动，是吗？"

"对。"

"一种从外面进来的方法。"梅特兰上尉苦苦地思考着，眉毛都拧到了一起，"你一点儿都不知道她指的是什么吗？"

"一丁点儿都不知道。我想来想去，却连一点儿头绪都摸不着。"

梅特兰上尉说："波洛先生，你有什么想法吗？"

波洛说："我觉得这是一个可能的动机。"

"谋杀的动机？"

"谋杀的动机。"

梅特兰上尉蹙起了眉头。

"她临死之前已经不能说话了吗？"

"是的，她只是勉强地说了四个字。"

"哪四个字？"

"那扇窗户……"

"那扇窗户？"梅特兰上尉重复道，"你知道她指的是哪扇窗户吗?"

我摇摇头。

"她的房间里一共有几扇窗户?"

"只有一扇。"

"开向院子的?"

"没错。"

"窗户是开着的还是关着的?是开着的,我似乎想起来了。但也许是你们中的某个人打开的?"

"不,那扇窗户一直开着。我不知道——"

我停顿下来。

"说下去,护士小姐。"

"当然,我检查了那扇窗户,但没发现有什么反常的地方。我不知道,也许有人从开着的窗户调换了杯子?"

"调换了杯子?"

"是的,你知道,约翰逊小姐上床睡觉的时候总是会带一杯水。我想那个杯子一定是被掉了包,换成一杯酸放在了原处。"

"莱利,你有什么看法?"

"如果这是一起谋杀,那么凶手很可能就是这么干的。"莱利医生毫不迟疑地说,"只要头脑处在清醒状态,没有哪个稍微有点儿警惕性的正常人会把一杯酸当成水喝下去。但是如果习惯了在半夜里起来喝杯水的话,这个人可能很自然伸手到老地方去找杯子,然后在迷迷糊糊还没意识到怎么回事儿的时候,就喝下足以致命的量了。"

梅特兰上尉沉思了片刻。

"我得再去看看那扇窗子。那儿到底离床头有多远?"

我想了想。

"要是使劲儿伸手够的话,刚刚能够着床头旁边的桌子。"

"就是放那杯水的桌子吗?"

"是的。"

"门上锁了吗?"

"没有。"

"那也就是说,无论是谁都可以从门进去,把杯子换掉?"

"哦,没错。"

"那样的话风险更大。"莱利医生说,"一个睡得很熟的人也常常会被脚步声吵醒。但是如果能从窗户那里够到桌子,那就安全多了。"

"我考虑的不只是那个杯子。"梅特兰上尉心不在焉地说。

然后他突然回过神来,又对我说道:"那你觉得这个可怜的女人在濒死之际急于让你知道的,就是有人通过开着的窗户把水换成了酸吗?但她要是说出这个人的名字,对我们来说不是更有用吗?"

"她也有可能不知道是谁。"我向他指明这一点。

"那么如果她想方设法提示你她昨天到底发现了什么,是不是也更有意义一些呢?"

莱利医生说:"梅特兰,人在将死的时候,往往已经失去判断轻重缓急的能力了。也许某一个事实会牢牢占据着你的脑海。那个时候占据她脑海的最主要的事实,就是凶手的手从窗户里伸了进来。可能对她来说,最重要的莫过于让别人知道这件事。我认为她也并没有错到哪儿去,因为这的确很重要!她也许一下子想到你们可能会认为她是自杀。如果她能够很自如地讲话,她可能就会说:'我不是自杀,我不是自己有意喝下去的,肯定是有人通过窗户把它放在了我的床头。'"

梅特兰上尉用手指敲着桌子，有那么一小会儿没吭声。然后他又开口说道："这件事无疑是有两种可能的，不是自杀就是谋杀。莱德纳博士，你觉得是哪种？"

莱德纳博士沉默了片刻，然后平静而果断地说道："谋杀。安妮·约翰逊不是那种会自杀的女人。"

"没错，"梅特兰上尉也承认，"正常情况下是不会的。但是在某些特殊情况下，自杀也许就是很自然的选择了。"

"比如？"

梅特兰上尉弯下腰拿起一包东西，我先前就注意到他把它放在了椅子旁边。他费了些力气才把那包东西放到了桌子上。

"这儿有一件你们没人知道的东西，"他说，"我们是在她床底下发现的。"

他笨手笨脚地解开外面的绳结，打开包裹，又把它扔回桌上。摆在我们眼前的，是一个又大又沉的手磨。

这个东西本身并不新鲜，在这次挖掘的过程中我们已经找到十几个了。这个手磨真正引起我们注意的地方是上面有一处深色、晦暗的污渍，以及一些看起来像是头发的东西。

"莱利，这就是你的任务了，"梅特兰上尉说，"不过我觉得没有太多疑问，莱德纳太太应该就是被这个东西打死的！"

第二十六章　下一个就是我！

这情景相当令人震惊。莱德纳博士看上去像是马上就要晕倒的样子，而我也觉得有点儿不舒服。

莱利医生倒是带着一股职业的热情准备检查那个东西。

"没有指纹吧，我猜？"他提出疑问。

"没有指纹。"

莱利医生拿出了一把镊子，小心翼翼地检查起来。

"嗯，一块人体的组织，还有毛发，金色的毛发。这只是非正式的意见。当然，我必须做一个正式的检验，查查血型之类的，但是应该没有太多的疑问。这是从约翰逊小姐的床下找到的？啊，好啊，这可是个不得了的发现啊。是她实施了谋杀，然后呢，上帝保佑她吧，她悔恨交加，最后就结束了自己的生命。这也是一种理论，一个挺聪明的理论。"

莱德纳博士只能无助地摇着头。

"不会是安妮——不会是安妮的。"他喃喃自语道。

"我不知道她起初把它藏在哪儿了，"梅特兰上尉说，"发生第一起命案以后每个房间都被搜查过。"

我忽然灵机一动，想道："在那个文具柜里吧。"但我并未说出口。

"不管它原来藏在哪儿，反正她对藏东西的地方不满意了，于是就把它拿到了自己房间里,而那个时候她的房间和其他房间一样都已经被搜查过了。或者也可能她是在决定自杀以后才这么干的。"

"我不相信。"我大声说道。

不知为什么,我没法相信是那个亲切善良的约翰逊小姐打烂了莱德纳太太的脑袋。我就是不相信事情真的会是这样!可话说回来,这和某些事情确实是吻合的,比如那天晚上她突然爆发的那一阵哭泣。毕竟,当时我自己也想到过"懊悔"这个词,但我以为她的懊悔只是对于平时那些微不足道的小事罢了。

"我不知道应该相信什么。"梅特兰上尉说,"还有那个法国神父的失踪问题也得解决。我手下的人已经四处去找了,就怕他也是被人敲碎了脑袋之后,把尸首顺便扔到旁边的灌渠里面去了。"

"啊!我现在想起来了——"我开口说道。

大家带着询问的目光齐刷刷地看着我。

"那是在昨天下午,"我说,"他反复地盘问我关于那天那个往窗户里看的斗鸡眼男人的事情。他特别问到那个人当时站在小路上的什么位置,然后他说要出去到周围查看一番。他说在侦探小说里,凶手经常会遗留下一些容易被发现的线索。"

"要是我的那些罪犯都能这样就好了。"梅特兰上尉说,"也就是说他是出去查这个去了,对吗?啊,我想知道他到底找到什么了。要是他和约翰逊小姐几乎在同一时间发现了关于谁是凶手的线索的话,那还真是巧了。"

他又很不耐烦地补充道:"斗鸡眼的男人?斗鸡眼的男人?已经有很多关于这个斗鸡眼男人的传言了,但有谁见过他?我不知道究竟为什么我的手下就是抓不着这个人呢?"

"也许他根本就不是斗鸡眼。"波洛平静地说。

"你是说他是装的？我还真不知道斗鸡眼居然也能装出来。"

波洛只是回了一句："斗鸡眼没准儿还挺有用处呢。"

"有用个屁！我就想知道这个人现在到底在哪儿，管他是不是斗鸡眼！"

"我猜，"波洛说，"他已经越过叙利亚边境了。"

"事实上，我们已经向考切克遗址和阿布凯莫尔，包括所有的边防站都发出警报了。"

"我认为他会选择穿越山区的那条路线逃跑，也就是走私的货车有时候会选的那条路。"

梅特兰上尉嘟囔着说："那我们是不是最好发电报给代尔祖尔①？"

"我昨天已经发过了，警告他们要留心一辆汽车，车上有两个男人带着完全无可挑剔的护照。"

梅特兰上尉十分赞赏地盯着他。

"你发了，是吗？两个男人，嗯？"

波洛点点头。

"有两个男人。"

"你让我太吃惊了，波洛先生，看起来你是留了好几手啊。"

波洛摇了摇头。"不，并非如此。今天早上我在看日出的时候才弄清了真相。这是一次非常美丽的日出。"

我觉得我们都没有注意到莫卡多太太也在屋子里。她一定是在我们都被那个可怕的沾着血迹的大手磨惊呆了的时候悄悄溜进来的。

---

①叙利亚东北部城市，位丁幼发拉底河河畔。

但是现在,在没有任何征兆的情况下,她突然发出了一声杀猪般的号叫。

"哦,我的上帝啊!"她叫道,"我全明白了,我现在全都明白了。是拉维尼神父干的。他疯了,他是个宗教狂。他认为女人都是邪恶的,他要把她们都杀死。先是莱德纳太太,然后是约翰逊小姐,下一个就是我了……"

她疯狂地叫喊着穿过房间,一把抓住了莱利医生的外衣。

"我告诉你们,我不想再待在这儿了!一天都不想了,这儿有危险,这儿到处充满危险。他就藏在什么地方,等待着时机,他会突然钻出来杀了我的!"

她大张着嘴,又开始尖叫起来。

我赶忙跑到莱利医生身边,他正抓着她的两个手腕。我一边扇了她一个耳光,然后在莱利医生的帮助下让她坐在了椅子上。

"没有人要杀你,"我说,"我们会保证的。你现在老老实实坐好,别再折腾了。"

她停止了喊叫,闭上嘴巴,坐在那儿惊魂未定,傻傻地看着我。

接着又有人打断了我们的谈话。门开了,希拉·莱利走了进来。

她面色苍白,一脸严肃,径直走向波洛跟前。

"波洛先生,我早上到邮局去,"她说,"有一封给你的电报,我把它带来了。"

"谢谢你,小姐。"

他从她手里接过电报并打开,她看着他的脸。

那张脸上的表情没有变化。他读完那封电报,把它弄平,再整整齐齐地折好,然后放到衣服口袋里。

莫卡多太太也看着他。她哽咽着说道:"是从——美国来的吗?"

"不是的,夫人,"他说,"是从突尼斯来的。"

她盯着他看了一小会儿,仿佛没听懂似的,然后长长地叹了口气,又靠回椅子上。

"是拉维尼神父,"她说,"我说对了。我总是觉得他有些地方怪怪的。有一次他跟我说了一些事情,我觉得他肯定是疯了……"她顿了一下,接着又说道,"我还是保持安静为妙。不过我必须离开这个地方。约瑟夫和我可以去找一家旅店住下来。"

"再忍耐一下,夫人,"波洛说,"我会解释一切的。"

梅特兰上尉好奇地看着他。

"你觉得你已经彻底搞清楚这件事了吗?"他问道。

波洛深鞠一躬。

这一躬鞠得极其夸张,我觉得有点儿惹恼了梅特兰上尉。

"好啊,"他咆哮道,"那就有话直说吧,老兄。"

但这可不是赫尔克里·波洛的行事方式。我觉得他分明是准备小题大做一番。我纳闷他是不是真的已经知道了真相,还是说他只是在这里虚张声势。

他转向莱利医生。

"莱利医生,可否麻烦你把其他人都召集起来呢?"

莱利医生很殷勤地站起身走了出去。不一会儿,考古队的其他成员鱼贯而入。先是莱特尔和埃莫特,后面跟着比尔·科尔曼,然后是理查德·凯里,最后是莫卡多先生。

可怜的莫卡多先生,他看起来就像死人似的。我猜他吓得要命,就像是担心因为粗心大意地把危险化学药品乱放而要受到严厉责骂一样。

所有人都围着桌子坐好，很像是波洛先生刚到这里的那天。比尔·科尔曼和大卫·埃莫特在坐下之前都犹豫了一下，一起向希拉·莱利那边瞧了瞧。她背对着他们，正站在窗前向外张望。

"希拉，要椅子吗？"比尔说。

大卫·埃莫特用他低沉而悦耳的声音慢条斯理地说道："你不坐下吗？"

她转过身来，站在那儿看了看两个人。那两个人各自指着一把椅子并且推过去。我不知道她会选谁的。

最终她谁的也没选。

"我就坐在这儿。"她简短生硬地说，接着就一屁股坐在很靠近窗户的桌子边上了。

"我是说，"她补充道，"如果梅特兰上尉不介意我留在这儿的话。"

我并不确定梅特兰上尉会说什么。但波洛抢先开口了。

"小姐，你一定得留下，"他说，"事实上，你很有必要留下来。"

她的眉毛一挑。

"有必要？"

"我就是这个意思，小姐。因为有几个问题我不得不问你。"

她的眉毛又扬了扬，但没再多说话。她把脸转向窗户，仿佛决心无视身后屋子里面发生的一切似的。

"那么现在，"梅特兰上尉说，"我们该知道事情的真相了吧！"

他说话的时候颇不耐烦。他从本质上来说是个实干的人。此时此刻我相信他肯定会因为不能出去做些实际的事情，比如指挥手下寻找拉维尼神父的尸体，或者派人去捉拿他而感到烦躁不堪。

他用近乎厌恶的神情看着波洛。

"如果这家伙真有什么可说的,为什么他还不说?"

我能看出这话已经到他嘴边上了。

波洛用审视的目光把在座的所有人慢慢打量了一遍,然后站起身来。

我不知道自己期待他说出什么来,但肯定会语出惊人的。他就是这样一个人。

但我万万没想到他会以一句阿拉伯语作为开场白。

事实就是如此。不知你是否能明白我的意思,反正他一个字一个字说得缓慢而庄严,让人觉得带着无比的虔诚。

"Bismillahi ar rahman ar lahim。"

然后他把这句话翻译成了英语。

"奉至仁至慈的真主之名。"

第二十七章　旅程开端

"Bismillahi ar rahman ar lahim。这是阿拉伯人在旅途启程之前会说的一句话。那好，我们也将要开始一段旅程，一段回溯过去的旅程；一段探求人类心灵中奇异之地的旅程。"

直到那一刻之前，我都不觉得我感受到了任何所谓的"东方的魅力"。坦率地讲，给我留下深刻印象的是无处不在的肮脏混乱。但是听了波洛先生的话，突然之间，一幅奇异的画卷展现在我眼前。我想起了撒马尔罕[1]和伊斯法罕[2]这样的名字，想起了留着长髯的商人，想起了跪倒的骆驼，还有只靠一根绑在前额的绳子就能背起沉重货物的蹒跚的搬运工人，以及跪在底格里斯河畔洗衣服的妇女——头发染成深橘红色、面上有刺青。我还听到了他们那种古怪的悲鸣般的咏唱和遥远之处水车的低吟。

这些大多是我看过、听过，但从未多想过的东西。但现在，不知为什么，它们看起来截然不同了，就好像你将一块发霉的旧布料拿到光线下面，忽然间发现它呈现出古老刺绣般的丰富色彩一样。

环顾这间我们大家围坐着的屋子，我产生了一种奇怪的感觉。我觉得波洛先生是对的，我们都要开始一段旅程。此时我们

---

[1] 现乌兹别克斯坦第二大城市，中亚历史名城，曾为帖木儿帝国国都。
[2] 伊朗第三大城市，著名的伊朗文化古都。

相聚一处，但很快便将各奔东西。

我又看了看每个人，仿佛是第一次，同时也是最后一次见到他们一样。我知道这话听上去很愚蠢，但确实是我此刻的感觉。

莫卡多先生紧张地捻着手指头，奇怪的浅色眼睛瞳孔大张地看着波洛。莫卡多太太瞧着丈夫。她脸上带着警觉的表情，像一头随时准备跃起来的母老虎一般。莱德纳博士看上去似乎很奇妙地缩小了。这最后的打击使他垮掉了，你几乎可以说他根本就不在这间屋子里，而是在很远很远的某个属于他自己的地方。科尔曼先生直直地盯着波洛。他的嘴微微张开，眼睛突出，看起来呆头呆脑的。埃莫特先生低头看着脚，让我无法看清他的脸。莱特尔先生看上去很困惑，他噘着嘴的样子使他比平时更像一头干净整洁的猪了。莱利小姐牢牢地盯着窗外，我不知道她在想什么或者感觉到了什么。然后我看了看凯里先生，但不知怎么，他的脸让我感到很难过，我只好把目光移开。这就是我们所有的人，都在这里了。然后，很莫名其妙地，我觉得当波洛先生说完之后，我们都将前往一个完全不同的地方……

这是一种奇怪的感觉……

波洛先生的声音平静地传来，犹如一条河流，在两岸之间平稳地流淌，最终注入大海……

"从一开始我就感觉到，要想搞清这起命案，我们必须去探寻的不应该是外在征象或者蛛丝马迹，而应该是像人格冲突和内心隐秘这样更加确实的线索。

"我可以说，在这起命案中，尽管我已经找到了我确信的真正答案，但我没有任何实质性的证据。我知道真相就是这样，因为它一定是这样，因为没有其他任何一种可能，能够让所有单个的事实如此完美地各归其位。

"而且在我心中,这也是我能找到的最满意的解答。"

他停顿了一下,继续说下去。

"我想从我最初卷入这起案子,也就是命案发生以后我应邀来调查的时候开始我自己的旅程。依我看来,每一起案件都有着明确的形式和类别。这个案子的模式,我认为全部都是围绕着莱德纳太太的人格而形成的。因此在我确切地了解莱德纳太太到底是怎样的一个女人之前,我不可能知道她为什么会被谋杀,以及是谁杀了她。

"于是,这就是我的出发点——莱德纳太太的人格。

"除此之外还有一个有趣的心理问题,也就是据说存在于考古队员之间的那种奇怪的紧张状态。这一点已经被很多不同的人所证明,其中有几个还是局外人,于是我记下了。虽然这很难作为一个出发点,但我应该在调查过程中时刻牢记于心。

"似乎大家普遍认为,这是莱德纳太太对考古队员们的影响造成的直接后果,但是出于一些我稍后会讲到的原因,我并不完全接受这种说法。

"如我所言,开始的时候我把全部精力都集中在了解莱德纳太太的人格上。我有各种方法去评价她的人格——既可以看看周围脾气性格千差万别的人对她的反应有何不同,也可以通过我自己的观察来收集资料。通过后者能够了解的范围自然是很有限的,但我也的确得知了某些事实。

"莱德纳太太的品位是简单,甚至有些朴素的。她显然不是一个追求奢华的女人。另一方面,她正在做的一些刺绣作品非常精致美丽,这说明她是个注重细节并且有着艺术品位的人。而通过对她放在卧室里的那些书的观察,我又做出了进一步的评价。她很有头脑,而且我也可以设想,从本质上来说,她是个以自我为中心的人。

"有人向我暗示莱德纳太太是个把主要精力放在吸引异性上面的女人,实际上也就是说她是个淫荡风流的女人。这一点我并不相信是真的。

"在她的卧室里,我留意到架子上有下面这些书:《古希腊人揭秘》《相对论入门》《赫斯特·斯坦霍普夫人的一生》《千岁人》《琳达·康登》和《克鲁号》。

"首先,她对文化和现代科学感兴趣,显然这是她理智的一面。而小说方面,《琳达·康登》,还可以把《克鲁号》也算上,似乎表明她对于不受男人诱骗束缚的独立女性充满同情心,并且饶有兴趣。同时很明显,她对于赫斯特·斯坦霍普夫人的人格也怀有浓厚的兴趣。《琳达·康登》是对于崇拜自身美貌的女人的细致研究;《克鲁号》则是对狂热的个人主义者的解读;《千岁人》中对于以理智而非出于情感的态度对待人生是持赞同观点的。于是我想,我开始了解这个死去的女人了。

"接下来我要调查的是那些和莱德纳太太关系最近的人的反应,这样死者在我心里的形象才会越来越完整。

"根据莱利医生和其他人的描述,我很清楚地知道了莱德纳太太是那种天生丽质的美人,而且除了天生的美貌,她还具有一种带来不幸的魔力。这种魔力有时可能与美貌并存,而实际上也可以独立存在。这种女人所到之处,身后往往会伴有暴力事件;她们带来灾难,灾难有时会发生在其他人身上,有时则会发生在她们自己身上。

"我确信莱德纳太太本质上是一个自我崇拜的女人,而且喜欢拥有权力的感觉胜于其他任何事物。无论走到哪里,她都必须成为宇宙的中心。在她周围的所有人,男人也好女人也罢,都必须承认她的支配地位。对于有些人来说,这并不难。比如说,莱瑟兰护士就是个生性慷慨大方又具有浪漫想象力的人,她几乎是立刻就为她所折服,进而对她心甘情愿地付出,毫无怨言。不过莱德纳太太还有第二种办法来实施她对别人的支配——这就是恐惧。当发现俘获异性太过容易之后,她就会开始放纵她天性中更残忍的一面。但我要反复强调的是,这并非你们所说的那种'有意识的残忍'。这完全是一种自然的不假思索的下意识行为,就像猫看见老鼠一样。在潜意识发挥作用的情况下,她本质上还是个很善良的人,她会对别人又体贴又周到,而且不厌其烦。

"现在,我们要解决的第一个也是最重要的问题,当然就是关于匿名信的问题。是谁写的?为什么要写?我问我自己:是莱德纳太太自己写的吗?

"要回答这个问题,我们需要回溯到很久以前,实际上,我们要回溯到莱德纳太太的第一次婚姻。这才应该是我们旅程的起点,也就是莱德纳太太的人生旅程。

"首先我们必须认识到,当年的路易丝·莱德纳从本质上来说和现在的路易丝·莱德纳是一样的。

"当时的她年纪轻轻,貌美出众,那种让男人魂牵梦萦的美带给精神和感官的愉悦,与纯粹肉体美所带来的不可同日而语,而且她那时从根本上来讲已经是个自我主义者了。

"这样的女人很自然地会厌恶结婚的想法。她们也许会被男人所吸引,但她们其实更愿意属于自己。她们是真正的传说中的无情妖女。尽管如此,莱德纳太太到底还是结婚了,我想我们可以假定她的丈夫一定是个性格有些强势的男人。

"紧接着他的叛国行为败露了,莱德纳太太也正如她告诉莱瑟兰护士的那样做了,她去向政府告了密。

"现在我要指出,在她的行为中存在着一种心理学上的意义。她告诉莱瑟兰护士她是个非常爱国,并且富于理想主义的女孩,她的行为也正是出于这个原因。但众所周知的是,我们在谈到自己行为的动机时往往会自欺欺人,本能地为自己找一个冠冕堂皇的理由!莱德纳太太有可能相信自己正是在爱国情怀的驱使之下才做出了那样的举动,但我却相信自己的判断,这实际上是她不肯承认的想要摆脱丈夫的愿望所产生的结果!她不喜欢受人支配,不喜欢那种自己属于别人的感觉——实际上她就是不喜欢处于次要的位置上。于是她就采用一种爱国的方式重获了自由。

"但她的潜意识中一直存在着让她备受折磨的负罪感,这种感觉在某种程度上也影响了她未来的命运。

"我们现在直接来谈谈匿名信的问题。莱德纳太太对于男性而言具有很强的吸引力。而有几次,她也迷恋上了这些男人,但每次都会有一封恐吓信出现,使这段感情无疾而终。

"是谁写的那些信?是弗雷德里克·博斯纳,或者他的弟弟威廉,还是莱德纳太太自己?

"每一种推论都可以找到很完美的理由来支持。在我看来有一点明确无误:莱德纳太太是那种能够激发起男人贪婪爱欲的女人,这种爱甚至可以发展到痴迷的地步。我可以相信,对这个弗雷德里克·博斯纳来说,他的妻子路易丝要比世界上其他的一切都重要!她已经出卖过他一次,因此他不敢在光天化日之下接近她,但他至少已经下定决心,要么让她重新成为他的人,要么就谁也别想得到她。他宁可让她去死,也不愿意让她投入其他男人的怀抱。

"从另一方面来说,如果莱德纳太太打内心里不想落入婚姻的藩篱,她也很可能采用这种方法让自己摆脱困境。她就像是个女猎手，猎物一旦到手也就没有更多用处了！出于对一种戏剧化生活的渴求，她就自编自演了这出令她非常满意的好戏：死而复生的丈夫阻止她再次结婚！这满足了她内心最深处的本能，使她既能成为一个富于浪漫气息的角色，一个悲情的女主角，同时又得以免遭下一次婚姻之苦。

"这样的情形持续了很多年。每一次婚姻的苗头一出现，恐吓信就会如期而至。

"但是马上我们就会发现一件真正有趣的事情。莱德纳博士登场了，这一次没有恐吓信出现！没有任何事情可以阻止她成为莱德纳太太了。而直到结婚以后，她才又接到了一封信。

"现在我们就要问问自己，为什么？

"让我们再来依次看看这几种理论。

"如果是莱德纳太太自己写了那些信，问题就很容易解释了。因为莱德纳太太是真心想和莱德纳博士结婚，所以她也确实嫁给他了。但是在这种情况下，她为什么婚后还要再给自己写信呢？难道说她对于戏剧化生活的渴求强烈到难以压制的程度了吗？而且为什么只写了两封呢？在那之后长达一年半的时间里，她再也没有接到过其他的信。

"现在再看看另一种理论，假如这些信是她的前夫弗雷德里克·博斯纳或者他的弟弟写的，为什么恐吓信会在婚礼之后才寄到？想必弗雷德里克是不会愿意让她嫁给莱德纳博士的，那么他又为什么没有阻止这场婚姻呢？毕竟前面的每一次他都成功了。那么为什么这一次直到婚礼举行之后，他才又重新开始发出威胁呢？

"有一个不太令人满意的答案，那就是不知出于什么原因，他无法更早地提出反对。他当时可能正在坐牢，或者人在国外。

"接着，我们再看看那次未遂的煤气中毒事件。看起来这极其不像是一个外人干的。筹划这件事的很可能就是莱德纳博士夫妇。而我们又想象不出莱德纳博士有什么理由要这么做，所以我们得出的结论是莱德纳太太自己策划并实施了这起事件。

"为什么？为了寻求更多的刺激？

"在那之后，莱德纳博士夫妇旅居国外，在十八个月的时间里，他们一直过着幸福平静的生活，再也没有受到死亡威胁的打扰。他们把这归因于他们成功地掩盖了行踪，但这种解释其实是相当荒谬的。在当今这个年代，仅靠出国根本达不到这个目的。对于莱德纳夫妇而言尤其如此。他本人是博物馆考古队的负责人，只要问问博物馆，弗雷德里克·博斯纳马上就能够知道他的准确地址。即便他生活拮据，无法亲自去追踪这对夫妇，但继续写恐吓信应该也不会有任何障碍。而依我所见，像他这样一个对她如此痴迷的男人一定会这么做的。

"然而，在将近两年的时间里他音信皆无，直到这些恐吓信又重新出现。

"为什么这些恐吓信又回来了呢？

"这是一个很难回答的问题，最简单的答案就是莱德纳太太感到无聊了，需要寻求更多的刺激。但我对这种解释很不满意。这样的戏码有些过于庸俗简陋，和她注重细节、一丝不苟的人格特征并不相衬。

"那么唯一要做的事情就是对这个问题采取一种开放的态度，不抱成见。

"我们有三种明确的可能性：一、那些信是莱德纳太太自己写的；二、那些信是弗雷德里克·博斯纳或者年轻的威廉·博斯纳写的；三、那些信一开始可能是莱德纳太太或者她的前夫写的，但后来的这些则是仿造的,也就是说,是由某个知道以前那些信的存在的人写的。

"现在我准备直接考虑考虑莱德纳太太身边的人了。

"首先我调查的是每一个队员实际上可能拥有的实施犯罪的机会。

"从表面上大体来看,除去三个人之外,其他的每一个人都有可能实施犯罪——这是仅就机会而言。

"莱德纳博士拥有确凿的证据证明他从未离开过屋顶。凯里先生在挖掘场值班。科尔曼先生在哈沙尼。

"但是我的朋友们,这些不在场证明并不像它们看上去的那么令人满意。我需要把莱德纳博士排除在外。他自始至终都在屋顶上,直到谋杀发生以后一个小时十五分钟他才下来,这一点没有任何疑问。

"但是我们能够确定凯里先生一直都在挖掘场吗?

"而谋杀发生的时候,科尔曼先生真的是在哈沙尼吗?"

比尔·科尔曼的脸变得通红,张了张嘴又闭上了,心神不宁地看了看四周。

凯里先生的表情没有任何变化。

波洛继续平稳地说下去。

"我让自己感到满意的是,我还考虑过另外一个人。这个人如果内心的感觉足够强烈的话,也完全能够去实施谋杀。莱利小姐有勇气,有头脑,而且带有一种冷酷无情的特质。当她和我谈起这个死去的女人时,我曾经开玩笑地对她说,我希望她也能有一个不在场证明。我想莱利小姐那时候就已经意识到,至少在她心里也有一种欲望,一种杀人的欲望。不管怎么说,她当时立刻就撒了一个很愚蠢并且毫无意义的谎。她说她那天下午在打网球。而第二天我就在和约翰逊小姐的一次偶然谈话中得知,莱利小姐在谋杀发生的时候根本没在打网球,实际上她就在营地附近。这让我想到,如果莱利小姐在本案中无罪的话,她也许能够告诉我一些有用的消息。"

他停了一下,然后平静地说道:"莱利小姐,你能告诉我们,那天下午你看见什么了吗?"

那个女孩并没有立即回答。她依然头也不回地看着窗外,当她开口说话的时候,声音显得超然而审慎。

"我午饭后骑马去了挖掘场,到那里的时间肯定是在差一刻钟两点。"

"你在挖掘场找到那些朋友了吗?"

"没有,似乎除了那个阿拉伯工头之外没人在那儿。"

"你没有看到凯里先生?"

"没有。"

"这就奇怪了,"波洛先生说,"维利耶先生同一天下午到那儿的时候也没有看见什么人。"

他用带着点儿引诱的眼神看着凯里,但后者既没动也没说话。

"对此你有什么解释吗,凯里先生?"

"我去散步了,那天下午也没挖出什么有意思的东西。"

"你往哪个方向走的?"

"沿着河向下游走。"

"不是往营地的方向走吗?"

"不是。"

"我猜,"莱利小姐说,"你在等什么人,而这个人没有来。"

他看了看她,但是没有回答。

波洛并没有追问这一点,他又对着女孩说道:"小姐,你还看见其他什么人了吗?"

"是的,我注意到考古队的旅行车停在干涸的河道上,那时我离考古队的营地不远。我觉得挺奇怪的。然后我看见了科尔曼先生。他一路走着,低着头,好像在找什么东西似的。"

"听我说,"科尔曼先生叫出声来,"我——"

波洛用命令式的手势制止了他。

"等一等。莱利小姐,你和他说话了吗?"

"没有,我没和他说话。"

"为什么?"

那女孩慢条斯理地说道:"因为他时不时抬起头来四下张望,样子显得特别鬼鬼祟祟,让我感觉很不舒服。于是我就掉转马头回去了。我觉得他没看见我。因为我并没有离得很近,而且他正全神贯注地干他的事。"

"听我说,"科尔曼先生再也忍不住了,"我承认,我那天看起来有点儿可疑,但我有很好的解释。说起来,在那之前一天,我本来应该把一个很精致的圆筒印章放回文物室,结果被我忘得一干二净,最后留在了我的外衣口袋里。然后我发现它不在我口袋里了,我把它弄丢了,可能是掉在哪儿了。我可不想因为这个挨骂,所以我决定悄悄地好好找一找。我相当确定我是把它掉在来往挖掘场的路上了,所以我迅速办完了在哈沙尼的事,找了个仆人帮我去买了一部分东西,这样我就可以早点儿回来。我把车停在一个不显眼的地方,然后溜达着找了一个多小时。就这样也没找着那该死的东西!接着我就上车开回营地了。自然地,所有人都认为我是刚刚回来。"

"你还没有让他们知道这件事,是吗?"波洛很亲切地问道。

"嗯,在这种情况下不说也是很自然的吧,你不觉得吗?"

"我不敢苟同。"波洛说。

"哦,拜托——别自找麻烦——这可是我的座右铭!但是你不能把任何罪名强加给我。我根本就没进院子,你也找不到任何人说我进来过。"

"当然,那正是难点所在,"波洛说,"仆人们的证词都说没有人从外面进到院子里来。但是在仔细思考之后我想到,那其实并不是他们要说的意思。他们发誓说的是没有陌生人进过营地,但是没有人问过他们是否有考古队的队员进来过。"

"好啊,你可以问问他们,"科尔曼说,"他们要是看见我或者凯里进来了,我就把我的帽子吃了。"

"啊!这倒是提出了一个挺有意思的问题。毫无疑问,他们会注意到一个陌生人进来,但是他们会注意到考古队的队员吗?队员们整天从那里进进出出,仆人们很难注意到他们是走了还是回来了。我想,凯里先生或者科尔曼先生也有可能确实进来过,而仆人们并不记得这件事。"

"胡说八道!"科尔曼先生说。

波洛平心静气地继续说道:"而就这两个人来说,我认为凯里先生的进出更不容易被注意到。科尔曼先生那天早上是开着车去哈沙尼的,于是大家也都认为他应开着车回来。因此如果他是走着回来的,就可能会引人注目。"

"那是当然!"科尔曼说。

理查德·凯里抬起了头,深蓝色的眼睛径直望着波洛。

"波洛先生,你是在指控我谋杀吗?"他问。

他的举止很平静,但话音背后却带着几分危险的意味。

波洛对着他鞠了一躬。

"到目前为止,我只是要带着你们一起完成一段旅程,也是我寻找真相的旅程。我现在已经明确了一个事实,那就是所有考古队的成员,包括莱瑟兰护士在内,实际上都有可能实施谋杀。至于其中有些人的犯罪可能性微乎其微,但那是其次的事情。

"我已经调查过了方法和机会,然后就开始考虑动机的问题。我发现你们每个人其实都有杀人的动机!"

"哦!波洛先生,"我大声叫道,"不能包括我!嗨,我可是个外人,我不过是刚刚到这里。"

"对啊,护士小姐,一个从外面来的陌生人?那不正是莱德纳太太一直害怕的吗?"

"可……可是……哎哟,莱利医生知道我的所有情况!是他建议我来这儿的!"

"他又真正了解你多少呢?基本上都是你自己告诉他的。以前也有很多骗子冒充医院的护士。"

"你可以写信去问圣克里斯托弗医院。"我想要反驳。

"你可以暂时安静一会儿吗?如果你继续争下去,我就没法往下说了。我并不是说我现在怀疑你。我说这话的意思是,要保持一种开放的态度。你也可能很容易地就变成另一个人,和你要冒充的人完全不一样。你知道,现在有很多人会男扮女装,而且惟妙惟肖。年轻的威廉·博斯纳有可能就是这样的人。"

居然还说什么男扮女装!我正准备再抢白他几句,但他就像下定了决心一样,忽然提高了嗓门,迅速地说下去,于是我想我还是先听听为好。

"下面我就要坦率一些,直言不讳了。这也是难免的,因为我将要揭开隐藏在这个地方深层的秘密。

"对这里的每一个人,我都调查过,也仔细地考虑过。首先说说莱德纳博士,我很快就确信他对妻子的爱是他生活的主体。

他是一个被悲痛击垮了的人。莱瑟兰护士我已经提到过了。如果她真的是男扮女装,那她的成功实在是令人叹为观止,而我却倾向于相信她所说的,她彻头彻尾就是个称职能干的护士。"

"不用抬举我了。"我插嘴道。

"我的注意力马上就转向了莫卡多夫妇,他们两个人很显然都处于极度的焦虑不安之中。我先考虑了莫卡多太太,她能够完成谋杀吗?如果是她,又是为了什么呢?

"莫卡多人人体格柔弱。第一眼看上去,她似乎不可能有那种力气用一个沉重的石器打倒一个像莱德纳太太那样的女人。不过,假如莱德纳太太当时是跪着的,那么至少从体格上来说就有可能了。而一个女人要想诱使另一个女人跪下,可有得是办法。哦!不是指用感情的方式!比如说,她可以撩起裙边,请另一个人帮她把别针别好。而另一个女人就可能会毫不怀疑地跪下去。

"但是动机呢?莱瑟兰护士曾经告诉过我,莫卡多太太看着莱德纳太太的时候眼神愤恨。莫卡多先生显然迅速就被莱德纳太太的魅力迷住了。但我觉得答案并不能只从妒意中去寻找。我确信莱德纳太太对莫卡多先生丝毫没有兴趣,而毫无疑问莫卡多太太也明白这一点。她可能在那一瞬间对莱德纳太太感到愤怒,但要说到谋杀,还必须有更强的刺激才行。莫卡多人人从根本上来说是个母性十足的人。从她看她丈夫的眼神里我就能体会到,她不但爱他,还可以为了他赴汤蹈火。不仅如此,她甚至还设想过让她不得不这么做的可能性。她时时刻刻警惕着,不安着,这种不安是为她丈夫,而不是为她自己。当我调查到莫卡多先生的时候,我很容易就猜出他究竟遇到了什么样的麻烦,并略施小计证实了我的猜测。莫卡多先生是个瘾君子,而且毒瘾很深。

"也许并不需要我告诉你们,如果一个人长期使用毒品,他的道德观和是非感都会显著降低。

"几年下来,在毒品的影响下,一个人可能会做出一些他开始吸毒之前做梦都没想过的事。有些时候,吸毒者犯了谋杀罪,你很难说清他是否应该为他的罪行承担全部责任。在这一点上,不同国家的法律也不尽相同。而吸毒的犯人的最主要特征,就是对他们自己那点儿小聪明过于自信了。

"我想有可能莫卡多先生过去曾经有过不光彩的经历,也许犯过罪,但他的妻子不知用什么方法成功地把事情掩盖起来了。尽管如此,他的职业生涯依然悬于一线。如果过去的那些事情走漏了风声,莫卡多先生就完蛋了。于是他妻子就要时刻提防着。但是这次她要对付的可是莱德纳太太。这个女人头脑敏锐,又热衷于支配旁人。她甚至可能会引诱这个倒霉蛋向她一吐衷肠。那种掌握一个秘密,并且可以随时揭穿它造成灾难性影响的感觉,恰好契合她独特的性格。

"那么,就莫卡多夫妇而言,他们就有了可能的谋杀动机。我相信,为了保护丈夫,莫卡多太太可以不择手段!而她和她丈夫也都有机会,因为在那十分钟里,院子是空无一人的。"

莫卡多太太大声叫道:"这不是事实!"

波洛未加理睬。

"接着我想到了约翰逊小姐。她有能力去杀人吗?

"我认为她有。她是个具有坚强意志和钢铁般自制力的人。这样的人始终在压抑自己,直到某一天才会突然爆发出来!但假如是约翰逊小姐犯的罪,那也只能是出于与莱德纳博士有关的一些原因。如果在任何情况下,她确信莱德纳太太正在毁掉丈夫的生活,那么那些深埋在她心底从未公开承认过的妒忌,便会适时地变成貌似合理的动机,并且肆意地发泄出来。

"没错,约翰逊小姐无疑也是一种可能性。

"然后就是那三个年轻人。

"先来看看卡尔·莱特尔。如果说考古队里的某个人是威廉·博斯纳,那么莱特尔就是最有可能的那个人。但假如他真是威廉·博斯纳,那他也一定是个演技精湛的演员!而如果他就是他自己,那么他有理由去杀人吗?

"站在莱德纳太太的角度来看,在这场游戏中,卡尔·莱特尔绝非一个很好的猎物,因为征服他太过容易。他几乎是立刻就准备好对她俯首称臣、爱慕有加了。莱德纳太太鄙视这种丝毫不加以分辨的崇拜,而那副逆来顺受的可怜虫样子也几乎总是会激发出女人最坏的一面。因此,在对待卡尔·莱特尔的时候,莱德纳太太当真表现出了一种故意的残忍,时而嘲弄,时而刺痛,把这个可怜的小伙子折磨得死去活来。"

波洛突然停了下来,然后语重心长地对那个年轻人说道。

"我的朋友,就把这当作给你的一个教训吧。你既然是个男人,那就得有个男人的样子!对于男人来说,奴颜婢膝是违背自然常理的。而女人和自然有着几乎相同的反应!因此要记住,对女人哪怕尽可能硬气一点,也要比她一看你你就俯首帖耳强!"

接着,他杰度一转,又恢复了演讲的口吻。

"那么会不会是卡尔·莱特尔被折磨到一定程度以后不堪忍受了,奋起反抗并最终杀了她呢?蒙受折磨有时会给人造成很奇怪的影响,在这件事情中我不敢保证不是这种情况!

"下一个是威廉·科尔曼。按照莱利小姐刚才所说的,他的行为当然很可疑。如果他是罪犯,也只能是因为他用乐观开朗的性格很好地隐藏了威廉·博斯纳的身份。我并不觉得威廉·科尔曼作为他本人而言拥有杀人凶手的气质。他的错误出在另一个方面。啊！也许莱瑟兰护士能够猜出是什么吧？"

这个小个子男人是怎么知道的？我相信我的样子看上去绝对不像是在想什么事情。

"其实也没有什么，"我有些犹豫地说，"科尔曼先生有一次确实说过他有本事成为一个一流的伪造专家，如果他说的是真的。"

"说得很好，"波洛说，"因此假如他偶然发现了以前那些恐吓信，对他来说，模仿起来应该一点儿都不难。"

"哎，哎，哎！"科尔曼先生大喊起来，"这分明就是他们所说的造谣陷害。"

波洛不为所动地继续说下去。

"至于他究竟是不是威廉·博斯纳，这种事是很难证明的。但是科尔曼先生曾经谈到过一位监护人，而不是父亲，那么也就没有任何证据可以推翻这个想法了。"

"全是胡扯，"科尔曼先生说，"你们怎么能听任这个家伙在这儿攻击我呢？"

"三个年轻人里面还剩下埃莫特先生，"波洛继续说下去，"他同样有可能是打着幌子的威廉·博斯纳。我很快就意识到，无论他出于什么个人原因要除掉莱德纳太太，我都没办法从他嘴里得知。他能够把自己的意图隐藏得非常好，让人找不到任何办法刺激他，或者哄骗他泄露哪怕一点点真实的想法。在所有考古队成员当中，他似乎对于莱德纳太太的人格有着最好、也是最为冷静客观的判断。我想他一直就知道她到底是个什么样的人，而她的人格对他有什么影响我却无从发现。我猜莱德纳太太本人一定被他的态度惹得怒火中烧。

"我得说，在考古队的所有成员当中，就性格和能力而言，埃莫特先生在我看来最适合成功地实施一次既聪明,时机又恰到好处的犯罪。"

埃莫特先生第一次把目光从他的靴子上抬了起来。

"谢谢你。"他说。

他的声音听起来似乎还带着一丝愉悦。

"我名单上的最后两个人是理查德·凯里和拉维尼神父。

"根据莱瑟兰护士和其他人的证词,凯里先生和莱德纳太太彼此厌恶。他们只是努力做出一副客客气气的样子。但是另一个人,莱利小姐,却提出了完全不同的说法来解释他们之间那种冷冰冰的客气。

"很快我就完全相信莱利小姐的解释是正确的。我用了个小伎俩激怒了凯里先生,而他的口不择言使我得以确信。其实这并不难,因为我很快发现他处在一种高度紧张的精神状态中。实际上他那时,也包括现在,已经接近完全崩溃了。一个人所承受的折磨如果达到了极限,也就很难再做出什么抵抗了。

"凯里先生的防线几乎是立刻就土崩瓦解了。我一点儿都不怀疑他对我说话时的诚恳,他告诉我他恨莱德纳太太。

"毫无疑问他说的是实情。他确实恨莱德纳太太,但是他为什么恨她呢?

"我前面说到过,有些女人拥有带来不幸的魔力,而男人同样可能拥有。有些男人可以不费吹灰之力就让女人为之倾倒。如今,他们管这个叫性感!凯里先生就具有很强的这种特质。他起初对他的朋友兼雇主忠心耿耿,而对雇主的妻子无动于衷。这让莱德纳夫人觉得不舒服。她必须支配一切,于是她就开始着手俘获理查德·凯里。但是此时,我相信,发生了一些谁也没有预料到的事情。也许是有生以来第一次,她自己反倒成了无法抵挡的激情的牺牲品。她坠入了情网,真的爱上了理查德·凯里。

"而他也同样无法拒绝她。这就是他一直在忍受的那种糟糕的精神紧张状态的真实原因。他被两种互相对立的感情所折磨。他爱路易丝·莱德纳,没错,但是他同时也恨她。他恨她是因为她破坏了他对朋友的忠诚。没有哪种恨,会比一个男人违背了自己的意愿爱上一个女人时感受到的更强烈了。

"我已经知道了我需要的所有动机。我无比相信,对于理查德·凯里来说,在某一时刻,用尽全身力气对那张曾经迷住了他的美丽脸庞给以重重一击,将是再自然不过的事情。

"一直以来,我都十分确信路易丝·莱德纳的谋杀案是一桩情杀案。而对于这种类型的犯罪而言,我发现凯里先生是一个非常理想的凶手。

"说到凶手,我们还剩下一个可能的人选——拉维尼神父。我的注意力被立刻吸引到这位好神父身上,是因为关于那个被发现往窗户里偷窥的陌生人,拉维尼神父和莱瑟兰护士的描述存在相当大的差异。其实不同的目击者给出的描述通常都会存在一些差异,但这次的差异实在是太大了。而且,拉维尼神父坚持说那个人是个斗鸡眼,这应该让我们很容易找到他。

"但是很快我就发现,莱瑟兰护士的描述实质上是相当精确的,而拉维尼神父的则不然。看起来简直就像是拉维尼神父在有意地误导我们,他似乎并不想让那个男人被抓住。

"如果是这样的话,他肯定了解一些这个奇怪男人的事情。他和这个男人说话的时候被人看见过,而至于他们之间说了些什么,我们只听过他的一面之词。

"莱瑟兰护士和莱德纳太太看见那个伊拉克人的时候,此人正在干什么呢?他正企图往窗户里偷窥。她们认为那是莱德纳太太的窗户，但是当我亲自去到她们当时所站的地方查看的时候，我发现那同样有可能是文物室的窗户。

"在那之后的一天夜里，发生过一次恐慌。有人在文物室里，但事后证明没丢什么东西。我觉得很有意思的一点是，当莱德纳博士到那里的时候，发现拉维尼神父已经先于他一步到了。拉维尼神父说他看到那里有灯光，但这次我们依然只有他的一面之词。

"我开始对拉维尼神父感到好奇。后来有一天，当我提出拉维尼神父可能就是弗雷德里克·博斯纳的时候，莱德纳博士对此嗤之以鼻。他说拉维尼神父可是个知名人士。而我则进一步猜测弗雷德里克·博斯纳有将近二十年的时间去为自己改名换姓，成就一番新的事业，到现在很可能已经颇有名气了呢！尽管如此，我还是不认为他会把这么多年的时间都花在宗教社团当中。于是一个非常简单的答案就呼之欲出了。

"在他来这里之前，考古队的成员中有谁亲眼见过拉维尼神父吗？显然没有。那么为什么不可能是某个人冒充了那位好神父呢？我发现在原本准备和考古队一同前来的伯德博士突然病倒之后，有一封电报发到了迦太基。还有什么事比截获一封电报更容易的吗？就工作本身而言，考古队里也没有其他的碑铭专家。一个聪明人只要对这方面的知识略知一二，就完全可以蒙混过关。到目前为止，总共也没有出土多少碑文，而我已经发现拉维尼神父的见解给人感觉有点儿不同寻常。

"拉维尼神父看上去非常像一个骗子。但他是弗雷德里克·博斯纳吗？

"不知怎么回事，发生的这些事情似乎还是有些对不上。真相似乎依然隐藏在一个截然不同的地方。

"我和拉维尼神父有过一次长谈。我是个虔诚的天主教徒,我也认识很多神父和宗教团体的成员。拉维尼神父给我的感觉不是很像一个神父,反倒让我觉得他更像是另一种人。他这样的人我经常会碰到,但他们都不是宗教团体的人——可以说有天壤之别!

"于是我开始发电报。

"然后,莱瑟兰护士不经意间给我提供了一个很有价值的线索。当时我们在文物室检查那些金质装饰品,她提到曾经在一个金质水杯上发现沾着一点点蜡。我呢,我就问:'蜡?'而拉维尼神父他也说:'蜡?'听到他的语调就已经足够了!我在刹那间就明白他来这儿是干什么的了。"

波洛停了一下,然后直接转向莱德纳博士说道。

"先生,我要很遗憾地告诉你,文物室里的金质水杯、金质匕首、发饰,以及其他的一些东西,都不是你原本挖出来的那些真货了。它们只是非常绝妙的电铸仿制品。而我刚刚从最新的回电中获悉,拉维尼神父其实不是别人,正是法国警方所熟知的最聪明的窃贼之一——拉乌尔·莫尼耶。他专门选择偷窃陈列小艺术品之类展品的博物馆。和他搭档的是个有一半土耳其血统的人,叫阿里·优素福,此人是个一流的珠宝匠。莫尼耶最早为人所知是因为卢浮宫的一些展品被发现不是真品,后来他们查明,每一次案发之前不久,都会有一个与馆长未曾谋面的著名考古学家造访卢浮宫,而且访问期间都曾亲手接触过那些赝品。当询问这些知名考古学家的时候,他们却一致否认在被问到的时间里曾到访过卢浮宫!

"我得知当你的电报到达时,这个莫尼耶正在突尼斯,准备从修道院里偷点儿东西。真正的拉维尼神父当时身体欠佳,不得不回绝你。但是莫尼耶想办法弄到了电报，并把它换成了接受邀请的回电。他这么做其实相当安全。即使其他修士看到报纸——这件事情本身的可能性就不大——说拉维尼神父在伊拉克，他们也只会认为是报纸的报道不实，反正那也是常有的事。

"于是莫尼耶和他的同谋来到了这里。后者在从外面向文物室里偷看的时候被人发现了。他们的计划是先由拉维尼神父获取蜡模，然后由阿里做出精美的仿制品。总是会有一些收藏者愿意出高价买这些真品文物，而且还不会问任何令人难堪的问题。拉维尼神父负责用赝品来调包真品，而这个在深夜里做是再合适不过了。

"所以这无疑就是莱德纳太太听到声音并发出警报的时候，他正在做的事情。他还能怎么办？他只能迅速地编一个看到文物室里有灯光的理由来搪塞了。

"这个理由，借你们的说法，居然成功地'掩人耳目'了。但莱德纳太太可不傻，她很可能还记得当时她发现的金质水杯上的蜡迹，然后根据这些事实推断出了结论。假如真的得出了结论，她接下来会怎么做呢？如果当场什么都不揭穿，而是私下里给拉维尼神父一些暗示，看他狼狈不堪的样子来取乐，是不是更符合她的本性呢？她想让他意识到她有所怀疑，而不是已经知道了。这或许是个危险的游戏，但她偏偏就喜欢带有危险性的游戏。

"可能这个游戏她玩儿得太久了，拉维尼神父看出了端倪，在她还没反应过来他要干什么的时候就先下手为强了。

"拉维尼神父就是拉乌尔 莫尼耶 个贼。他同时也是个杀人凶手吗？"

波洛在房间里踱来踱去。他拿出一块手帕擦了擦额头，又继续说道:"这就是我今天早上的处境。有八种各不相同的可能性,而我不知道哪一种是正确的。我依然不知道谁是凶手。

"但谋杀是一种习惯。凶手无论是男人还是女人,只要杀过一个人,就会再杀第二个。

"而发生第二起谋杀案之后,凶手就等于送上门来了。

"在我心里,一直以来都觉得你们这些人当中有人知道一些足以指证凶手的事情,却守口如瓶。果真如此的话,那这个人就处于危险之中了。

"我主要担心的是莱瑟兰护士。她精力充沛,又充满好奇心。我很害怕她发现的和知道的事情太多,反而使她自身变得不再安全。

"正如你们大家都知道的,确实发生了第二起谋杀案。但死者不是莱瑟兰护士,而是约翰逊小姐。

"我本来想,无论如何,仅靠纯粹的推理我也可以得出正确的结论,但约翰逊小姐被谋杀无疑帮助我更快地找到了答案。

"首先,有一个嫌疑人被排除了,那就是约翰逊小姐本人,因为我根本就不会考虑自杀的可能。

"现在就让我们来审视一下关于这第二起谋杀的种种事实。

"事实一:在星期六的晚上,莱瑟兰护士发现约翰逊小姐在哭。同一个晚上约翰逊小姐烧掉了一封信的片段,而护士小姐相信这封信上的笔迹和那些匿名信上的完全相同。

"事实二:约翰逊小姐死前的那天晚上,莱瑟兰护士发现她站在屋顶上。借用护士小姐的描述,她当时正处于一种难以置信的恐惧状态之中。护士小姐问她的时候她说:'我看出一个人可以怎样从外面进来了,不会有人能猜到的。'她不愿意再多说什么。当时拉维尼神父正穿过院子,而莱特尔先生站在摄影室的门前。

"事实三:约翰逊小姐被发现的时候已经奄奄一息了,垂死之际她唯一能说清楚的就是'那扇窗户——那扇窗户——'。

"这些就是事实,而下面是我们所面临的问题:

"关于匿名信的真相到底是什么?

"约翰逊小姐在屋顶上究竟看到了什么?

"她说的'那扇窗户——那扇窗户'又是什么意思?

"好啦,让我们从最容易解决的第二个问题入手。我和莱瑟兰护士上到了屋顶,站在约翰逊小姐之前站过的地方。从那里她可以看到院子、拱门、营地北面的房间以及两个考古队的成员。那她说的话和莱特尔先生或者拉维尼神父有关吗?

"几乎是立刻,一种可能的解释就跃入了我的脑海。如果是一个陌生人从外面进来,他只能乔装打扮。而这里只有一个人的外貌给人感觉是可以装扮出来的,那就是拉维尼神父!一顶硬质太阳帽,一副太阳镜,粘上黑胡子,穿着修士穿的羊毛长袍,一个陌生人就可以这样大摇大摆地进来,而不被仆人们察觉。

"约翰逊小姐想说的是这个意思吗?还是说她有更深的含义?她意识到拉维尼神父这个人本来就是冒名顶替的了吗?她知道他根本就是另一个人吗?

"在知道了关于拉维尼神父的事情之后,我就认为这件谜案已经解决了。拉乌尔·莫尼耶就是凶手。在莱德纳太太泄露他的身份之前,他先把她杀了灭口。而现在他觉得另一个人也已经看透了他的秘密,因此她也必须被除掉。

"于是所有事情都得到了解释!第二起谋杀案。拉维尼神父的逃跑——当然,是脱掉长袍,去掉了胡子以后。他和他的朋友肯定带着两本完美的商业旅行者护照,正全速穿过叙利亚呢。他还将沾了血迹的手磨放在了约翰逊小姐床下。

"就像我说的,我已经相当满意了,但还不完全。因为一个完美的答案应该能够解释所有的事情,而这个答案还不能。

"举例来说,它不能解释为什么约翰逊小姐在奄奄一息的时候会说'那扇窗户';不能解释为什么她会为了那些信而突然哭泣;不能解释她在屋顶上时表现的那种难以置信的恐惧,也不能解释她为什么拒绝告诉莱瑟兰护士她究竟在怀疑或知道了什么。

"这个答案跟表面上的那些事实非常吻合,却无法满足这件谜案中心理上的需求。

"于是,就在我站在屋顶上,心里翻来覆去地思考匿名信、屋顶、窗户这三点的时候,我看出来了,就像约翰逊小姐曾经看出过的一样!

"而这一次,我看出来的可以解释一切了!"

第二十八章　旅程终点

波洛环顾四周。每一双眼睛现在都盯着他。本来人家已经松了一口气，紧张的心情也缓和了不少，但突然之间这种紧张的气氛又回来了。

有什么重要的事情要宣布了……重要的事情……

波洛用他平静而从容的声音继续说道："匿名信、屋顶、'窗户'……没错，所有的事情都可以解释清楚了，而且丝丝入扣。

"我刚刚说过，有三个人在案发的时候有不在场证明。我已经说明了其中的两个并不可信。现在我看出了自己的一个巨大的、令人瞠目的错误。第三个不在场证明同样一文不值。莱德纳博士不仅有可能实施谋杀，而且我确信真正的杀人凶手就是他。"

屋子里一时间鸦雀无声，那是一种困惑不解、茫然不知所措的寂静。莱德纳博士什么也没说，他看上去似乎仍然迷失在他自己那个遥远的世界里。还是大卫·埃莫特先不自在地动了一下并开口。

"波洛先生，我不明白你的话在暗示什么。我告诉你了，莱德纳博士至少在差一刻钟三点之前从未离开过屋顶。这绝对是事实。我可以对天发誓，我没有说谎。而且他也绝对不可能在我没看见的情况下从屋顶上下来。"

波洛点点头。

"啊,我相信你。莱德纳博士并没有离开过屋顶,那是不争的事实。但我看出来的,同时也是约翰逊小姐看出来的,是莱德纳博士可以在不离开屋顶的情况下杀死他的妻子。"

我们全都目瞪口呆。

"窗户,"波洛大声说道,"她的窗户!那就是我意识到的东西,和约翰逊小姐意识到的一模一样。她的窗户就在正下方,在远离院子的那一边。而莱德纳博士一个人待在上面,没有人能看到他做了什么。那些沉重的石磨全都放在上面,伸手可及。如此简单,非常非常简单,只要假定一件事,那就是凶手在其他任何人看到之前有机会挪动尸体……啊,不可思议的简单,简直太漂亮了!

"听好,事情的经过是这样的:

"莱德纳博士在屋顶上侍弄他的陶器。他把你叫上去,埃莫特先生,然后当他拉着你说话的时候,他注意到,跟往常一样,那个小男孩趁你不在就放下了手上的活儿,溜到院子外面去了。于是他留了你十分钟,接着放你下去。就在你刚下去叫那个男孩的时候,他便开始执行他的计划了。

"他从衣袋里拿出那个涂了黏土的面具——上次他就用这个面具吓唬过他的妻子,这次他又用绳子把它顺着护墙边上吊下去,一直到它能够轻轻碰到妻子的窗户。

"要记住,就是那扇朝向田间,和院子方向相反的窗户。

"莱德纳太太那时正躺在床上昏昏欲睡,既平静又快乐。而突然之间,那个面具开始敲打窗户,这引起了她的注意。但当时可不是黄昏时分,而是在光天化日之下,所以一点儿都不可怕。她认出了那个面具,进而明白了这是怎么回事儿,根本就是一出蹩脚的恶作剧!她不再害怕,转而觉得愤愤不平。于是她采取了任何女人遇到这种情况时都会采取的行动——跳下床，打开窗户，把头从护栏之间探出去，扭脸向上。她想看看到底是谁在拿她寻开心。

"莱德纳博士正等在那里。他手里拿着一个沉重的手磨，做好了一切准备。时机一出现，他就把它扔了下去……

"莱德纳太太只来得及发出一声微弱的呼喊——这被约翰逊小姐听到了，就倒在了窗户下方的地毯上。

"手磨上有个洞，莱德纳博士事先就在洞里穿好了绳子。他现在只需要拉住绳子把手磨拽上来就可以了。然后他把手磨沾了血的那面冲下，和屋顶上的其他东西一起整整齐齐地摆好。

"接着他继续工作了一个小时或者更久，直到他认为可以采取下一步行动。他从楼梯上走下来，和埃莫特先生以及莱瑟兰护士说了话，穿过院子，进了妻子的房间。下面是他自己描述的他在那个房间里的举动：

"'我看到妻子的尸体在床边蜷成一团。有那么一小会儿我感觉就像瘫痪了一样不能动弹。然后我终于能走过去，在她身边跪下来，把她的头抬起来。我看出来她已经死了……最后我站起身，感觉像是喝醉了一样头晕目眩。我想方设法走到门边，叫人进来。'

"对于一个因为悲痛而失魂落魄的男人来说，这是一份完全可能属实的行动报告。但现在听我来说说我所相信的事实真相吧。莱德纳博士进了房间，迅速来到窗前，戴上一副手套，把窗户关上并闩好，接着抬起太太的尸体，搬到了床和门之间的位置上。然后他又注意到窗户那边的地毯上有一小块血迹。他不可能用另一块地毯来替换，因为大小不一样，但是他可以退而求其次。他把沾了血迹的地毯放在了脸盆架的前面，而把脸盆架旁边的地毯放在了窗户下面。即使血迹被发现了,也会和脸盆架而不是窗户联系在一起,这一点太关键了。绝不能让人联想到窗户和这件命案有关。接下来他来到门边,扮演了那个悲痛欲绝的丈夫的角色。我想,这对他来说并不困难,因为他是真的深爱着他的妻子。"

"我的老兄,"莱利医生迫不及待地叫道,"如果他爱她,那为什么还要杀死她?动机何在?莱德纳,你就不能说句话吗?告诉这个人他已经疯了。"

莱德纳博士既没有说话也没有动。

波洛说:"我不是从始至终都在告诉你们这是一桩情杀案吗?为什么她的前夫,弗雷德里克·博斯纳威胁说要杀了她?因为他爱她……而你看,到了最后,他夸口的事情兑现了……

"而事实正是如此,当我一想清楚凶手就是莱德纳博士,所有的事情便豁然开朗了……

"于是第二次,我要重启我的旅程,从最初莱德纳太太的第一段婚姻,到她接到恐吓信,再到她的第二段婚姻。那些信的阻挠曾经使她不能嫁给任何其他的男人,却唯独没有阻止她和莱德纳博士结婚。多简单的事情啊,假如莱德纳博士就是弗雷德里克·博斯纳的话。

"所以这一次,就让我们站在年轻的弗雷德里克·博斯纳的角度开始吧。

"首先,他深爱着他的妻子路易丝,那种不可抗拒、压倒一切的爱也只有像她那样的女人才可能唤起。可她出卖了他,他被判了死刑,又逃走了。后来他遭遇了一起火车事故,这次事故也使他得以摇身一变,成了埃里克·莱德纳,而真正的埃里克·莱德纳,一个年轻的瑞典考古学家,已经在事故中不幸遇难。由于尸体被严重毁容无从辨认,于是很容易地就被当作弗雷德里克·博斯纳下葬了。

"这个全新的埃里克·莱德纳,对那个心甘情愿把他送上刑场的女人会采取什么态度呢?首先,也是最重要的一点,他依然爱着她。他开始着手逐步建立他的新生活。这份职业很适合他,加上他原本就是个能力很强的人,所以他在这个领域里大获成功。但他对那份一生的挚爱却从未忘怀。他时刻关注着妻子的一举一动。有一件事他已经冷酷无情地暗下了决心,还记得莱德纳太太是怎么亲口对莱瑟兰护士描述他的吗?温和宽厚,彬彬有礼但又冷酷无情,那就是她绝不能够属于任何其他的男人。只要他觉得有必要的时候,就会寄一封信过去。他有意模仿了一些她笔迹中的特点,以防她拿着这些信去向警察报案。女人们自己给自己写这种耸人听闻的匿名信的情况并不少见,因此即使她报了警,警察见到笔迹中的相似之处也肯定会得出同样的结论。同时这也让她搞不清他到底是不是还活着。

"最终,多年之后,当他判断时机已经成熟,就重新走进了她的生活。一切顺利,他妻子做梦也想不到他的真实身份。他现在是个知名人士。当年那个英俊挺拔的年轻小伙子如今变成了一个蓄着胡子、弓背垂肩的中年男人。我们可以看到历史在重演。就像以前一样,弗雷德里克依然能够控制支配路易丝,于是第二次她又同意嫁给他了,而这一次也没有恐吓信来阻止他们结婚了。

"但是后来又寄来了一封信,到底为什么?

"我认为莱德纳博士是想要确保万无一失。婚姻生活的亲密关系可能会唤醒一段尘封的记忆,而他希望能够彻底地给妻子留下一种印象,那就是埃里克·莱德纳和弗雷德里克·博斯纳是两个完全不同的人。因此需要他去替后者写一封恐吓信。然后紧跟着就是那次有些愚蠢的煤气中毒事件,当然,这也是莱德纳博士出于同样的目的一手安排的。

"在这之后他满意了。不需要再有更多的信了,他们也终于可以安顿下来,一起过幸福的婚后生活了。

"然后,差不多过了两年以后,恐吓信又出现了。

"为什么?好吧,我想我知道其中的原因。因为恐吓信中的威胁一直都是名副其实的威胁。这也是莱德纳太太一直都发自内心地害怕的原因。她了解弗雷德里克那种彬彬有礼但又冷酷无情的本性。一旦她属于了除他之外的其他男人,他就会杀了她。而她现在已经迷恋上了理查德·凯里。

"同样,在发现这件事之后,莱德纳博士开始冷静残忍地策划这起谋杀了。

"现在你们明白莱瑟兰护士在这中间扮演的重要角色了吗?莱德纳博士一定要确保由她来照顾他妻子,这种奇怪行为——这件事从一开始就让我困惑不解——现在也可以解释清楚了。找到一个可靠并且具备专业知识的证人,能够不容置疑地证实莱德纳太太在被发现的时候已经死去超过一个小时了,这是至关重要的。那样一来,所有人就都可以发誓证明在她被杀害的时候,她丈夫是待在屋顶上的。因为也许有人会怀疑他在进入房间以后杀死妻子,然后装作发现了尸体。但如果有了受过医院培训的护士明确地断言她已经死了一个小时,那就不存在这个问题了。

"另一件可以解释清楚的事情,就是今年以来弥漫在考古队中的那种奇怪的紧张不安的气氛。从一开始,我就不觉得这仅仅是因为受了莱德纳太太的影响。多年以来,这个考古队一直都以队员之间亲密无间而闻名,依我看来,一个团队的心理状态通常直接受到领导者的影响。莱德纳博士本人虽然寡言少语,却有着强大的人格魅力。也正是因为他的机敏,他的明断,以及他的平易近人,才使得考古队的气氛能够始终保持融洽。

"因此,如果说气氛发生了改变,这改变也必然是由领导者造成的,也就是说,是莱德纳博士造成的。不是莱德纳太太,而是莱德纳博士应该为这种紧张不安的氛围负责。也难怪队员们都感觉到了这种变化,却不明就里。这个表面上看起来没什么两样,依然亲切和蔼的莱德纳博士,只是在扮演着自己的角色而已。而那个真正的他已经在一门心思地痴迷于他的杀人计划了。

"那么接下来我们再看看第二起命案——约翰逊小姐的死。她在办公室整理莱德纳博士的文件时——这是她主动承担的工作,也是因为她当时希望找些事情来做,肯定偶然发现了一封没有完成的匿名信草稿。

"这件事对她来说无疑是既无法理解又令人极其难过的!原来是莱德纳博士一直在蓄意恐吓他太太!她想不明白个中原委,但还是感到无比沮丧。正是在这种心境之下,她忍不住开始哭泣,结果被莱瑟兰护士发现了。

"我觉得那个时候她还没有怀疑莱德纳博士就是凶手,但是我在莱德纳太太和拉维尼神父的房间里分别做的叫喊声的实验,对她也并非全然没有启示。她意识到如果她听见的是莱德纳太太的呼喊,那么后者房间里的窗户一定是打开而不是关上的。当时这一点对她来说看似并不重要,但还是给她留下印象了。

"她的头脑也一直没有停止思考,希望能够查明真相。或许她提及了那些信的事情,这让莱德纳博士心知肚明,他的态度也随之发生了改变。她能够看出他突然开始害怕了。

"但是莱德纳博士不可能杀害他妻子啊!从始至终他都是待

在屋顶上的。

"然后有一天傍晚,当她站在屋顶上苦苦思索的时候,忽然灵光一闪,获悉了真相。莱德纳太太就是被人从这个屋顶上杀死的,通过那扇打开了的窗户。

"也正是在那个时候,莱瑟兰护士找到了她。

"顷刻之间,她内心的旧情又占了上风,于是她马上打起了幌子。绝不能让莱瑟兰护士猜出她刚刚发现的这个让人震惊的事实。

"她故意向着相反的方向,也就是院子的方向看去,恰好此时拉维尼神父正穿过院子,她就借题发挥说了那句话。

"接着她拒绝再多说什么,只说她必须'彻底地想一想'。

"而莱德纳博士一直在焦虑地关注着她。他明白她已经知道了真相。她可不是那种能够把恐惧和悲伤对他有所隐瞒的女人。

"诚然,到现在为止,她还没有把他的事情泄露出去,但他又能够相信她多久呢?

"谋杀是一种习惯。他用一杯盐酸替换了她放在床头的那杯水。别人说不定会以为她是有意服毒自杀,甚至还有可能会认为第一起命案就是她干的,而现在已经悔恨不堪了呢。为了强化后一种想法,他还从屋顶把那个手磨拿下来,放在了她的床下。

"也难怪可怜的约翰逊小姐在临死前的极度痛苦之中还要不顾一切地把她得来不易的信息透露出去。通过'那扇窗户',那就是杀死莱德纳太太的方法,不是经过门,而是经过窗户……

"到此为止,所有事情都可以解释了,真相大白了……从心理学的角度来看,完美极了。

"但是,没有证据……一点儿证据也没有……"

* * *

没有一个人说话。我们还迷失在极度的震惊之中……是的，而且不只是震惊，还有怜悯和同情。

莱德纳博士既没有挪动也没有开口说话。他自始至终就坐在那里，俨然一位心力交瘁、疲惫不堪的老人。

最后他终于动了动身子，抬起他温和而疲倦的双眼看着波洛。

"是的，"他说，"没有证据。但是那不要紧。你知道我不会否认事实的……我从来不否认事实……我想——其实——我倒觉得挺高兴的……因为我太累了……"

然后他又言简意赅地说道："我对不起安妮。我做了错事，愚蠢至极，那不是我的本意！可怜的安妮，她也受苦了。没错，那不是我的本意。只是因为害怕……"

他因为痛苦而扭曲的嘴上浮现出一丝淡淡的微笑。

"波洛先生，你本可以成为一名优秀的考古学家的。你有一种重现往事的天赋。所有的事情都像你说的一样。

"我爱路易丝，我也杀了她……如果你以前认识路易丝你就会明白……哦不，我想不管怎样，你已经明白了……"

第二十九章　后记

确实没有太多需要补充的了。

拉维尼"神父"和他的同伙在贝鲁特即将登船的时候被警方抓获。

希拉·莱利嫁给了年轻的埃莫特。我觉得这对她有好处。埃莫特可不是个受气包,他会好好管教她的。她若是嫁给了可怜的比尔·科尔曼,肯定不会给他好果子吃。

顺便说一句,一年以前科尔曼得阑尾炎的时候正好是我照顾他,我变得挺喜欢他的了。他的家人当时正准备把他送到南非的农场去呢。

后来我再也没有去过东方。有意思的是,有时候我还挺想再去一次的。我会想起水车发出的声响,洗衣服的女人们,以及骆驼看着你时那副怪异的傲慢神情,这些竟也会令我产生一股思乡之情。毕竟,泥土也许真的并不像我们从小就被灌输的那样有害健康吧。

莱利医生到英国来的时候常常会顺便看望我。就像我所说的,要不是他,我也不会碰上这种事。"你要的话就拿走,不要的话就拉倒,"我对他说,"我知道这里有好多语法错误,写得也不怎么样,不过我也只能写出这些了。"

他毫不犹豫地拿走了。假如这东西能出版,我倒会觉得挺奇怪的呢。

波洛先生先返回了叙利亚，差不多一周以后他乘坐东方快车回国，结果又卷入了一起命案。他很聪明，这一点我并不否认，但我可不想轻易原谅他用那种方式开我的玩笑。他居然假模假式地说我可能和这件命案有牵连，还说我也许根本就不是医院里的护士！

医生们有时候喜欢这样。有些医生就爱开玩笑，而且从来不顾及你的感受！

我还是会反复地想起莱德纳太太，想她到底是个什么样的人……在我看来，她有时候简直就是个可怕的女人，而其他时候我又会记起她对我是多么亲切，声音多么温柔，还有她那一头秀丽的金发，以及其他所有的一切。我想，归根结底，我们也许更应该对她表示同情，而不是去责备她吧。

我也忍不住觉得莱德纳博士挺可怜的。我知道他身上背了两条人命，但这不会影响我的看法。他实在是太爱她了，而像他那样地爱一个人是件很要命的事情。

不知为什么，年纪越大，亲眼见到的人间悲痛疾苦越多，就越让我为所有人感到难过。有时候我都不知道，儿时姑妈教导我的那些为人处世的原则现在都到哪里去了。她是个很虔诚的人，而且格外挑剔，我们那些邻居谁犯了错都逃不过她的眼睛……

哎呀，莱利医生说得可真对啊。我该怎么来停笔呢？要是我能找到一句掷地有声的话就好了。

我必须问问莱利医生，让他帮我想一句阿拉伯语。

就像波洛先生用过的那句。

奉至仁至慈的真主之名……

就是这类的吧。

Murder in Mesopotamia
Copyright © 1936 Agatha Christie Limited. All rights reserved.
© 2013 Letter for Chinese Reader, New Star Edition by Mathew Prichard.
www.agathachristie.com
The Poirot icon is a trademark, and AGATHA CHRISTIE, POIROT, *Agatha Christie*® and the AC Monogram Logo are registered trade marks of Agatha Christie Limited in the UK and/or elsewhere. All rights reserved.
Published by agreement with ACL.
Simplified Chinese edition copyright: 2023 New Star Press Co., Ltd.

图书在版编目（CIP）数据

古墓之谜／（英）阿加莎·克里斯蒂著；周力译．——2版．——北京：新星出版社，2023.3（2023.10重印）

ISBN 978-7-5133-3956-8

Ⅰ．①古⋯ Ⅱ．①阿⋯ ②周⋯ Ⅲ．①侦探小说－英国－现代 Ⅳ．①I561.45

中国版本图书馆CIP数据核字（2022）第091864号

午夜文库
谢刚 主持

古墓之谜

[英]阿加莎·克里斯蒂 著；周力 译

责任编辑：王　欢	统筹编辑：王　欢
责任校对：刘　义	责任印制：李珊珊
封面插图：宣　和	装帧设计：周伟伟

出版发行：新星出版社
出 版 人：马汝军
社　　址：北京市西城区车公庄大街丙3号楼　100044
网　　址：www.newstarpress.com
电　　话：010-88310888
传　　真：010-65270449
法律顾问：北京市岳成律师事务所

读者服务：010-88310811　service@newstarpress.com
邮购地址：北京市西城区车公庄大街丙3号楼　100044

印　　刷：三河市兴达印务有限公司
开　　本：910mm×1230mm　1/32
印　　张：8.75
字　　数：132千字
版　　次：2023年3月第二版　2023年10月第二次印刷
书　　号：ISBN 978-7-5133-3956-8
定　　价：42.00元

版权专有，侵权必究；如有质量问题，请与出版社联系调换。